이판사판
역사판

이판사판역사판 理判事判歷史判

어느 까칠한 역사교수의 일지선 놀이

2021년 8월 20일 초판 1쇄 발행

지은이 | 주명철
펴낸곳 | 여문책
펴낸이 | 소은주
등록 | 제406-251002014000042호
주소 | (10911) 경기도 파주시 운정역길 116-3, 101동 401호
전화 | (070) 8808-0750
팩스 | (031) 946-0750
전자우편 | yeomoonchaek@gmail.com
페이스북 | www.facebook.com/yeomoonchaek

ISBN 979-11-87700-43-2 (03810)

여문책은 잘 익은 가을벼처럼 속이 알찬 책을 만듭니다.

어느 까칠한 역사교수의 일지선 놀이

이판사판 역사판

주명철 지음

여문책

차례

혼자 노는 방법을 찾아서

어제와 오늘의 차이를 그 어느 때보다 생생히 실감한 지 벌써 6년째다. 2015년 8월 31일에 직장생활을 끝내고 9월 1일부터 비자발적 실업자가 되었으니 말이다. 엄밀히 밤 12시를 지나면서 사회생활의 자격을 잃었으니 찰나의 인생임을 확연히 깨달았다. 모든 시간을 내가 마음대로 쓸 수 있게 되어서 좋았지만, 어떻게 써야 잘 썼다고 할지 깊이 생각하지는 않았다. 은퇴하기 몇 년 전부터 최소 열 권짜리 프랑스혁명에 관한 책을 쓰자는 계획을 세우고 준비했기 때문이다. 그런데 예정했던 일을 무사히 마무리 짓고 시간도 많이 남아돌 즈음부터 코로나 19 전염병이 창궐했다. 올해부터 백신을 접종해서 집단면역력을 높일 수 있다지만, 우리의 인간관계와 삶의 방식은 과거로 완전히 돌아가기 어려울 만큼 크게 바뀌었다. 나야 1년에 겨우 한두 번쯤 대처로 나가 꼭 만나야 할 사람을 만나면 충분하니 시골에서 혼자 여유롭게 사는 일에 익숙해서 별로 힘든 줄 몰랐다. 그러나 어딘가 홀쩍 떠날 수 있는데도 떠나지 않을 때보다 조금 힘들어지기 시작했다. 한번 그런 생각이 떠오르면 집착하고 점점 더 견딜 수 없게 된다.

더욱이 시골에서도 세상 돌아가는 일에 완전히 눈감고 귀 막지 못하는데 늘 지겨운 소식만 들려오니 화가 난다. 세상이 불공평하고 권력을 휘두르는 자들의 횡포에 늘 화만 내는 나 자신도 무기력하다. 사회문제에 열심히 발언하거나 개입하지도 않으면서, 기껏해야 납세의무를 이행하고 몇 년에 한 번씩 투표하고는 내가 준 표를 받은 쪽이 이기기만을 바라는 게 전부다. 실제로 다수파가 바뀌었지만 100년 이상의 적폐를 가려내고 뿌리 뽑는 일은 더디기만 하다. 나라 곳곳에서 적폐세력이 기를 쓰고 사회발전을 가로막고 틈만 나면 과거로 되돌아가려고 민심을 선동한다. 외국에서는 우리나라를 선진국으로 대접해주는데, 정작 국내에서는 자랑거리가 하나도 없다고 비판하는 목소리만 무성하다. 민주화를 바라는 개혁파보다 수구세력의 목소리가 훨씬 커지고 있다.

운동장이 기울었다는 표현은 언제나 맞다. 적폐세력이 그런 말을 할 때가 많아졌으니 나라 분위기가 많이 바뀌었음을 실감한다. 그런데 지구본을 비뚤어지게 만든 것이 개혁세력이라고? 그 말을 믿는 사람들이 정통성을 갖춘 정부와 그것을 탄생시킨 헌정질서를 공공연히 부정하는 태도를 보면서, 계속 투표에 이겨야 한다는 결심만 굳히게 된다. 문득 내게 투표의 기회는 과연 몇 번이나 남았으며, 내가 선택한 쪽이 항상 이길 수 있는지 의문이 들면서 머릿속에 온갖 생각이 꼬리를 문다. 그래서 시민으로서 가진 의무와 권리를 잊지 말고, 내가 평소에 행복하게 살아갈 최선의 방법이 무엇인지 궁리했다. 무엇보다도 마음부터 다스리는 것이 가장 현명하겠다고 생각했다.

어디서부터 어떻게 시작해야 할지 모르던 차에, 옛날에 우징슝吳經態이 쓴 『선학의 황금시대』(천지)라는 책과 『벽암록』(현암사)을 잇달아 읽고 막연하나마 덧없는 인생을 좀더 낙천적으로 살아야겠다고 마음먹은 적이 있었다는 사실이 떠올랐다. 문득 바깥에서 원인을 찾을 나이가 지났다는 생각이 들었다. 더욱이 몇 년 전에 불의를 참지 못하는 시민들이 촛불을 들고 거리에 모여 평화적인 시위를 벌인 끝에 적폐세력의 항복을 받아낸 사건을 본 뒤부터 우리나라에는 분명히 집단지성의 힘이 작용한다고 믿게 되었고, 시민의 의무를 명심하면서 남에게 해를 끼치지 않고 살기만 해도 세상은 잘 굴러간다고 생각하니, 조금 비겁하게 보일 테지만, 늘그막에 마음의 평화를 찾았다.

아무거나 떠오르는 대로 생각을 따라다니는 대신 생각을 쉬는 방법부터 찾기로 했다. 그러나 숨을 들이쉬고 내쉬면서 정신을 집중해봐도 소용없었다. 잠깐 잠들었다가 깨기 일쑤였다. 걷거나 앉거나 움직이거나 누워도 한 생각 붙들고 놓지 않으면 된다면서? 아직 세속의 때를 완전히 벗지 못해서 몽상·환상·상상을 구별하지 못하고, 내 경험 속에 들어온 타인의 경험도 구별하지 못한다. 분별심이 사라졌다고 좋아해야 할까, 아니면 바보가 되었나? 생각을 멈추거나 쉬기는커녕 오히려 더 바빠졌다. 아마 내가 할 수 있는 일은 따로 있나 보다. 참선이나 명상을 수행하기는 어려우니, 내가 경험하고 얻은 얄팍한 지식에 수많은 지인의 경험담과 몽상·환상·상상의 이야기를 떠오르는 대로 기록하는 편이 낫겠다고 생각했다. 머무를 수 없으니 떠나자. 그것도 집착에서 벗어나는 길이다. 이렇게 해서 나는 혼자 노는 방법을 찾았다. 잡념을 없애려고 집착하지 않고, 잡념을 따라다니면서 노닐다 보니 오히려 즐거웠다.

어느 새벽에 이불 속에서 유튜브를 검색하다 종범스님의 법문을 듣게 되었고, 비몽사몽간에 스님이 '발跋'이라는 동물의 습성에 대해 하는 말씀을 듣고 이 책의 실마리를 찾았다. 잠결이어서 스님의 말씀을 정확히 들었는지 아닌지 자신이 없으나, 왜곡했다면 그 죄는 고스란히 내가 지기로 하고 이야기를 꾸몄다. 나는 말을 많이 하는 직업에 종사했고, 풍부한 비유와 향기로운 의미는 꿈도 꾸지 못한 채 그저 장황하게 설명하는 글만 내리갈기면서 살았다. 묵은 때를 벗으려고 늘 노력하지만, 글을 쓰고 나면 실망한다. 스님의 법문에 나온 '발'은 집착·번뇌·망상을 벗어나게 하는 실마리였으나, 내가 꿈결에 만난 '발'은 발바리가 되어 온갖 고생을 했다. 인연 따라 생기는 일이니 그러려니 한다.

　발바리가 되고 대발이 되고 온세상이 되어 한바탕 노닐던 몽상·환상·상상의 세계는 젊은 세대의 독자에게 낯선 세계일 것이다. 독자는 내 세대가 정치적으로나 경제적으로 암울하고 그만큼 문화적으로도 약육강식의 '군사독재 문화'가 성행한 시대의 산물이었음을 이해해주면 고맙겠다. 그러나 내 세대에는 독재에 저항하고 민주주의를 성취하려고 애쓰던 선배들과 뜻을 같이한 시민들도 많았으며, 그 덕에 우리가 옛날보다 훨씬 점잖은 방법으로, 피 흘리며 목숨 걸고 싸우는 홍콩이나 미얀마식의 투쟁이 아니라 투표라는 방법으로 세상을 조금이라도 더 좋게 만드는 시대에 살고 있다고 생각해주면 좋겠다. 더욱이 독자가 내 세계로 들어섰다가 문득 자신만의 세계로 들어가는 입구를 발견하고 틈틈이 그곳으로 돌아가 정겨운 사람들이나 어쩌다 스치는 이들을 만나면서 코로나 19 때문에 받는 고통을 잠시 잊고 서로 위로한다면 더 바랄 것이 없겠다.

2021년 좋은 날 기다리며
온세상·대발·발발 쓰다

골동품
능화경

'발跋'이라는 동물은 두어 발 자국 걸은 뒤에 뒤돌아보는 습성을 지녔다 한다. 그래서 대발은 어린 제자에게 발발이라는 이름을 지어주었다. 뒤돌아보고 또 돌아보라는 뜻이었다. 그러나 그의 친구들은 그가 빨빨거리고 싸돌아다니기 좋아한다고 발바리라 불렀다. 이름을 가지고 놀림 받을 때마다 화를 내던 발발은 존경하는 스승 대발이 좋은 뜻으로 내려준 이름을 고맙게 여기면서 점점 무덤덤해졌다. 발발의 화를 돋우려고 놀리던 친구들도 그가 시큰둥하니 재미가 없는지 더는 놀리지 않았다. 게다가 발발은 자기 입으로도 발바리가 부르기 편하다는 사실을 인정하니 차라리 속시원하고 유쾌했다.

발바리는 대발이 바라던 바와 달리 뒤를 돌아보지 않았다. 어린 그에게 뒤가 켕길 일이란 없었기 때문이다. 동물의 세계에서 약자에게 안전한 곳은 거의 없다. 약자는 언제나 긴장한다. 안심하고 먹이활동을 하는 약자란 없다. 그래서 약자는 언제나 뒤를 돌아본다. 그런데 원하는 것을 반드시 제 것으로 만들 수 있는 강자는 밥을 먹은 다음에 배가 고파질 때까지 느긋하게 자거나 새끼와 놀아주면서 자신감을 심어준다. 그러나 강자도 늙고 힘이 부치게 되면 뒤를 신경 써야 한다. 어린 발바리가 그 이치를 깨달을 리 없었고, 사회인이 되어 약육강식의 세계에 나가기 전까지 그 이치를 알 필요도 없었다.

발바리는 대발이 정해놓은 사소한 규칙도 어기지 않으려고 노력했지만, 대발은 자기 마음대로 법을 만들고 어겼다. 부부 사이도 권력관계인데, 노회한 스승과 앳된 제자 사이에서 스승이 제자의 눈치를 살필 이유란 없었다. 발바리는 나이를 먹으면서 스승을 아니꼽게 여겼지만 은근히 닮으려고 노력했다. 발바리는 대발이 원하는 대로 생각하고 행동해야 인정받을 수 있다는 사실을 잘 알았다. 그러므로 뒤가 켕기지 않는 듯이 행동하면서도 남에게 뒤를 돌아보면서 살라는 대발의 가르침이 발바리의 귀에 꽂힐 리 없었다.

어느 날 발바리는 거울을 들여다보다가 옛날 일을 생각하고 멋쩍게 웃었다. 그는 거울이라는 물건을 처음 들여다본 날을 잊을 수 없다. 어린 발바리가 대발의 집에서 잔심부름을 하면서 이것저것 배우던 시절이었다. 대발은 밖에서 싱글벙글 웃으며 돌아와 품에서 쇠붙이를 꺼내더니 열심히 닦았다. 한참 닦은 뒤에 한 면을 들여다보면서 연신 웃어댔다. 발바리가 궁금한 표정으로 바라보자, 대발은 "오늘 횡재했어. 능화경菱花鏡을 거저 얻었지"라며 자랑했다.

발바리는 스승이 보는 물건의 다른 쪽에서 무슨 덩굴같이 생긴 아름다운 무늬를 보았다. 그것이 마름꽃 문양(능화문菱花紋)이라는 사실은 대발에게 물어보고 나서 알았다. 대발은 발바리가 능화경을 만지지도 못하게 할 만큼 소중히 간직했다. 대발은 그 물건을 들여다볼 때마다 온갖 연기를 해댔다. 양미간을 찌푸리거나 입을 씰룩거리거나 씩 웃었다. 대발은 표정 연기의 달인이었다. 발바리는 스승이 능화경을 들여다보는 동안 반대쪽에서 늘 같은 마름꽃 문양만 보았다. 도대체 대발은 무엇을 보기에 그토록 다양한 표정을 짓는지 알 길이 없었다.

마침내 기회가 생겼다. 아니, 기회는 늘 있었는데 찾지 못했을 뿐이다. 누구나 용기를 내면 기회를 만들 수 있다. 발바리는 잠든 대발 옆에 놓여 있는 동경銅鏡을 살펴보려고 용기를 냈다. 조심스럽게 손을 뻗어 거울을 쓰다듬었다. 그는 꼴깍 침 넘기는 소리, 두근대는 심장소리에 스승이 잠에서 깨지 않을까 조심하면서 떨리는 손으로 차갑고 단단한 거울을 집어 들고 마름꽃 덩굴을 쓰다듬어보았다. 그는 제법 묵직한 거울의 오톨도톨한 감촉을 즐기다가 다른 쪽이 매끈하다는 사실을 알고 물건을 뒤집어보았다. 거기서 흐릿한 어린애 모습을 힐끗 보고 깜짝 놀라 거울을 떨어뜨렸다.

다행히 무릎에 떨어뜨렸기 때문에 소리가 나지는 않았다.

발바리는 마구 뛰는 심장소리 때문에 스승을 깨울까 봐 무서웠다. 겁은 났지만 호기심이 더 컸다. 어린 발바리는 자기가 역사발전의 중요한 단계를 체험하고 있음을 알 리 없었다. '감히 알려고 하라'는 과학혁명과 계몽주의의 핵심이다. 아니, 원시 시대부터 인간이 직립보행한 이유가 호기심 덕택이 아니었을까? 미어캣도 일어서서 주변을 살피고 경계하지만 그뿐이다. 인간은 일어선 뒤부터 네발로 걷지 않고 양손을 자유롭게 쓰는 방법을 터득했다.

발바리는 용기를 내서 동경을 집어 들고 어린애가 있던 쪽을 다시 보았다. 발바리가 방금 보았던 어린애는 여전히 거기에 있었다. 그러나 나중에 일상생활에서 보는 거울과 달리 군데군데 녹슨 동경의 흐릿한 면에 비친 어린애는 조금 일그러진 모습이었다. 어린애는 나쁜 짓을 하다가 들킨 사람처럼 두려운 눈으로 발바리를 보고 있었다. 발바리는 용기를 내서 거울을 돌려 오톨도톨한 반대쪽을 보았다. 발바리는 자신이 마름꽃 덩굴을 보는 동안 어린애가 덩굴 밖으로 나가 반대쪽으로 가서 대발을 만나고 있었다고 추론했다. 그는 대발이 아기를 어르거나 꾸짖는 표정을 짓던 이유를 이해했다.

발바리는 스승이 잠든 틈에 동경을 만지다가 문득 깨달았다. 방금 매끄러운 쪽에서 본 어린애는 분명히 발바리에게 익숙한 방에 있었다. 발바리는 어린애의 뒤에서 벽에 걸린 옷을 보았다. 스승의 옷이라고 해도 속을 만큼 똑같은 옷이었다. 그러나 몇 번 보니까 깁거나 얼룩진 부분이 다르다는 점을 찾아냈다. 게다가 그 어린애는 항상 방 안에 있으므로 거울의 반대쪽에 있는 무성한 덩굴에서 그를 만나기란 불가능하다는 사실도 깨달았다.

어느 날부터 대발은 발바리에게도 동경을 자유롭게 만지고 들여다보도록 허락했다. 발바리는 거울에서 늘 같은 소년을 만났다. 소년은 발바리의 눈초리에 전혀 기죽지 않고 발바리를 빤히 보았다. 발바리의 몸짓을 흉내 내는 재주가 놀라웠다. 발바리가 가만히 있으면 그도 가만히 있다가도 발바리가 오른손을 대면 곧바로 왼손으로 막았다. 둘은 마주 보면서 같이 웃고 찡그리고 울었다. 대발처럼 발바리도 표정 연기의 달인이 되었다. 소년은 언제나 같은 곳에서 발바리를 기다렸고, 발바리가 어떻게 움직이든 동시에 움직였다. 발바리는 얘기할 상대가 없을 때마다 그를 만났다.

발바리는 소년을 만나 누가 더 오랫동안 눈을 깜박이지 않는지 내기를 걸었다. 지독하게 버텼지만 거울 속의 소년도 눈물이 글썽한 채 조금도 깜박이지 않았다. 발바리는 잠깐 그의 눈길을 피했다가 다시 보았다. 그는 여전히 발바리를 바라보고 있었다. 도저히 그를 이길 수 없었겠지만 다행히 어둑해질 무렵에 내기를 시작했기 때문에 방 안이 곧 깜깜해졌고, 거울 속의 소년은 보이지 않았다. 그래서 발바리는 자기가 이겼다고 선언했다. 소년은 승복하는지 아무 말도 하지 않았다. 시원시원한 성격이 맘에 드는 친구였다. 게다가 발바리의 말을 흉내 낼 뿐 목소리를 들려주지도, 먼저 말을 걸지도 않았다.

발바리는 동경과 일반 거울의 차이뿐만 아니라 세상 돌아가는 이치도 많이 배웠다. 대발은 틈만 나면 거울과 그 뒷면을 번갈아 보는 발바리에게 '보지 말라', '볼 수 없다'는 뜻으로 불견不見이라 말한 뒤 '찾지 말라'(불멱不覓)고 타이르고 나서 다시 한마디 덧붙였다. "멱覓이란 불견不見을 조합한 글자로서 볼 수 없는 것을 찾는다는 뜻이다. '찾지 말라'는 뜻의 불멱은 '볼 수 없지 아니함不不見'이기도 하다. 그래서 굳이 찾지 않아도 된다." 대발은 간단한 말을 굳이 꼬고 또 꼬아서 말한다. 발바리가 이해하지 못해 어리둥절해하는 사이에 대발은 결국 자기가 하고 싶은 말의 핵심을 전했다. "허상 말고 진상을 찾으라는 뜻이다."

발바리는 항상 궁금해 하던 점을 질문했다. "스승님은 날마다 동경에 호 하고 입김을 불고 천으로 닦으시는데, 결국 허상을 더 잘 보려는 뜻입니까?" 대발은 늘 그랬듯이 옳다 그르다는 말도 없이 꼼짝도 하지 않고 눈을 감았다. 발바리는 또 한 번 물었다. "굳이 골동품 거울을 들여다보는 이유가 무엇입니까? 그것을 아무리 닦아도 유리에 수은을 발라서 만든 거울만 할까요?" 대발은 "네가 무엇을 보려고 하든지 허상을 볼 것이야." 그러고 나서 "친절히 알려주어도 알아먹지 못하는 허깨비 같은 녀석이로다"라고 발바리를 꾸짖었다.

대발은 어느 날 허상에 집착하지 말라는 이유를 설명했다. 깨끗한 거울이건 동경이건 거기에 나타나는 상은 허상이다. 은박지에서도 보고 싶은 얼굴을 볼 수 있다. 눈으로만 보지 말고 마음으로 보라. 바윗덩어리나 연못이나 허공에서, 심지어 캄캄한 밤에도 보고 싶은 얼굴은 볼 수 있다. 꿈에서도 만난다. "어젯밤 너 어디 갔는지 생각나니?" "무슨 말씀이세요? 전 스승님 자리를 깔아드리고 곧바로 누웠는데요." "나와 함께 구름 타고 백두산에 갔잖아, 생각나지 않니?" 발바리는 드디어 스승이 노망나서 헛소리를 한다고 생각했다. "그럼 나는 누구랑 백두산에 갔던 걸까? 분명히 너를 데리고 갔는데." 대발은 발바리를 보면서 싱긋이 웃었다. "난 내 허상이 네 허상을 데리고 다니는 허상을 보았나 보다. 거울 속에서 네 얼굴을 본다고 네가 거울 속에 들어간 것은 아니지?"

대발은 허상에 집착하지 말고 마음을 닦는 공부를 게을리 하지 말아야 한다고 가르쳤다. 그는 당나라의 신수神秀 대사와 혜능慧能에 대해 얘기해주었다. 신수가 틈틈이 거울을 닦으라고 했다면, 혜능은 거울에 때가 끼지 않게 하라고

가르쳤다. 대발은 신수의 부지런한 공부와 혜능의 직관이 모두 중요하다고 말했다. 발바리는 스승이 늘 듣고 나면 간단한 얘기인데 복잡하게 설명해서 상대를 혼란스럽게 만든다고 생각했다. 그래서 발바리는 스승의 말을 쉽게 믿지 않았다. 더욱이 그는 거울 속에서 자기를 기다리는 소년이 결코 허상일 리 없다고 생각했다.

대발은 틈틈이 능화경을 닦고 들여다보면서 미소를 지었다. 발바리는 대발의 행동이 낯설지 않기 때문에 점점 흥미를 잃었다. 오히려 대발이 발바리에게 먼저 물었다. "요즘은 내가 거울을 닦고 보는 행위가 궁금하지 않은가 보구나." "늘 같은 얼굴을 보면서 만족하시는데 뭐가 궁금하겠습니까? 밥 먹고 차 마시는 일인데요." "어허, 깨닫고 하는 말인지, 건성으로 하는 말인지 모르겠구나." "단순한 행동에서 무슨 심오한 뜻을 깨달을 게 있다고 그런 말씀을 하시는지 원." 툴툴대는 발바리에게 대발은 혀를 찼다. "그럼 그렇지, 눈을 뜨고도 보지 못하니 언제 깨달을꼬."

대발은 친절하게 말했다. "모든 것이 네게 참모습을 보여주려는 방편이다. 너도 거울을 볼 때 잘 안 보이면 열심히 닦지 않니? 거울에 비친 모습을 좀더 잘 보려고 때를 닦듯이 마음에 낀 때를 닦으라는 뜻이다. 내가 쓰는 동경보다 요즘 생산하는 거울이 더 깨끗하다고 해서 거기서 보는 얼굴이 과연 네 얼굴이더냐? 동경에 비춘 얼굴이 일그러지고 흐릿하게 보인다고 해서 네 얼굴이 아니더냐? 네가 거울을 보지 않고서도 너 자신을 볼 수 있어야지. 굳이 남에게 네 모습이 어떤지 물어야 안다면 너 스스로 무엇을 할 수 있겠느냐?"

발바리는 당나라의 절집에서 선(禪) 수행하는 스님들의 해괴한 방법에 대해 읽은 적이 있다. 그는 스승과 제자가 서로 뺨을 때리고 자빠뜨리고 깔깔대며 서로 '엄지척' 해주는 모습을 눈앞에 그리면서, 그들의 타협안이 현명하다고 생각했다. 상대방에게 험한 꼴을 당하지 않으려면 '네가 최고'라고 인정해주어야 했을 것이다. 이제부터 발바리는 대발을 대등한 존재로 여겨야겠다고 생각하기 시작했다. 고양이가 잠자는 개의 뺨을 느닷없이 후려치고 무덤덤하게 몸단장을 하듯이, 발바리는 느닷없이 대발을 걷어차고 시치미를 떼는 모습을 상상하며 신이 났다. 대발은 깜짝 놀라 일어나 두리번거리다가 다시 누우면서 발바리에게 묻는다. '방금 누가 왔다 갔니?' 발바리는 대답하지 않는다. 스승은 화들짝 깨어났다가 악몽을 꾼 줄 알고 다시 잔다. 처음에 용기를 내기도 힘들지만, 큰맘 먹고 한번 시작했으니 스승도 잠결에 맞지 않으려면 평소에 발바리를 잘 대접해야 한다.

발바리는 알게 모르게 대발의 태도를 전수받았다. 그도 나중에 교육자가 되는데, 어느 틈엔가 대발보다 훨씬 더 잔인하게 제자를 길렀다는 사실을 늘그막에 가서야 겨우 깨닫고 후회했다. 그도 제자의 질문을 받으면 이렇게 단순한 문제 하나 스스로 해결하지 못하느냐고 화부터 낸 다음에 인심 쓰듯이 발跋 문중의 비급에 모든 답이 있다고 찔끔 대답해주었다. 그리고 그 대가로 평소보다 심한 노동을 부과했는데, 그것은 문중 고수들이 대대로 제자의 질문을 원천봉쇄하는 수작이었다. 발바리도 자신의 진상을 감추고 남을 지배하는 원리를 하나씩 둘씩 터득했다.

흰둥이 이름은
검둥이

소한 추위가 몰려왔다. 집 안
이라고 해봐야 창호지 하나로 바
깥바람을 막는 살림이었으니 대발이 차지한 아랫목은 죽
어가는 사람의 입김보다는 따뜻했지만, 발바리가 유배당한
윗목은 사람 덕을 보자고 덤비는 험지였다. 발바리는 이불
을 덮고서도 아랫니 윗니가 마주치는 소리 때문에 스승을
깨울까 봐 송구할 지경이었다. 대발은 개 떨듯이 오들오들
떠는 발바리에게 틈나는 대로 훈계했다. "이불을 덮어도 춥
지? 네가 먼저 온기를 나눠주면 나중에 두 배로 받게 된다.
밤새 이불에 맡긴 온기를 배로 늘리거라. 충분히 남는 장사
아니겠니?" 발바리는 이불로 몸을 감싸고 대발의 싸늘한
말에 더욱 몸서리치면서 동면체제를 가동했다.

대발이 요강에 눈 오줌도 금세 얼어버렸다. 발바리는 대
발이 밤에 만든 얼음을 깨느라 애를 먹었다. 잔머리를 굴려
서 요령을 터득한 그는 요강을 아궁이 잿불에 잠깐 녹인 뒤
에 마당으로 들고 나갔지만, 얼음덩어리가 요강 안에서 빙
글빙글 돌 뿐 빠져나오지 않았다. 그는 녹은 오줌을 눈밭에

버리고 부엌으로 다시 들어가 요강의 얼음을 충분히 녹였다. 오줌이 끓으면서 지린내가 코를 찔렀다. 발바리는 잠시 숨을 참으면서 요강을 잡다가 뜨거워서 그만 놓쳐버렸다. 오줌이 잿불에 쏟아져 더욱 고약한 냄새가 났다. 발바리는 울고 싶은 마음을 꾹 누르고 근처에 뒹구는 잔솔가지를 모아 요강을 감싸들고 급히 마당으로 나가 눈밭 위에 던져 식힌 뒤에 눈으로 문질러 대충 씻었다.

발바리가 방으로 들어가도 한기에 노출했던 몸은 사시나무처럼 떨렸다. 대발이 약을 올렸다. "뭐든 순서와 시간이 필요하거늘." 발바리는 욱하면서 대발의 머리통을 요강에 쑤셔 박는 상상을 행동으로 옮길 뻔했다. "그러게 말입니다." 발바리의 곱지 않은 대꾸에 대발은 다시 한번 약 올리듯이 말했다. "그걸 아는 사람이 그래?" 발바리는 화를 내면서 대들었다. "밥은 직접 드시면서 똥오줌은 왜 저에게 치우라는 겁니까?" 대발은 껄껄 웃으면서 대답했다. "돌덩어리 앞에서 몸을 낮춰 절을 하는 것도 겸손을 배우는 정신 수양이거늘." 발바리는 지지 않고 중얼댔다. "마음공부를 강조하면서 꼬박꼬박 밥그릇을 비우는 까닭은?" 대발이 언제나 한 수 위였다. "이놈아, 밥 먹기 전에 이를 쑤셔 입안을 비운 만큼 더 많이 먹을 수 있듯이, 밥그릇을 비워야 더 채우는 법이다." 발바리는 마음속으로 자신에게도 들리지 않게 말했다. '이게 말이여, 방구여?'

대발은 언제나 화제를 주도하면서 국면을 바꾸는 재주를 부렸다. "검둥이 밥은 주었느냐?" 발바리는 시큰둥하게 대답했다. "아뇨." "아니, 이 녀석아, 말 못 하는 짐승이라고 밥을 굶기면 어떡해? 하루 한 끼만 주는 일도 게을리 하다니. 네 녀석 목구멍으로 밥이 넘어가든?" "암요, 꿀맛입니다. 그런데 검둥이는 어디 있나요?" "뭐야, 밖에 없어?" "눈에 파묻혔는지 눈을 씻고 봤지만 검둥이가 보이질 않습니다." 마침 밖에서 검둥이가 짖었고, 대발은 발바리에게 화를 냈다. "이런 고약한 놈을 봤나, 이제는 꼬리 치면서 따르는 짐승도 굶겨 죽일 작정이냐?" 발바리는 대발의 눈을 피하면서 다급히 말했다. "눈 속에 있으니 찾을 수가 있어야죠. 하지만 개밥은 먹었어요." "그런데 왜 처음부터 그렇게 말하지 않았어? 어깃장을 놓으니 속이 조금이라도 시원하냐?" "검둥이 밥 줬냐고 물으셨잖아요. 우리 집에 검둥이가 어디 있다고. 개밥은 줬다고 말했는데, 뭐가 잘못되었다는 말씀이세요?" 대발은 빈정거리듯이 말했다. "요즘, 선생께서 부쩍 크셨다는 생각이 드는군요. 사사건건 되받아치시고 까부시는 태도는 어디서 배우셨는지요, 감히 여쭤도 되겠습니까?"

발바리는 대꾸하지 않고 마음속으로 다짐했다. '내가 스승의 은혜에 보답하는 길을 찾은 것뿐입니다. 난 제자가 내 말에 무조건 승복하면 차라리 그를 죽여버리겠습니다. 왜 정신을 구속합니까?' 옛날에 대발은 자기 스승의 비판을 받고 원수가 되었음에도 자기 제자의 대거리를 불쾌하게 여겼다. 대발은 발바리가 쓴 글을 토씨까지 난도질하기 일쑤였다. 사실 토씨밖에 지적할 내용은 없었다. 발바리가 대발의 글을 고스란히 베끼면서 맞춤법만 시대에 맞게 고쳤기 때문이다. 진리를 다루는 학문의 전통은 쉽게 바뀌지 않는다. 어느 누가 용기를 내서 잘못을 지적하면 문중 사람들이 벌떼처럼 달려들어 "합의하지 않은 내용을 함부로 발표한다"라고 멍석말이를 했다. 스승은 잘못 얘기해도 괜찮았다. 제자가 문중의 책에 나온 내용을 가지고 지적하면, 스승은 당장 잘못을 인정하기보다는 "학문은 변하기도 하지"라고 응대했다.

대발은 용기 있는 사람이었고 스승에게 번번이 대들다가 결국 파문당했다. 동문들이 스승의 말대로 희다고 말할 때 그만 홀로 검다고 말했다. 그렇게 그는 스승을 거역하고 쫓겨난 다음 발발을 제자로 받아들였다. 한국전쟁 직후 거리에서 노는 아이를 데려다가(전문가들은 납치라 부른다) 고아원에 맡기는 일이 많았는데, 발발은 그렇게 고아원에서 크다가 대발의 집으로 들어가 첫 제자가 되었다. 대발은 이렇게 해서 새 문파를 정식으로 창시했다.

어느 날 대발은 강아지 한 마리를 데려와 둘째 제자라고 선언했다. 당시에는 집에 묶어놓은 개도 훔쳐가는 사람이 많았고, 자기가 기르던 개를 산으로 끌고 가서 나무에 매달아 흠씬 때린 뒤에 끓여 먹는 일이 많았다. 대발은 흰둥이를 제자로 받아들이면서 검둥이라 불렀다. 흰둥이도 자기 이름이 검둥인 줄 알고 꼬리를 쳤다. 발발이나 검둥이나 부모와 강제로 떨어져서 대발의 제자가 되었고, 다행히 대발의 가르침을 받게 되었다. 첫째와 둘째의 순서는 있으나, 누가 먼저 자성自性을 발견하고 생로병사의 고뇌에서 벗어나게 될지 모를 일이었다.

발바리도 흰둥이 밥을 줄 때면 실제로 "검둥아, 밥 먹어"라고 했다. 흰 개는 검둥이가 자기 이름인 줄 알고 반응했으니, 이름이란 처음 불러주는 사람이 결정한다는 사실을 부인하기 어렵다. 첫 단추를 잘 여미라고 선지식들이 말한 이유다. 서산대사의 시는 귀감이다. "눈밭을 걷더라도 어지럽게 걷지 마라. 뒷사람의 길이 될 테니." 그러나 발바리는 남의 발자국을 따라 걷는다면 무슨 재미가 있겠느냐고 생각해서 탕수육 부먹찍먹 논쟁에 불을 붙인 배달전문 음식점 사장님의 창의성을 높이 평가했다. 바삭한 탕수육을 배달하려면 튀김 따로 국물 따로 가져가야 한다. 인류가 남이 가던 길만 간다면 동굴과 강가를 벗어나지 못했을 것이다.

발바리는 대발의 의도를 직접 파악하고 싶었다. "왜 흰 개를 희다고 말하지 못하게 하십니까? 게다가 말 못 하는 짐승이라고 마음대로 이름을 붙이는 것도 폭력입니다." 대발은 개 이름을 지은 내력을 설명했다. "우리 검둥이를 처음 보는 사람이 자네같이 단순하다면 백구야, 또는 흰둥아라고 부를 테지. 그렇게 되면 일반명사가 자기 이름인 줄 아는 검둥이는 아무나 주인인 줄 알고 따라나설 거야. 내겐 그러한 위험을 예방해줄 의무가 있기 때문이지." 유명인이라면 누구나 부르기 쉽고 기억하기 쉬운 이름이 필요할지 몰라도, 험한 세상에서 보호받을 필요가 있는 약자의 이름은 남이 추정하기 어려울수록 그에게 이롭다는 말이다. 일종의 보안카드라고? 발바리는 허탈했다. '칫, 심오한 뜻이라도 있을 줄 알았는데.'

발바리가 별로 심오할 것도 없는 말을 듣고 실망하자, 대발은 개와 관련도 없는 얘기를 장황하게 늘어놓았다. "우리는 해·달·천랑성天狼星(시리우스) 따위를 천체라 부른다. 공기·불·흙·물을 원소라 부르고, 비·눈·우박·우레를 대기현상이라 부른다. 색깔, 소리, 맛, 냄새, 밀도, 희소성, 열, 냉기, 유약함, 내구성, 유동성, 단단함, 탄성, 무거움, 가벼움, 형태, 운동, 정지, 지속성, 넓이, 양, 투과성이라는 추상적 성질로 사물을 설명한다." 발바리는 "그래서요? 흰 개를 흰둥이라 불러야 옳지 않나요? 구린내 나는 음식을 진미라 부를 수 없듯이요"라며 대발이 논점을 흐린다고 지적했고, 대발은 화가 나서 혼잣말을 했다. 발바리는 그 말을 알아듣지 못했지만 딱 자기 수준에 맞게 '그래, 너 잘났다' 또는 '니

팔뚝 굵다', 아니면 '니 똥 굵다' 정도일 것으로 짐작했다. 그러나 뜻밖에 대발의 입에서 나온 말은 아주 훌륭한 타협안이었다. "후생가외後生可畏라."

대발은 어느 틈엔가 얘깃거리를 찾아 질서정연하게 말했다. "허명, 허상에 집착하지 말라니까. 나나 자네나 또 세상 사람은 모두 검둥이가 흰 개임을 안다. 그렇다고 그의 영혼이 희다고 말할 수 있을까?" 대발은 모든 생명체에게 의도가 있고, 그 의도대로 한다면 반드시 희생자가 생기기 마련이라고 믿었다. 평소에 그는 순진한 생명은 없다고 강조했다. "아기도 어미젖을 먹고 싶을 때면 떼를 쓰거나 숨넘어가듯 운다. 그러니 검둥이의 영혼도 순진하지는 않다. 그렇다고 해서 검은색에 편견을 가져서도 안 돼. 모든 물건은 기본적으로 같은 물질이 형상에 맞게 뭉친 것이다. 인연 따라 생겼다는 말이다. 그러니 색깔로 성품을 예단하지 말거라." 발바리는 이야기의 주제가 겉모습에서 영혼의 색깔로 넘어가는 복잡한 설명을 듣다가 딱히 할 말을 찾지 못했다. 기껏 반격이랍시고 "스승님을 '쌔끼야'라고 불러드리면 좋겠어요?"라고 도발했고, 대발은 꽥 하고 소리를 질렀다. 발바리는 "스승이나 제자는 모두 부모에게는 영원한 새끼라는 영원불멸의 진리를 말씀드렸는데 왜 화를 내십니까?" 발바리는 대발과 불화를 빚은 뒤에는 어김없이 후회했고, 대발은 발바리가 자기 품을 떠날 때가 왔음을 확실히 깨달았다.

발바리의 변신

　　　　　　　발바리는 대발의 품을 떠나
　　　　　정규교육을 받으러 넓은 세상으
로 나갔다. 그는 호적상의 이름을 찾아 온세상溫世上이 되
었고, 옛 이름이자 별명인 발바리는 과거에 묻혔다. 온세상
은 자기 성을 오온五蘊의 온蘊으로 인식하고, 이름도 세상
세世와 윗 상上이 아닌 없을 무에 덧덧 상, 무상無常으로 바
꿔 쓰기도 했다. 온세상은 관심분야가 많았기 때문에 적성
에 맞는 분야를 찾는 데 애를 먹었고, 어찌어찌해서 서양사
를 전공했다. 그리고 남들이 쉽게 겪는 과정을 남보다 어렵
게 마치고 나서 90퍼센트 이상 조상의 음덕과 추천서 덕택
에 교수직을 얻었다. 그래서 그는 자기 때문에 임용장을 받
지 못한 지원자들에게 늘 미안했다. 불안하고 불편했기 때
문에 가끔 악몽에 시달렸다.

　석사 논문을 쓰지 못하고 군에 입대한 뒤 3개월 단축혜
택을 받아 30여 개월을 채웠는데, 한 달 후임병이 6개월 단
축혜택 덕에 자기보다 먼저 제대명령을 받는 것을 속절없
이 지켜보면서 말뚝을 박아야 하느니 마느니 하다가 깨질

않나, 대학교 1학년 교양과목 중에서 화학인지 수학인지 학점을 받지 못한 사실이 4학년 졸업사정회에서 밝혀져 제 때 졸업을 하지 못했는데도 논문을 짜깁기해서 겨우 박사 학위를 따고 운 좋게 교수가 되었다는 사실이 발각 나는 순간 화들짝 놀라서 눈을 뜨는 경우도 있었다. 온교수는 악몽에 시달릴 때마다 조상, 스승, 친지가 뒤를 밀어준 덕분에 교수직을 꿰찬 만큼 더욱 분발해서 좋은 선생이 되겠다고 다짐했다.

온교수는 역사를 가르치면서 모든 사례가 자기와 직결된다고 생각했다. 흔히들 역사에서 교훈을 얻는다고 하지만, 온교수는 자신이 읽은 책을 아무리 뒤지고 또 뒤져봐도 교훈이 될 만한 사례를 찾아내지 못했다. 언제나 나쁜 놈의 한 배 반 이상 나쁜 놈이 남보다 더 잘 먹고산다. 아니면 가장 나쁜 놈에게 간과 쓸개를 다 빼주면서 비겁하다는 소리를 듣더라도 속으로 혀를 날름대면서 교활하게 살다 보면 호사를 누린다. 소심하고 정직한 사람은 금 밟으면 죽는다면서 금 안에서만 돌아다닌다. 그들은 금 밖에서 무슨 일이 일어나는지 전혀 모른다. 힘센 자들은 금 밖으로 멀리 나가 놀면서도 금 안에서 성실한 사람들이 땀·눈물·피·죽음으로 낸 수익에 빨대를 꽂고 자기들끼리 서열을 다툰다. 신분 사회가 아닌 사회에서는 계급이 없다 해도 계단은 있다. 저마다 자기가 선 계단에서 가까운 아래위를 보면서 살지만,

특별히 관심을 갖지 않는다면 먼 계단에서 무슨 일이 일어나는지 알지 못한다. 온교수는 학생들에게 현상금을 걸었다. "착한 사람이 잘 사는 사례가 있으면 알려주세요. 역사적 교훈을 인정하고 최고 성적으로 보답합니다."

온교수는 고대 그리스 역사 시간에 트라시마코스는 "정의는 강자의 이익"이라고 했으며, 오늘날에도 통하는 말이라고 설명했다. "그렇다면 선악과 디케(정의)는 무관하단 말씀이죠?"라는 질문을 받고 가슴이 뜨끔했다. 그는 평소 정의를 말할 자격이 없다고 생각했지만, 교수라는 사회적 역할 덕에 얻은 선량한 가면을 쓴 채 목청을 가다듬고 나서 자기 얘기를 했다. "여러분에게 나는 무엇입니까? 나는 여러분에게 지식을 가르치고 여러분의 성취도를 평가합니다. 여러분은 내가 하는 일에 불만이 있겠으나 대체로 결과에 승복합니다. 내가 정의를 실현한다고 인정해주는 제도 덕택입니다. 여러분이 이 학교에 들어올 때 그 제도를 따르겠다고 동의했기 때문에 내가 부과하는 과제와 성적을 순순히 받아들여야 합니다. 물론 시간이 지나면서 교수의 강의 평가가 이른바 족보가 되면서 학생들이 교수의 정의를 의심하기도 합니다. 그러나 교수들은 필수과목을 나눠 갖고 학생들에게 교수를 선택할 기회조차 주지 않습니다." 온교수는 자기를 본보기 삼아 정의란 사회적 강자, 권력자가 결정하는 것이며, 심지어 군화를 신고 상관을 짓밟은 자들이

'정의사회 구현'이라는 강령을 내걸었지만 판검사들도 꼼짝하지 못하던 시절이 있었음을 알려주었다.

"서양의 법원에는 저울을 든 아줌마가 있어요. 이른바 정의의 여신상 '유스티티아'지요. 법원은 정의를 실현하는 곳이라는 뜻일 텐데, 정의란 법ius을 따른다, 법대로 한다는 뜻입니다. 아줌마는 눈을 뜨거나 가리고 있으며, 칼을 차거나 들고 있으며, 어김없이 저울을 들고 있어요. 서양 사람들은 법이 제대로 적용되지 않는다고 솔직히 인정했어요. 앞을 보지 못하게 눈을 가린 아줌마가 저울 눈금을 어떻게 정밀하게 재겠어요? 또는 눈을 똑바로 뜨고 칼을 찬 아줌마에게 똑바로 저울질하라고 덤빌 사람이 어디 있겠어요? 우리나라 법원에도 '네 죄를 네가 알렷다'라는 구악舊惡을 일소하는 뜻으로 두 눈을 부릅뜬 채 저울을 든 아줌마를 모셨어요. 정의사회를 구현하겠다는 의지 충만. 그런데 어떤 조각가가 상을 빚었는지 몰라도 저울이 기운 것 같지 않아요? 조각가가 제작비에 불만을 품고 일을 대충대충 했는지, 아니면 발주처에서 예산을 깎았는지, 아무튼 저울에 문제가 있어요."

교과서에서 가르치는 삼권분립은 현실에서는 눈을 씻고 봐도 찾기 어렵다. 행정부에 속한 검찰이나 사법부에 속한 판사가 공정하게 저울질을 하면 얼마나 좋을까? 검찰이 애써 기소한 사건을 판사가 어떻게든 봐주는 판결을 내린다든지, 검찰이 무리하게 기소한 사건을 판사가 그대로 주문을 인용해준다든지, 그동안 상식적으로 받아들이기 어려운 일이 얼마나 많이 일어났던가? 예전 교과서는 1517년 10월 말에 루터가 면죄부 판매에 항의하려고 95개조를 걸고 토론을 제안하면서 종교개혁의 길을 열었다고 서술했지만, 이제는 '면죄부' 대신 '면벌부'라 한다. 면벌부는 연옥에서 받는 벌을 받지 않고 곧장 천국으로 가는 길을 열어주는 증서이기 때문이다. 그런데 우리나라에서는 가톨릭교회가 아니라 검찰과 법원이 면벌부를 발행한다.

검찰이 피의자에게 기소권을 행사하지 않을 때, 그들이 면벌부를 주었다고 말할 수 있다. 청렴한 사람인데 검찰이 기소하면 죄인이 되고, 누가 봐도 죄인이 분명한데 검찰이 기소하지 않으면 벌을 받을 일은 없다. 또 검찰이 정성껏 유죄를 입증해도, 재판부가 대중의 기대를 저버리고 무죄 판결을 내리기도 한다. 심급을 올리면 무죄가 유죄로 바뀌거나 유죄가 무죄로 바뀌기도 한다. 이처럼 법원도 면벌부를 발급한다. 목사가 '하나님 앞에 모두가 죄인'이라고 말할 때, 대다수 신도는 실제로 뉘우칠까? 일반인으로서는 죄인이냐 아니냐보다, 벌을 받느냐 마느냐가 더 중요하다. 그래서 면벌부를 주는 검사나 판사가 검느님, 판느님이다. 게다가 멀쩡한 종이를 자신들의 흥밋거리로 채워 포장지나 달걀판 재료로 만들어버리는 기느님도 무섭다. 그들은 사람을 무지막지하게 모욕하거나 인격살인을 저지르고서도 '미안하면 되잖아'라고 넘어간다.

온교수는 다음 주에는 스파르타의 역사와 한국의 현대사가 2,500년의 시간차를 느낄 수 없을 만큼 닮은 점에 대해 토론수업을 할 테니 조를 짜서 역할 분담하고 자료를 준비해 오라고 말했다. 무엇보다도 ABC와 CBA의 차이에 대해 생각해보라고 화두를 던져주었다. 군사정변을 일으켜 권력을 잡은 박정희 시대에 '군관민'이 하나가 되어 '근대화사업'을 수행하던 사례를 곁들여 민주화 시대 이후에 겨우 '민관군'의 순서가 정착하기 시작했다고 토론수업의 주안점을 짚어주었다. 민주국가에서 가장 중요한 존재는 시민이며, 그들이 자발적인 합의로써 국내외 적들을 막아 질서를 유지하지만, 대한민국의 권력이 총구에서 나오던 시절에는 'ABC'가 정상적인 순서였다. ABC, CBA라고 하면 왠지 있어 보인다. 그래서 군관민이라고 덧붙이면서 굳이 수수께끼같이 화두를 던졌다.

온교수는 박정희가 추진한 '근대화사업'이 얼마나 영리한 사업인지 말할까 말까 망설였다. 그는 군사정변을 일으키고 '혁명'이라고 주장했으며, '근대화'를 하자고 국민을 다그쳤다. 그가 의도한 것일까? 아니면 특별한 의도 없이 그의 사상이 그대로 튀어나온 것일까? 일본의 군국주의에 물든 사람이 생각하는 '근대화'가 과연 진정한 뜻의 '근대화'일까? 아무튼 민주주의의 가치를 억압하는 대신 '한국적 민주주의'라는 말을 쓴 것으로 보아 영리한 정책이었다. 그러므로 그는 거짓말을 한 적이 없다. 그는 일본의 군국주의적 산업화와 팽창주의를 근대화라고 배웠고 '한국적 민주주의'에 적용했기 때문에 공약을 지켰을 뿐이다. 그렇지만 거짓말하지 않고 공약을 지키면 훌륭한 대통령이라 할 수 있을까? 게다가 말과 실속이 다르다는 사실을 인식하는 국민은 그 공약을 용납하지 않는다. 좋은 것은 자기들끼리 나누고 고통은 국민이 나누자고 권장한 것이 '한국적 민주주의'라고 생각한 사람은 온교수뿐이었을까?

더욱이 근대는 현대 이전의 시대에 붙이는 용어다. 굳이 '근대화'를 주장한 의도는 언제 현대화하자고 했느냐, 현대화까지 맡겨주면 국가와 민족을 위해 열심히 헌신하겠다는 공약을 내걸 여지를 남기려는 데 있다. 이 얼마나 슬기로운 계획인가? 아깝다, 그는 '근대화'도 제대로 이루지 못하고 겨우 산업화 단계에서 축배를 들다가 살해당했으니. 그렇지 않으면 '현대화'도 맡았을 텐데 말이다. 우리나라에서 근대화를 산업화와 같은 것으로 오해하는 사람이 많다. 근대화를 너무 잘못 알고 있다. 산업화와 함께 노동자의 인권과 삶의 질도 향상시켜서 민주주의를 확실히 정착시킬 때 근대화를 이뤘다고 평가할 수 있다. 온교수는 잠시 스치는 생각을 멈추고, 근대화 문제는 나중에 꺼내자고 결심했다.

세 시간 연속강의를 하다 보면 학생들의 집중력이 떨어지기 때문에 한 시간 조금 넘어 10분을 쉬기로 했다. 더욱이 온세상이 교수가 되었을 때만 해도 음주운전에 비교적 너그러웠고, 음주강의는 별로 문제가 되지 않았다. 학계의 전문용어로 '미쳐도 할 수 있는 직업이 교수', 또는 '되기도 어렵지만 되고 나면 만고땡인 직업이 교수와 거지'라는 말이 있을 정도였을 만큼 온세상도 교수직을 만끽했다. 그는 자신의 이름이 아닌 '온교수'라는 호칭으로 처음 불렸을 때는 어색했지만 차츰 익숙해지더니 이제는 제 입으로 '온세상입니다'보다 '온세상 교숩니다' 또는 '온교숩니다'라고 했다. 그럼에도 간밤에 들렀던 술집에서는 보안에 신경 써서 학교를 회사라 부르며 '신성한' 교직을 욕되게 하지 않으려고 노력했다. 술집도 옥호 대신 접대부가 많다는 뜻으로 '딸부잣집'이라 부르고 마담을 '장모'라 불렀다. 더욱이 '신성한' 학교, '신성한 교실'을 욕되게 하는 일이 있을지언정 밖에서는 그 사실을 알지 못하게 막으려고 노력했다. 그러나 안에서 새는 바가지가 밖에서 새지 않는 경우를 본 적이 없다. 온교수의 술친구 중에는 은근히 진짜 직업을 내비치는 배신자가 있었고, 그렇지 않다 해도 딸부잣집 장모가 사위의 직업을 파악하지 못할 리 없었다.

그러나 온교수는 어느 날부터 술집이 아니더라도 자신의 호칭을 온교수, 온세상 교수라고 내세우지 않게 되었다.

머리 깎고 먹물 들인 옷을 입은 사람이 자기 입으로 "나 대발스님입니다"라고 하는 말을 듣고, 굳이 자기 입으로 스님이라 해야 남들이 스님 대접을 하는가 싶은 의문이 들었다. 그때부터 그는 상대방의 마음을 헤아렸다. 상대방이 교수와 통화하는 것을 영광으로 여기고 존경할 마음을 먹을까 생각하니 갑자기 손발이 오그라들었고 자면서 이불을 마구 차댔다. 그다음부터 상대방에게 자기 이름 석 자만 떳떳하게 말해도 아쉬울 것은 없었다. 상대방에게 불쑥 전화를 걸 이유가 없는 직업이기 때문에, 굳이 자기 직업을 밝히지 않더라도 상대방은 그를 대접해주었기 때문이다. 학생들이 그를 보고 교수님이라고 하거나 선생님이라고 부를 때, 온교수는 선생님 소리가 더 듣기 편했다.

온교수는 새벽까지 마신 술이 덜 깼기 때문에 속이 메스꺼워서 한 시간을 겨우 채우고 쉬어야 했다. 그 잠깐 사이에도 살갑게 다가와 질문을 던지는 학생이 늘 한두 명 있게 마련이다. 처음 강단에 서던 날에는 질문자가 있다는 사실에 반가워하면서 친절히 대답했지만, 한 일주일 교수 노릇을 해보니 귀찮아지기 시작했다. 퇴근 후에 이메일로 다음 날의 업무지시를 하는 상사처럼 무례한 학생을 은퇴한 후에도 용서하지 않으리라. 그래서 온교수는 질문의 요점을 빨리 말해주면 수업시간에 전체를 상대로 대답하겠다고 해서 쉬는 시간을 벌었다. 그 학생은 "죄송하지만 ABC가 무엇의 약자인지 다시 설명해주세요"라고 말했다.

사실상 수업시간에 강의한 내용을 완전히 이해한 학생이 과연 몇 명이나 될까? 질문을 받은 김에 모든 학생의 이해도를 측정할 필요가 있다. "지난 시간에 말한 ABC가 무슨 뜻인 줄 아는 사람?" 서른 명이나 되는 학생은 갑자기 조용해졌고 서로 눈치를 보면서 온교수와 눈을 마주치지 않으려고 노력했다. "오늘이 며칠이지요?" 출석부를 뒤적이면서 날짜를 조합해 당첨자를 고르는 동안, 누군가 용기를 내서, 그러나 기어들어가는 목소리로 "군관민, 아니 민관군?"이라고 말했다. "정확히 모르는 모양이군. 군관민과 민관군 가운데 뭐죠?" 그 순간 문득 생각난 아재 개그 '고구미? 김진기?'를 하마터면 입 밖으로 던질 뻔했다. 누군가 공책을 뒤적이더니 "군관민이요"라고 대답했다.

온교수는 아무렇게나 물었다. "A는 무슨 단어의 머리글자인가요?" 그는 팔을 들어 보이면서 "팔이 영어로 뭐지요?" "arm이요." "그래요, 아미요. 정답이 바로 나왔네요, 아미." 온교수는 제 딴에 재치 있는 대답을 들려주고 빙그레 웃었지만, 대다수 학생은 별 재미도 없는 아재 개그를 이해하지 못한 채 멍하니 있었다. "A가 'arm'이'라면(army라면), B는 가슴인가요?" 온교수는 지루한 수업을 재미있게 만들어야겠다고 작정하고 생각나는 대로 질문을 던졌다. 그런 일이 쌓이면 나중에 조그만 실수도 용서받지 못하게 되거

늘, 아직은 경험이 부족해서 신중하지 못했다. "가슴은 브레스트breast", 이미 입이 삐끗했지만 다행히 급수습했다. 통닭집이나 생선가게 앞을 지나면서 동물이 발가벗었다고 수치심을 느끼는 사람이 가슴이나 브레스트라는 말을 들으면 성희롱이라고 발끈할지 모른다. "아니, 잘못하면 성희롱이 될 수도 있으므로 부점bosom으로 하죠. 내친김에 C는 두목이나 머리와 관련된 치프chief 또는 캐피탈capital을 뜻할까요?"

온교수는 가슴이 불러일으킬 성적 상상을 막으려고 숨도 쉬지 않고 C로 시작하는 낱말을 뱉었다. "군대는 아미army, 관은 뷰로크래트bureaucrat, 민은 시티즌citizen을 뜻합니다." 이렇게 말하면서 갑자기 부끄러워졌다. '군이 영어 단어를 얘기할 필요가 있나? 원고지 한 칸을 더 채우면 원고지 한 장 값을 더 벌 수 있는 원리인가?' 원고지로 논문 제출하고 신문기고문 쓰던 세대의 버릇이었다. "군국주의 국가인 스파르타와 군사독재 시절의 우리나라에서 사회적 서열은 ABC순이었지만 민주화한 결과 순서가 CBA로 바뀌었지요."

누군가 "BCA나 BAC도 가능할까요?"라고 물었다. "좋은 질문입니다. 역사는 우리가 생각하는 이상의 사례를 제공합니다. 우리나라에 '관피아'라는 말이 있는데, 관료들의 힘이 막강하다는 뜻이죠. 모든 학생은 '관피아'에 대해 조사해서 발표하도록 하세요." 질문을 한 학생이 졸지에 공공의 적이 되어 다른 학우들의 눈총을 받았다. 그 학생은 앞으로 입이 근지러울 때 당구 큐대를 손질하는 줄로 문지르는 한이 있어도 질문을 하지 않을 것이 분명했다. 온교수는 벌써 학생의 입을 막는 방법을 터득했다. 학생이 질문을 해올 때 그 답을 스스로 찾아오라는 과제를 안겨주면 귀찮아서도 질문을 하지 않는다. 게다가 수강생들에게 똑같은 과제를 안겨주고, 그들로 하여금 집단 눈총으로 잠재적 질문자의 입을 망가뜨리게 만드는 경우도 있다.

온교수는 좀 전에 '가슴'을 얘기한 것이 마음에 걸려서 화제를 바꾸려고 짱구를 굴렸다. "이왕 얘기를 꺼낸 김에 머리, 가슴, 팔 이야기를 하죠. 플라톤 아시죠? 어깨가 딱 벌어졌기 때문에 그런 이름을 얻은 철학자요. 플라톤은 전문 용어로 '어깨 깡패'라는 뜻입니다. 기원전 4세기에 아카데메이아라는 학교를 세워서 제자를 길렀는데, 그 학교는 6세기 동로마제국 황제 유스티니아누스가 폐지할 때까지 900년 동안 학생을 배출했어요. 아리스토텔레스가 그에게 직접 배웠지요. 플라톤은 슬기로운 왕을 머리, 용맹한 군인을 가슴, 부지런한 일꾼을 팔에 비유했습니다. 국가를 마치 거대한 인간처럼 생각했어요. 여러분은 그의 의견에 동의하시나요? 왕과 지배층이 소수인 나라에서 자신은 평생 일만 하거나 싸움만 할 운명이면 좋겠어요? 플라톤에게 신세를 한

탄하는 편지를 써보세요." 온교수는 학생들의 한숨과 푸념을 못 들은 척하고 수업을 마쳤다.

온세상은 교수로서 받는 평판이 점점 나빠지고 있음을 느꼈다. 그는 증오가 뚝뚝 흐르는 내용의 편지도 받았다. 익명의 적은 험악하게 이빨을 드러내고 가족의 안전까지 위협하고 나서 마지막에는 "지구를 떠나라"고 엄중 경고했다. 온교수는 옛 성현들이 "후생가외"라고 한 이유를 이해했다. 제자들이 스승을 얼마나 핍박해댔으면 그런 말을 남겼을까? 중2병에 걸린 학생들에게도 '강적이 유치원을 다니고 있다'고 해주면 겁을 먹는다지 않던가? 온교수는 결코 성현 소리를 들을 수 없음을 잘 알았고, 다행히 발바리 시절에 마음공부를 해놓은 덕에 큰 상처를 받지 않고 학생들을 혹독하게 훈련해나갔다. 그는 자기보다 더 나쁜 학생이 있더라도 제압할 자신이 있었다. 미쳐도 할 수 있는 직업을 가진 자에게 두려울 것은 없는 법!

온교수는 학생이 책을 베끼든 말든 관대했지만, 토씨를 잘못 쓰고 일본말투나 번역어 냄새를 풍기는 글을 보면 '빨간 펜' 교수 노릇을 했다. 내용을 베끼는 모습은 자신을 닮았기에 '자기를 용서하듯 남을 용서하라'는 공자님 말씀을 따랐지만, 상식적으로 우리말을 아끼지 않는 태도는 용납하지 않았다. 1학년 첫 학기 초에 쪽지시험을 보면 새내기들이 아직 말과 글에서 번역자 교수들에게 오염되지 않은 상태임을 파악할 수 있다. 그런데 한 학기만 지나도 벌써 "우리가 살아가는 데 있어서 어쩌고저쩌고"라는 일본말투가 나타난다. 독서량이 늘어난 결과 우리말을 가려 쓰려고 노력하지 않는 교수들의 글을 많이 접하고 배우게 된다는 뜻이다. 그 자신도 "~에 있어서"라는 말을 쓴 적이 있지만 잘못된 표현임을 알고 나서 절대로 다시 쓰지 않았으니 학생들도 잘못을 일깨워주면 고칠 수 있다고 믿었다.

예를 들어 "그는 서른 살의 나이에 취직해서"는 영어를 번역한 말투이니 "그는 서른 살에 취직해서"로 써야 우리말답다고 강조했다. "생각한다"가 아니라 "생각되어진다"라든지, "말해야 한다"가 아니라 "말해져야 한다" 따위의 수동태 번역어는 빨간 펜으로 −1이라 썼다. 온교수는 "무슨 식당은 어느 동에 위치했다"라든지, "나는 그것이 옳다는 생각을 갖고 있습니다"라는 말을 들으면 온몸이 오그라들었다. 그는 틈만 나면 학생들에게 "우리말을 함에 있어서 올바른 표현"이라고 하지 말고 "우리말을 할 때 올바르게 표현"하라고 다그쳤다. 그리고 비교급은 "보다 더"가 아니라 "더욱"이 맞고, "입장을 밝혀라" 또는 "입장을 들어보자"라는 말보다 "어떻게 생각하는지 알려달라" 또는 "의견을 밝혀달라"라고 써야 한다고 강조했다. 한 졸업생이 "저는 선생님의 가르침을 늘 감사하게 생각하고 있어요"라고 편지를 보냈을 때, 온교수는 "그냥 감사해라, 감사를 생각하느라고 이렇게 편지를 늦게 썼니?"라고 안타까워했다.

어느 날 온교수의 연구실 문 아래로 누군가 쪽지를 밀어 넣고 도망가는 일이 생겼다. "교수님, 역사시간이 국어시간 입니까?" 그는 다음 강의시간에 누가 쪽지를 썼는지 물었지 만 아무도 나서지 않았다. 온교수는 출석부를 보면서 가나 다순으로 1번부터 30번까지 한 명씩 이름을 불러 확인했 다. 마침내 30번 학생이 자기가 했다고 고백했다.

온교수는 그 학생이 실제로 썼는지, 아니면 비겁한 누군 가를 대신해서 시간낭비를 막으려 했는지는 중요하지 않다 고 말했다. 이어 누구든 이름을 밝히고 의견을 제시해도 아 무런 손해를 입지 않는다는 사실을 보여주고 싶었다고 말 한 뒤, 역사시간에 글쓰기를 중시한 이유도 밝혔다. "역사는 인간의 모든 영역을 설명하는 학문이므로 필요한 경우 인 문학과 자연과학 분야의 전문용어를 빌려다 써야 합니다. 그렇다 해도 일상생활에서 쓰는 말처럼 쉽게 설명해야 합 니다. 우리말을 잘해야 역사는 물론 외국어도 잘한다는 소 리를 들을 수 있어요." 그는 꼭 하고 싶었던 말을 덧붙였다.

"세종대왕님께 감사합시다. 좋은 문자 만들어주셔서 고 맙습니다. 여러분이 솔직한 감정을 표현할 수 있는 문자를 가진 것을 자랑스럽게 여기세요. 외국에서도 우리 문자를 배우는 사람이 늘어나니까, 우리끼리만 소통하는 방식도 진화합니다. 어느 날 프랑스에서 한적한 골목을 지나가다 어느 집 문간에서 "하나셋아홉일"이라는 쪽지를 봤어요. 그 곳에 사는 한국인이 그날 놀러 올 친구들에게 일일이 문을 열어주기 귀찮으니 비밀번호를 버젓이 적어놓은 것이지요. 그런데 요즘은 이렇게 쓰지 못합니다. 한국어를 이해하는 사람들이 늘어났으니까요. 그래서 특정 음식점이나 숙소에 불만이 있으면 한국인만 이해하는 평을 남긴다네요."

온교수는 칠판에 "잉싫땅 마덩썰용, 잉숙솧 앟중 덩렁벙 용"라고 써놓고 읽어보라고 말했다. "이 말을 이해하지 못하는 한국인이 있을까요? 만일 '하나셋아홉일'을 한국인만 이해하도록 바꾼다면 '핳낳셋앟훕잃'로 쓸 수 있을 테지요. 아무리 우수한 번역기를 돌려도 답을 얻을 수 없어요. 여러분, 인공지능을 눌러버릴 만큼 창의력이 우수한 한글에 감사하면서 1분간 묵념합시다. 쓸데없이 외국어를 남발하는 사람이 많지요. '사실'을 말하면 되는데, 왜 굳이 '팩트fact'를 따지는지요. 팩트라고 하면 진실을 말하는 것 같고, 사실이라고 말하면 어딘지 거짓을 포함하고 있는 것 같아요? 진실을 감추거나 왜곡하려는 자들이 스스럼없이 팩트라는 말을 쓰고 있으니 참으로 기가 막힙니다. 진실을 알기를 사기꾼 가문의 가훈 '정직'처럼 아는 사람들이 사실을 강조하려고 팩트라는 말을 전유물로 씁니다. 기분 나빠서 오늘 수업은 여기서 끝!"

온교수의
허허실실

온교수는 대발에게 평생 가
슴 깊이 새기고 실천할 좌우명을
물려받았다. "상대의 상相에 쉽게 속지 마라. 네 스스로 판
허방다리를 짚을지니. 남에게 기대할 일이란 없다. 섭섭한
감정은 무엇을 바라기 때문에 생긴다." 발바리는 대발의 품
을 떠나 '온세상 교수'가 된 뒤에도 대발을 한 번도 찾아가
지 않았다. "대발 스승님은 평소 누구에게 바라는 것이 없
으니 내가 찾아뵙지 않아도 섭섭하지 않으시겠지. 더욱이
그분은 뒤를 돌아보면서 하루하루 잘 살고 계시겠지." 온교
수는 대발을 모시고 살던 발발의 시절을 생각하다가 갑자
기 영감을 받았다. "옳지, 나도 역사학자니까 열심히 뒤를
돌아보면서 살잖아. 뒤돌아보고 또 돌아보고~", 하마터면
〈단장의 미아리 고개〉의 한 구절 '맨발로 절며 절며'를 흥얼
거릴 뻔했다.

발跋은 생존본능 때문에 뒤돌아본다. 생존본능은 새로
운 개체를 통해 미래로 연결된다. 발은 두 걸음 뒤를 돌아보
면서 두 걸음을 안전하게 내디딜 수 있음을 확인한다. 그가

돌아보는 행위는 본능적으로 미래를 보는 행위다. "미래를 돌아보고 또 돌아보라." 대발은 정말 이런 뜻으로 발발이라는 이름을 지어주었을까? 스승의 의도를 알 길이 없지만, 온교수는 역사를 공부하면서 미래를 보지는 못했다. 그러나 자신의 과오를 돌아보면서 미래의 행동을 자제해야 한다고 결심한 적은 있었다. '내가 역사를 공부해서 미래학을 개척하지는 못하지만, 다시는 똑같은 잘못을 저지르지 않겠다.'

온교수는 가끔 〈과거를 묻지 마세요〉라는 노래를 흥얼거린다. 군국주의 일본에 적극적으로 달라붙어 부귀영화를 누리던 토착왜구들과 그 후손은 막대한 재산과 권세를 자랑스럽게 여기며 당당하게 말한다. "일제강점기에 살아남은 사람은 모두 친일파다. 우리는 일본 덕택에 근대화했으니 일본에 고마워해야 한다. 불행했던 과거를 묻거나 따지지 말고 미래를 보라." 그들은 "과거를 묻지 마세요"를 입에 달고 산다. 그들은 약자가 아니라서 뒤를 돌아볼 필요가 없다. 그들은 끼리끼리 뒤를 봐주고 자손이 조상의 뒤를 깨끗이 닦아주기 때문에 스스로 뒤돌아볼 필요도 여유도 없다. 공격적으로 앞만 보고 사는 사람이 있지만, 뒤가 켕기는 사람이 많다. 소심한 사람은 사소한 실수로 큰 비난을 받을까봐 돌아보고 또 돌아본다. 강자는 소심한 사람이 대들 때 없는 먼지도 털어낼 만큼 강하다. 더욱이 토착왜구들은 뒤를 깨끗하게 핥아줄 마름들에게 푼돈을 주고 궂은일을 맡긴다. 마름들이 앞장서서 선량한 사람들을 마구 모욕하고 공격하는 사이, 토착왜구들은 국가의 미래를 착복한다.

온교수는 부족하긴 해도 명색이 역사학자였기 때문에 미래를 위해서 과거의 본질이 무엇인지 묻는다. 그는 과거를 땅에 묻어버리면 미래도 없음을 잘 알았다. 그는 역사과 학생이면 졸업할 때까지 반드시 한 번씩 해야 하는 과제를 내주었다. "할아버지나 할머니, 또는 부모님의 과거사를 듣고 그분들이 살던 시대를 평가하시오." 일제강점기, 미군정, 빨치산, 6·25전쟁과 민간인 학살, 4·19혁명, 5·16군사정변과 군부독재, 김재규의 박정희 살해와 신군부독재 등 다양한 시점에서 개인들은 무엇을 체험했으며, 그 시절을 어떻게 평가하는지, 그러한 얘기를 듣고 간접 체험한 소감을 써보라는 것이었다. "반민특위는요?" "5·18민주항쟁은요?" 온교수는 기특한 질문을 한 학생들에게 "잊지 않고 챙겨줘서 고마워요"라고 칭찬했다.

"나는 여러분보다 먼저 공부하고, 한 분야에 더 많은 시간과 공을 들인 덕택에 이 자리에 섰어요. 나는 모든 사례를 알지도 못하고, 안다 해도 빼먹고 지나가는 수도 있어요. 마침 좋은 주제에 대해 상기시켜주는 학생들이 있으니 고맙기만 합니다. 더욱이 학생들이 역사책에 등록되기 전의 사례를 발굴해서 모두와 공유해주면 더할 나위 없이 좋은 일이겠지요. 그런 뜻에서 다락이나 광에 방치해놓은 책이나 족보 꾸러미를 뒤져보는 것도 권장합니다. 먼지를 뒤집어쓴 채 허섭스레기 취급을 당하던 물건이 보물로 판명 날지 누가 알겠습니까?"

과거 역사가들은 국가가 생산한 자료를 가지고 역사를 썼다. 그래서 정치적으로 굵직한 사건에 대한 내용이 많았다. 역사가들은 새로운 사료, 새로운 분야, 새로운 연구방법을 발전시키면서 과거를 더욱 풍부하게 이해했다. 사회계급이 아니라 개인 차원의 경험도 소중히 다루고 분석해 커다란 흐름의 역사에서 개인이 어떻게 살아갔는지 조사하기 시작했고, 글을 쓰지 못하는 사람도 자기 경험을 말할 수 있기 때문에 구술사口述史를 연구하기 시작했다. 학생들은 어른에게 조상이나 가문의 경험을 들으면서, 역사책에 기록된 사실과 개인의 경험이 얼마나 차이가 있는지 평가하는 구술사가口述史家가 될 수 있을 터였다. 더욱이 할아버지 대까지 잘 관리하던 서적과 문서, 또는 용도를 알 수 없는 물건의 가치를 우연히 재발견할 가능성도 있었다.

온교수는 가끔 군대 체험을 화두 삼아 학생들에게 하고픈 얘기를 풀어놓았다. "옛날에는 군대에서 고참이, 참 요즘은 선임이라고 하던가, '고참은 하느님과 동격이다'라는 말로 신병의 기를 팍 죽였습니다. 여러분도 선배를 신격화해서 신입생에게 충성맹세를 시키고 억지로 술을 먹이고 노래

시키고 춤추라고 하지요? 군사문화가 어디 안 들어간 곳이 없어요. 다시 군대 얘기로 돌아갑니다. '야, 신병, 기차바퀴는 뭐로 만들었지?' '네, 이병 아무개, 쇠로 만듭니다.' '어허, 이놈 봐라, 박달나무로 만드는 거야. 다시 묻는다, 기차바퀴는 뭐로 만드나?' '네, 박달나무로 만듭니다.' '어허, 빠져가지곤. 관등성명!' '네, 이병 아무개, 박달나무로 만듭니다.' '누가 묻지도 않는데 박달나무로 만든다고 하나? 아까는 박달나무 기차바퀴였지만, 지금은 쇠바퀴다. 연병장의 골대까지 뛰어갔다 온다, 실시!' 이병은 '실시!'라고 외치고 헐레벌떡 다녀와 선임병 앞에 섭니다. '로켓이 왜 빨리 가는지 아나?' '네, 이병 아무개, 모르겠습니다.' '똥구멍에 불이 붙었기 때문이야. 앉아, 일어서, 열중쉬어, 차렷, 앉서열차, 앉서열차'라고 한 뒤 그것도 입이 아프다고 검지만 아래·위·좌우로 움직여 앉서열차를 시키다가 곡괭이 자루를 꺼내면서 '똥구멍에 불을 붙여줘, 말어?'라고 하면 이병은 울음 섞인 목소리로 '네, 이병 아무개, 시정하겠습니다!'라고 합니다. 내무반의 모든 선임이 신병을 그렇게 갖고 놀았지요. 여기서 돌발퀴~즈." 온교수는 학생들을 웃겨놓고는 반드시 긴장시켰다. "인간이 동물과 다른 특성 한 가지를 말해보세요."

학생들은 느닷없이 던지는 질문에 언제나 당황했다. 온교수가 생각하는 정답을 무슨 수로 알아맞힌단 말인가? 학생들은 언제나 온교수 앞에서 이등병처럼 초라해졌다. 온교수는 그만큼 잔인하게 학생들을 놀렸다. 그럼에도 그는 좋은 질문을 던져서 학생들에게 답을 궁리하도록 유도하는 것이 가장 훌륭한 교육방법이라고 생각했다. 그는 질문을 해놓고 나서 친절하게도 몇 가지 단서를 제공해주었다. "최초의 인간에 대해 우리가 알 수 있는 방법을 말해봅시다." "뼈요." "도구요." "그래요, 아프리카에서 고고학자들이 뼈와 도구를 찾아내 인류 조상들의 체구와 능력에 대한 지식을 얻었습니다. 그러나 원숭이도 연장을 써서 개미굴을 약탈하니까 인간과 동물이 다른 점이라고 할 수 없어요."

"옷을 입습니다." "오, 내가 생각하던 답은 아니지만 그렇군요. 동물 가죽을 벗겨서 추위를 견뎠네요. 그 후예들은 아직도 밍크나 여우의 털가죽을 벗기고 거위 털을 뽑아 겨울철 외투를 만들어 입지요. 더욱이 사람끼리도 껍데기를 벗겨 먹습니다. 식인종 얘기가 아니라 사기꾼의 속임수를 그렇게 말하지요. 때로는 등쳐 먹거나 바가지를 씌운다고도 말합니다. 또 다른 답은 없나요?" 온교수는 답을 기다리다가 "엉덩이에 불을 붙여줘, 말어?"라고 말하고 나서 친절하고 자세하게 설명했다.

"우리 조상님 가운데 담배 맛을 안 분들은 일찍부터 불필요하다, 다시 말해서 불이 소중한 자원이라는 사실을 인식했어요. 이재에 밝은 분이 화산에 다가가서 불을 붙여다 위험수당을 왕창 붙여 비싸게 팔았어요. 사업은 모험(엔터프

라이즈)이라서 막대한 이익을 남깁니다. 베니스의 상인은 무역선만 제대로 도착했으면 망하지 않았을 테지요. 300배 이상의 이익을 남겼을 테니까요. 법대로 하는 딸 포샤가 샤일록에게 계약서에 쓴 대로 살만 떼어가라고 주장해서 고리대금업자가 망한 얘기는 16세기 말에 영국의 극장가를 흔들었어요. 우리는 '법대로 하~'라고 할 때, 서양인은 '살점만 떼!'라고 말하지요. 사람이 아니라 동물의 살점을 구울 때, 영국인은 '설익은'(레어rare) 고기를 주문하고, 프랑스인은 '피 듣는'(세냥saignant) 고기를 주문하는데, 날고기에 가깝지만 불에 익혀야 하니까, 불 얘기로 돌아갑시다.

비바람에 나무가 서로 엉켜 연리지가 되면 관광자원으로 놔두고, 서로 비비다 불이 붙으면 불씨를 보존했어요. 불에 탄 나무가 변한 것을 보고 이재에 밝은 아재는 무기를 만들었지요. 나무 끝을 뾰족하게 깎고 불에 그슬리면 더 단단해졌어요. 벼락 맞은 대추나무를 잘게 잘라서 도장 재료로 팔았어요. 벽조목으로 도장을 새기면 재물운이 좋다고 비싸게 팔았죠. 이건 좀 다른 얘긴가? 아무튼 우리 조상은 마찰로 불을 일으키게 되면서 우유도 데워 먹을 수 있었어요. 불 때문에 가정불화도 일어났어요. 엄마는 자식에게 생선을 구워 먹이는데, 아빠가 횟감을 마음대로 구웠다고 불같이 화를 냈어요. 그러나 엄마는 아빠와 토론을 해서 이겼어요. 소중한 아기가 질긴 회보다 생선구이를 더 좋아하는

데 애비가 화를 내면 어떻게 하느냐고 다그쳐서 아빠의 코를 눌렀어요. 아빠는 입맛이 다양하다는 사실을 인정하고, 가정의 민주화를 승인했어요."

온교수의 강의를 들은 학생들은 남보다 훨씬 더 많이 배웠다. 온교수는 부먹찍먹 논쟁, 양념 반 프라이드 반 논쟁을 적극 수용했다. 온교수의 강의 내용은 누가 들어도 반반이었기 때문에 반신반의하는 학생이라면 거짓 내용을 가려내기 위해 스스로 공부할 수밖에 없었다. 정답만 알려주는 선생을 훌륭한 선생이라 부를 수 있을까? 더욱이 대학생은 곧 사회에 나갈 운명인데, 사회가 얼마나 험한 곳인가? 눈 번히 뜨고 코 베이는 세상, 하품하면 목젖 잘리는 세상이다. 부모님의 등을 휘게 만들지 않고 자립한 대학생도 전혀 다른 세상을 경험할 것이다. 더욱이 그들은 민주주의의 꽃이라는 투표로써 나라의 운명을 결정할 대통령을 뽑을 텐데 후보들을 철저히 검증하는 버릇을 길러야 한다. 온교수의 강의가 어디까지 사실을 전달하는지 검증할 수 있는 학생이라면 가끔 혀로 입술을 빨면서 가훈이 '정직'이라고 말하고, 멋쩍은지 헛기침을 한 후에 "여러분, 이거 다 거짓말인 것 아시죠?"라고 말하는 사람의 진실성을 감별할 수 있을 것이다. 그러므로 온교수의 교육이 사회에 나가기 전에 간접으로 겪는 마지막 지옥이 되었기를.

대발을
그리며

온교수가 나이 먹고 교단 경력을 쌓는 동안 주변에서 선배 교수들이 하나둘 교단을 떠났다. 온세상이 교수 공채에 지원했을 때 훌륭한 후보가 많은데도 그에게 교수직을 열어준 고마운 원로 교수도 떠났다. 그분이 정년퇴임하기 전에도 몇 명이 새로 들어왔는데, 그중 하나는 몇 년 있다가 다른 학교로 옮겼다. 온교수는 아무리 생각해도 자신을 다른 학교로 불러줄 사람은 하나도 없는데, 그는 자기가 원하는 대로 징검다리를 만들어놓고 기회를 보다가 진짜 목적지에 정착했다. 온교수는 자신의 평생직장을 징검다리로 이용한 그를 부러워하는 동시에 미워하기도 했다. 가끔 그가 생각날 때마다 저주하고 싶은 자신이 초라해져서 생각을 멈추려고 고개를 흔들었다.

문득 대발이 생각났다. 어떻게 지내시는지 궁금했다. 그러다가 마음속으로 민증을 까기 시작했다. 자기가 대발의 집에 들어갔을 때가 대여섯 살이었고 거의 40년이 흘렀으니, 대발은 지금 몇 살일까? 온교수는 자신이 대학교에 들어가서 교수들을 처음 만났을 때를 떠올렸다. 당시 신입생은 교수들의 나이를 따질 겨를도 없이 대충 아버지뻘로 여겼다. 그러다가 막상 자기가 교수가 되고 보니 그분들의 나이를 짐작할 수 있었다. 자기가 신입생으로 처음 만났을 때의 교수들은 대개 40대 초였다고 추산할 수 있었다. 모든 교수가 65세에 정년퇴임하기 때문이다. 더욱이 정년퇴임을 앞둔 교수가 호적상의 나이와 실제 나이가 다른 사실도 드러났다. 그의 부모는 제2차 세계대전이나 6·25전쟁 때문에 편법을 써서라도 자식을 보호하려고 출생신고를 늦췄다. 그러니까 어린 발바리가 처음 대발을 만났을 때는 할아버지인 줄 알았을 테지만, 온세상이 대학생 때 만난 교수들보다 더 들어봤자 10년에서 20년 정도일 것으로 생각했다. "많아야 70대 중반? 아직 젊으시구만. 지금은 어디서 어떻게 지내시는지."

온교수는 〈들드라의 추상〉을 CD 플레이어에 걸어놓고서 대발을 생각했다. 그러나 늘 그렇듯이 온교수는 어떤 주제에 몰두하지 못했다. 대발을 생각하면서 음악을 틀었고, 음악소리에 감탄하다 보니 여름날 뭉게구름 피어나듯 새로운 낱말이 꼬리에 꼬리를 물고 떠올랐다. 온교수는 애써 대발에 집중할 필요는 없었기 때문에 의식의 흐름을 탔다. 그는 중·고등학교 시절 라디오로 〈들드라의 추상〉을 자주 들었다. 그는 곡명을 정확하게 '드르들라의 회상回想'으로 정

하면 좋겠다고 생각했다. 작곡가 이름은 분명히 드르들라 Drdla로 고쳐야 한다. '수브니르souvenir'는 추상追想으로 옮겨도 괜찮다. 그러나 온교수는 회상이나 추억이 좀더 익숙해서 좋았다. 바이올린의 애잔한 선율이 방 안을 가득 채우면서 대발에 대한 추억을 뒷전으로 밀어냈다. "아, 언제 들어도 좋군. 역시 소리가 좋단 말이지. 트랜지스터라디오에서 이런 소리를 듣기는 어렵지. 기계는 사라지고 음악만이 공간을 채우는구나. 음악을 포대기처럼 쫙 펼쳐서 내가 빠져나갈 틈을 내주지 않는군."

온교수는 갑자기 딸부잣집의 주모를 찾아가 한잔 주문하고 싶어졌으나 집에서 포도주나 마시면서 음악을 듣기로 했다. 아껴둔 포도주를 따서 냄새를 맡은 뒤 잔에 조금 따랐다. 역시 기대에 미치지 못하는 냄새다. 아무리 좋은 포도주라도 집에서 혼자 마시면 언제나 실망스럽다. 충분히 열릴 때까지 기다리지 않고 성급히 머금고 나면 아무리 최면을 걸어도 텁텁하거나 시큼하다. 파리의 포르루아얄 전철역 근처 '라 클로즈리 데 릴라La Closerie des Lilas' 식당의 가르송(웨이터)이 손님이 주문한 포도주를 따서 먼저 한 모금 마시더니 잠시 놔두고 음식부터 제공한 뒤에 포도주를 가져오던 생각이 났다. 젊었을 때는 성급했고 그렇게 해야 직성이 풀렸는데, 이제는 달라졌다. 무엇이든 조급하게 대하지 말고 느긋하게 기다리는 법을 배워야 한다.

성급하게 포도주를 한 모금 마시고 후회했다. 음악이 술맛을 좋게 만들지 못하고, 술맛이 모처럼 음악에 젖은 촉촉하고 달콤한 분위기를 망쳤다. 어떤 술이건 여럿이 떠들면서 마셔야 제 맛이다. 더욱이 포도주는 비쌀수록 나눠 마셔야 좋은 맛을 더할 수 있다. 조금씩 입에 넣고 굴리면서 최적의 순간을 찾아 마시려면 한 병을 여럿이 나누고 즐겨야 한다. 술집이라면 훨씬 아래 급의 술도 분위기 덕에 더 맛있다. 비싸기 때문일까, 함께 앉은 늘씬한 각성받이 자매들 덕분일까? 모두 부질없는 일이었다. 온교수는 술에 취해서 집으로 돌아오는 과정이 지겹고 피곤하기 때문에 이제는 밖에서 술을 마시자는 제안을 모두 거절하게 되었다. 혼자 마시다 보니 술맛이 나지 않아 적게 마시게 되고, 자연히 건강에도 좋고 돈 쓸 일도 줄었으니 아등바등 연구비에 목매달지 않고서도 행복할 수 있었다.

대발은 얼마나 고매해지셨을까? 교수라면 연구와 교육의 성과에 대해 점수를 매기고 월급과 수당이나 연구비로 보상해주는 제도가 있기 때문에, 연구비를 많이 받는 교수가 우수한 평가를 받는다는 합의가 있다. 그러나 대발 같은 사교육자는 제도권 밖에 있었으니, 그분이 어떤 경지에서 노니시는지 알아낼 방법은 없었다. 물론 온교수는 체제에 불만을 품고 체제를 애써 무시하면서 홀로 즐겁게 사는 방법을 터득했으니 별종이라 취급받을 만했다. 온세상은 대발에게서 물질에 집착하지 않는 태도를 배웠고, 자기에게 적합한 생활방식으로 체화했다. 그래서 그는 자기 능력보다 연구비를 많이 받는 일은 자신과 전혀 관계가 없다고 생각하고, 최대한의 수입으로 몸값을 올리는 거물급 교수보다 최소한의 연구로 몸값을 유지하는 행복한 선생으로 만족했다. 물론 자기 최면도 강하게 걸었기 때문에 자존심, 아니 정확히 말해서 자만심을 억누를 수 있었다.

그럼에도 온세상을 채찍질하는 제도가 계속 발달했고, 그 때문에 마지못해 1년에 한 편씩 논문이랍시고 써냈다. 그것이 끝이라면 얼마나 좋을까. 반드시 몇 사람의 심사를 거쳐야 논문을 학술지에 실을 수 있었고, 그래야만 연구비를 온전히 받았다. 온교수는 모든 성과를 수치화하는 제도에 순응하느니 차라리 죽고 싶은 심정이었지만, 그것을 극복하면서 교수직을 유지해야 그나마 노후가 편안해진다는 일념으로 자만심을 억눌렀다. 그는 자신을 타이르는 말을 되뇌었다. "학회에서 모든 발표에 한 마디씩 논평하는 박식한 교수가 부럽다. 그는 분명히 다섯 개 이상 알고 있으리라." 물론 다른 이의 논문을 비평하는 것과 자기 논문을 잘 쓰는 것은 다르다. 학회에서 언제나 입으로는 젊은 회원들을 잘 가르치는 교수는 그럴수록 자기 검열을 강화했다. 그는 스스로 펜을 고장 내고 글을 내놓지 않았다. 어쩌다 승진에 꼭 필요한 점수를 채워야 할 때는 장황한 논문에 빈약한 내용을 함축하고 꽁꽁 숨기는 능력을 보여주기도 했다.

온교수는 학회 중간 쉬는 시간에 젊은 회원들이 담소하는 곳으로 다가서다 누군가가 "그분 글을 읽을 때면 사금 채취하는 기분이 들어"라고 하는 말을 얼핏 들었다. 무슨 뜻인가? 말을 꺼낸 회원이 권위 있게 진단했다. "건질 것이 거의 없다는 뜻이지." 그는 낯이 뜨거워 애써 모른 척하며 그들 곁을 지나갔다. '후생가외.' 그는 자신을 돌아보았다. "나는 하나를 알면 두세 개를 말할 수만 있어도 좋겠다. 일감을 많이 맡아 공장처럼 생산할 수 있을 테니. 그러나 나는 하나를 제대로 알지 못한 채 일일이 찾아가면서 논문을 써야 하니 참담하다. 나는 최소한만 일해야 정직하게 살 수 있다."

가끔 학기 중에 보이지 않다가 한 달 뒤에 나타나는 교수들이 있다. 우스갯소리로 어디 감금당했다가 풀려났다고 말하지만, 사실상 중요한 시험의 출제자로 참여하고 돌아온 경우다. 온교수는 붙박이장이라는 별명을 얻었지만, 집에서 홀로 하고 싶은 일을 하고 듣고 싶은 음악을 들을 수 있기 때문에 굳이 밖으로 나가지 않았다. 그는 집이 아닌 장소에서 외부와 완전히 차단한 생활을 자발적으로 할 수 있는 이유를 이해하지 못했다. 그는 자기라면 어떤 조건에서 출제에 참여할지 추정해보았다. 첫째는 높은 보수, 둘째는 밀린 일 처리, 셋째는 자기 학생에 대한 배려, 넷째는 가정에서 도피, 다섯째는 홀로 살기 연습, 여섯째는 금욕과 극기훈련, 일곱째는 잘 쉬기, 여덟째는 강의 부담 벗어나기, 아홉째는 사명감, 열 번째는 '개취'(개인적 취향). 그는 그 이상의 이유를 생각하기 어려워 열까지 세고 포기했다. 마침 손가락도 모자라고 양말도 벗기 귀찮았기 때문에 열이면 족했다.

아무리 남의 일이라도 한 달 동안 외진 곳에서 전화와 인터넷을 차단하고 생활하는 조건을 기꺼이 받아들이게 만들려면 보상을 충분히 해줘야 마땅하다고 생각했다. 실제로 출제는 일하는 분량에 비해 막중한 책임을 지는 일인만큼 돈을 많이 준다. 게다가 출제자는 자기 분야에 맞는 문제 몇 개를 내고 서로 검증을 거친 뒤부터 시험 당일에 해당과목의 시험지를 나눠줄 때까지 지정한 장소를 이탈하지 않는 한 마음대로 시간을 활용할 수 있으니, 그때 밀린 논문이나 저술에 매진할 수 있다고 말한다. 외상이라면 소도 잡아먹고 보는 사람처럼 여기저기서 연구비를 받은 사람은 유배지에 제 발로 들어가서 미진한 일을 마무리할 수 있다. 그는 모든 시간을 가장 값지게 활용한다. 더욱이 교수가 출제에 참여하면 그의 학생들은 용기를 얻는다. 눈치 빠른 학생들은 교수가 잠적한 시기를 고려해서 출제에 참여했다는 사실을 추론하고 그의 전공에 비추어 어떤 경향의 문제를 낼지 예측하고 대비한다. 물론 허방다리를 짚을 경우가 많고, 또 그래야 공정하다. 그럼에도 친절한 교수는 분명히 존재하고, 학생들에게 철저히 봉사하는 한편 소속대학교를 명문으로 만든다.

시간은 돈이다. 시간을 잘 활용하면 훌륭한 일을 더 많이 할 수 있다. 온교수는 시時테크를 강조했다. 그는 누군가 방송에서 시테크에 대해 설명하는 말을 들었을 때 정신이 번쩍 들었고 반성도 많이 했다. 그는 학기 초마다 반드시 그 내용을 소개했다. 시테크의 요점은 시간을 죽이지 말고 창조하라는 말이다. 재산을 불릴 수 있듯이 시간도 불릴 수 있다. 가장 나쁜 사례가 도박으로 재산을 탕진하듯이 쓸데 없는 일에 시간을 낭비하는 것이다. 시간을 죽이는 사례는 대학생활에 널렸다. 온세상도 대학 시절에는 늘 취해서 살았다. 암울한 군사독재 시절에 방학이 끝나자마자 학생시위가 격화하면 한 달도 안 되어서 휴교령으로 학교 문을 닫았으니, 취하지 않고 맨 정신에 살아갈 자신이 없다는 핑계를 댔다. 온교수가 가르치는 학생들은 민주주의보다는 취업문제 같은 고민거리 때문에 괴로울 것이다.

온교수가 젊었을 때처럼 요즘 학생도 대부분 시간의 소중함을 제대로 깨닫지 못한다. 2학년은 대개 자기가 선배에게 배운 방식대로 후배의 시간을 죽인다. 그들은 후배가 생기자마자 권력의 맛을 제대로 본다. 권력놀이에 도끼자루 썩는 줄 모를 정도다. 오죽하면 영미권에서는 "돈트 비어 소포모어Don't be a sophomore"라고 하겠는가. 말 그대로 옮기면 "2학년이 되지 말아라"이며 뜻은 "잘난 체하지 마라"다. '슬기롭지만sophos 바보 같은moros' 선배는 자신들이 1년 전에 겪은 일을 그대로 물려주려고 벼르다가 후배를 만나자마자 공멸의 길로 안내한다. 밤새 술을 사준 것을 자랑으로 여기고 그 대가로 계속 후배들을 길들이니, 자기만의 시간뿐 아니라 타인의 시간까지 죽인다. 눈치 없는 교수들은 숙취에 시달리는 학생들에게 꼬박꼬박 과제를 부과하는데, 빈부귀천 따지지 않고 딱 24시간씩 받았음에도 차수 변경하며 통음하는 학생에게 훌륭한 과제를 제출할 시간은 사자성어로 조비지한鳥鼻之汗, 새 콧등의 땀이다.

온교수는 지난 시절을 돌이켜보면서 인간이 자기 시간을 활용하는 데서 차이를 내지 않았다면 자식에게 금수저를 물려줄 부모의 수는 많이 줄었을 것이라고 생각했다. 술꾼이면 공감할 터이니, 술 마시는 시간만 필요한 게 아니다. 술 깨는 시간도 필요하다. 술 마시는 시간에 수많은 영감이 떠올라도 술 깨는 시간에 잊어버리기 일쑤이니 시간을 죽이면 뇌세포까지 죽인다. 운동을 알맞게 하면 몸의 상태와 기분도 좋고 다음 일을 즐겁게 할 수 있는데, 술을 마시면 마실 때는 즐거울지 몰라도 깨는 과정에서 후회하기 마련이다. 시간을 학살하는 경우다.

물론 강자의 세계에서는 시간을 창조적으로 죽이는 사

람이 많다. 온교수는 공식적인 월급보다 많은 액수의 술값을 남에게 부담시키고, 숙취를 다스리려고 홀딱 벗은 채 땀을 빼는 시간에도 재테크 거리를 찾고 거래할 수 있는 강자에 대한 얘기를 들은 적이 있다. 그러나 그가 아는 가난한 친척이 없듯이, 그를 아는 부자 친척도 없었으니, 강자들이 룸살롱에서 마담과 애첩을 만나고 짝짓기 하는 얘기를 한 귀로 듣자마자 다른 쪽으로 흘려버렸다.

대학생이 시간을 창조적으로 활용하는 일은 무엇일까? 수많은 자료를 빠르게 검색하고 이용해서 과제물을 기한보다 먼저 제출하는 것이 좋은 예다. 교수가 미리 받은 과제물을 읽고 더 보완할 점을 알려주면, 학생은 그것을 바탕으로 더 좋은 글을 제출할 수 있다. 학생이 부지런히 움직인 결과, 자신과 교수가 모두 시간을 벌고 더 좋은 결과를 얻는다. 더욱이 수많은 보고서가 쌓일 때, 교수는 군이 그 학생의 보고서까지 다시 읽을 필요가 없이 흔쾌히 성적을 매길 수 있다. 학생은 보고서로 번 시간을 자기계발에 활용해 남들이 보고서를 쓰려고 쩔쩔맬 때 여유 있게 술을 마실 수, 아니, 그렇게 시간을 죽이지는 않을 것이니 염려 말자. 아무튼 시테크를 강조함으로써 학생들과 좋은 방법을 공유하는 동시에 훗날 성적에 대한 시비를 미리 막는 효과도 기대할 수 있었다.

학기말이 되면 반드시 누군가 재심을 요구한다. 자기와

친구는 거의 같은 수준의 보고서를 제출하고 같은 성적을 받았는데, 왜 최종적인 성적에서 자신이 한 급 낮은지 알려 달라는 학생이 있게 마련이다. 학생의 절박한 심정을 이해하는 만큼 온교수는 공정한 과정을 만들어 대비했다. 가끔 쪽지시험을 보되 마음대로 공책을 활용하라고 하면 학생의 수업 집중도를 높일 수 있다. 학생은 불시의 쪽지시험에도 공책을 볼 수 있으니 불만의 여지가 없다. 온교수는 빨간 펜을 댄 답안지를 학생들에게 돌려준 뒤 곧바로 이의신청을 받고 해명한다. 그는 보고서를 받은 날짜를 중시해 내용과 함께 성적에 반영한다. 이 두 가지 외에도 영업비밀이 있다. 온교수는 공부한 만큼 성적을 거둘 것임을 분명히 선언한 뒤, 한 학기 동안 스스로 공부한 결과를 기한 안에 제출하도록 한다. 보고서와 쪽지시험 성적보다 수업 중에 작성한 공책과 온교수가 강의한 내용의 진위를 밝히거나 보충한 자료를 가장 우선적으로 반영해 성적을 평가한다. 한 학기 동안 꾸준히 노력한 결과를 가장 중시하는 방법을 설명해주면 이의를 제기하러 온 학생도 순순히 돌아간다.

온교수는 시간이 부족하다는 말을 입에 달고 사는 교수들을 존경했다. 아침에 일어나서 강의시간에 맞춰 나갔다가 몇 시간 강의하고, 나머지 시간을 학생들의 과제물이나 쪽지시험지를 읽고 고치고 채점하는 데 쓴다. 일주일에 3학점짜리 세 과목을 강의할 경우, 준비하고 가르치고 학생을 평가하는 작업에 3일에서 4일을 할애하면 족하다. 평생 직업으로 삼는 일이기 때문에 강의 준비에 들어가는 시간은 조금씩 줄여나가고, 개인 연구를 하면서 강의 내용을 수정하거나 보충할 수 있다. 나머지 사나흘 중에 개인 연구로 쓰는 시간을 최대한 뽑아낸다면 시간이 부족할 리 없다. 그러나 늘 시간이 부족하다고 말하는 교수가 있었으니 온교수의 귀감이었다. 자기가 쓰고 남은 시간을 그에게 나눠주고 싶을 지경이었다. 더욱이 젊은 교수에게 시간이 부족하다는 말을 들을 때마다 온교수는 가슴이 뜨끔, 코끝이 찡, 얼굴이 화끈해지면서 자신을 돌아보았다.

과거를 돌아보니 그에게도 시간이 부족할 때가 있었다. 전두환 정권이 통금시간을 없앨 때까지 젊은이들은 여관에서 술을 마시거나 통행금지가 없는 충북으로 가서 술을 퍼마시며 통금제도를 저주했다. 상관을 붙잡아 강등시키고 자기 모자에 달린 별 두 개를 네 개로 급속 증식시키고 나서 불행한 군인이었던 박정희처럼 군복을 벗자마자 대통령이 된 전두환이 구현한 정의사회의 전/후는 그저 통금시간이 있고 없고의 차이에 불과했다.

정의사회가 되기 전에는 그에게 집에 갈 시간이 부족했다. 그는 신촌에서 술을 마시고 우이동행 막차를 타고서 집으로 돌아갈 때가 많았다. 그런데 어떤 날은 막차에 손님이 많아서 평소보다 내리고 타는 데 시간이 더 걸리기도 했다.

운 좋게 신촌에서 자리에 앉아 졸다가 삼선교에서 내리지 못할 때, 걷기도 귀찮고 파출소에 붙잡힐 위험도 있기 때문에 종점까지 내달리기도 했다. 자정이 훨씬 넘어 도착한 우이동 종점은 통금이 없는 곳이나 마찬가지였다. 가게에서 소주 한 병과 간단한 안주거리를 사서 책가방에 넣고 그린파크 호텔을 부러워하면서 걷다가 도선사로 가는 길로 터덜터덜 올라갔다.

절을 지나 조금 더 가면 산장이 있었다. 거기까지 가면 첫차가 다닐 때까지 별을 보면서 쉴 수 있었다. 마침 밖에서 술을 마시며 얘기하는 사람들이 있으면 새로 오는 사람을 반갑게 맞이했다. 그것이 당시의 인심이었다. 온세상은 그들과 합석하려고 소주 한 병을 들고 갔지만, 아무도 만나지 못할 때도 있었다. 그래도 좋았다. 밤새 별을 보다가 깜빡 졸다 추우면 억지로 술을 마시면서 끝내 새소리를 듣고 기지개를 켜서 신선한 공기를 몸에 가득 채우면 동녘이 붉게 물든다. 온세상은 서두르지 않고 종점을 향해 휘청거리며 내려갔다. 그리고 첫차를 타고 집으로 가서 뻗었다. 당시에는 간첩을 막자는 취지로 새벽에 산에서 내려오는 수상한 사람을 신고하라고 권장했는데, 우이동 주민들 덕에 무사했으니 새삼 감사드린다.

온교수는 대학 시절의 통금시간을 생각하다가 문득 책가방 사건이 떠올라 혼자 미친 듯이 웃었다. 온세상이 막차를 타면 집이나 우이동 산장으로 가고, 막차를 놓치면 학교 보일러실로 들어가던 시절, 같은 과에 하숙생이 몇 명 있었다. 영문학과 학생들은 '헤밍웨이 집'에서 막걸리를 처음으로 한 말 이상 팔아주어 고맙다는 인사를 듣고 그 나름의 자부심을 느꼈다. 흰 수염이 멋진 아저씨가 막걸리 가게를 열었기 때문에 그들은 헤밍웨이 집이라 불렀다. 마포 철길 너머에서 하숙하던 친구는 통음하고 통금시간이 임박해 비틀거리면서 하숙집까지 겨우 찾아갔다. 그는 대문을 열어달라고 할 염치가 없어서 늘 그랬듯이 담을 넘었다. 이튿날 아침, 그는 머리가 깨질 듯이 아파도 억지로 일어났다.

예수회가 운영하는 그의 모교는 수업 시작과 종료 때마다 종소리를 울릴 만큼 엄격했기 때문에 학생들은 대학교 로고에 있는 IHS(예수를 뜻함)를 '국제고등학교International High School'라고 해석했다. 특히 출결을 숨 막히게 통제했다. 3학점짜리 과목이면 월·수·금 또는 화·목·토에 한 시간씩 강의했는데, 한 학기 여섯 시간을 빠지면 위험해졌다. 종소리 나기 전에 자리에 앉아 있어야 탈이 없었다. 10분 이내에 강의실에 들어서면 지각이고 그 뒤에는 결석이었다. 지각 세 번이면 결석으로 간주해서 '결석으로 인한 낙제fail by absence'를 뜻하는 FA라는 점수를 주었다.

외국에서 박사학위를 딴 뒤 강사로 나오시던 분이 어쩌다 10분을 넘겨 강의실에 도착했는데, 학생들이 옳다구나 하고 10분이 되자마자 모두 도망쳤다. 언제나 시험문제를 "~냐?"로 끝내는 경제학 교수는 어느 날 "오물세도 조세냐?"라는 문제를 냈는데, 용감하면서 무식한 학생이 "조세다"라고 답해서 그분의 화를 돋웠다. 어느 날 결석 여섯 번에 지각 두 번을 기록한 그 학생이 아슬아슬하게 강의실에 들어섰는데, 교수가 그를 보자마자 싸늘하게 말했다. "자네는 나가!" 그 학생은 배가 아파서 화장실에 들렀다가 그만 늦었다고 울먹였다. 교수는 증명서 떼 오라고 명령했다. 그 학생은 용도를 적는 곳에 출결확인용이라는 말을 적지 못했는지, 화장실 관리자를 만나지 못했는지 증명서를 받지 못했다.

온세상의 동기생은 통음한 이튿날 머리가 깨질 듯이 아파도 출석점수 미달로 낙제점수를 받으면 안 되기 때문에 서둘러 일어나 가방을 찾았지만 어디서 잃어버렸는지 찾지 못했다. 그는 빈손으로 강의실에 나타났다. 그는 헤밍웨이 집에서 여럿이 외상술을 마셨기 때문에 가방을 거기에 맡겼다고 생각했지만, 다른 친구들은 그가 가방을 들고 가는 것을 분명히 보았다고 말했다. 그는 며칠 동안 빈손으로 강의실에 나타났다. 그러더니 어느 날 가방을 들고 왔다. 친구들이 캐묻자 그는 배신자처럼 다른 술집에서 술을 마신 내력을 고백했다. 외상값을 모아서 갚기 전에는 헤밍웨이 집에 가지 못하는 상황인데, 마침 휴가 나온 친구 때문에 어쩔 수 없이 잉어집에 갔다고 했다. 그가 통금시간 직전 하숙집에 도착해서 무사히 담벼락을 타고 올라가니 가로등 불빛에 낯익은 가방이 눈에 확 띄었다나.

그는 담에 오르기 전에 가방을 힘껏 안으로 던졌는데, 가방이 공중에서 비틀거리다가 지붕에 끈이 걸려 마당에 떨어지지 않았다. 그가 마당에 내려섰을 때 가방을 보았다면 곧장 주웠을 테지만, 보이지 않았으니 잊어버리고 방으로 찾아 들어가 곯아떨어졌다. 마침 휴가병 덕에 다시 통음하고 통금에 걸리기 직전 일지매처럼 담장 위에 올라섰을 때, 며칠 전 술에 절어서 지붕으로 떨어졌다가 깨난 뒤에 하염없이 주인을 기다리던 가방을 보았다. 그는 술을 진탕 마신 덕에 중요한 교훈을 얻었다. 책은 항상 사람을 기다린다. 책방에서, 도서관에서, 심지어 지붕에서, 게다가 무덤에서 기다리는 책도 있다. 누군가 찾아올 때까지 하염없이.

온교수는 시간이 없어서 집에 가지 못하던 경험을 살려 집에는 일찍 들어가고 되도록 밖으로 나가지 않는다는 좋은 명분을 찾아 오디오 기기에 더 정성을 쏟았다. 밖에서 그를 보는 사람은 점점 줄었고, 그의 별명은 붙박이장이 되었다. 붙박이장 온교수는 시간을 아껴서 음악을 들었다. 온 세상은 교수가 된 뒤 적당한 가격의 오디오 세트를 사다놓고 줄곧 들었다. 대학생 때는 FM 라디오와 카세트테이프로 듣던 음악을 전문업체에서 생산한 기기로 듣게 되니 점점 기분이 황홀해졌다. 그런데 그가 인터넷 동호회를 들락거리면서 허파에 바람이 들기 시작했다. 마침내 지인의 소개를 받아 용산 전자상가에서 중고 가격으로도 먼저 구입한 것보다 훨씬 비싼 기기들과 궤짝처럼 큰 스피커를 샀다.

그리고 근처의 레코드점에 들러서 옛날 생각이 떠오르는 곡을 골랐다. 로드리고가 작곡하고 로메로 형제들이 연주한 〈네 대의 기타를 위한 안달루시아 협주곡〉과 베토벤이 작곡하고 루빈슈타인이 연주한 〈황제 협주곡〉 CD를 샀다. 대발이 틈만 나면 뒤를 돌아보라고 가르친 이유가 이처럼 그리운 감정을 잃지 말라는 뜻이었을까? 베토벤의 '황제'는 서울 시청 앞 광장과 대한문을 바라보면서 차를 마시던 황제다방에서 들었는데, 로드리고의 곡에 얽힌 사연이 좀더 재미있다.

온세상은 우이동 가는 막차를 놓쳐 집이나 산장에 갈 수 없는 경우에도 잘 곳이 생겼다. 매사 적극적이고 사교적인 복학생 선배는 학교 본부건물 지하에 있는 보일러실 근무자들과 친했고, 툭하면 그분들 신세를 졌다. 온세상도 복학생과 늦게까지 술을 마시다 함께 드나들었고, 나중에는 혼자서도 찾아갔다. 그분들은 불콰해진 얼굴로 가끔 찾아오는 학생이 귀여웠는지 두꺼운 매트리스를 깔아주셨다. 물론 그 학생은 약소하지만 음료를 챙겨갔다. 그는 겨울에도 웃통을 벗고 잘 수 있을 정도로 따뜻한 잠자리에서 한

숨 잘 자고 일어나 언덕 아래의 건물로 들어갔다. 그 건물 1층에 있는 식당 겸 휴게실을 'C관 라운지'라 불렀는데, 전교생이 하루 한 번은 들르는 곳이었다. 온세상이 아무도 없는 라운지에 들어가니 아침 햇살에 반짝이는 이슬방울 같은 피아노 음악이 찬란하게 쏟아져 바닥에서 또르르 굴러다니고 있었다. FM 라디오 방송에서 피아노 음악을 쏟아놓은 뒤에 틀어준 '안달루시아 협주곡'을 들으면서 그는 가슴이 벅차오르고 숨이 멎는 느낌이었다.

며칠 후 온세상은 종로의 르네상스 음악실에 가서 그 곡을 신청했다. 조금 기다리는데 슈베르트 닮은 아저씨가 그를 찾아와 신청곡을 틀어주지 못해서 미안하다고 알려주셨다. 당시 학생들이 강의실처럼 P201이라 부르며 드나들던 신촌로터리의 왕자다방 디제이는 신청곡을 아무 말도 없이 무시했지만, 역시 품위 있는 음악감상실의 디제이는 자존심을 지켰다. 그 당시를 돌아보면 군사독재 시절이었지만 아련하게 그리워진다. 물론 진심으로 그때가 좋았다는 사람이 많다. 그들은 민주정부를 저주하기 위해 우리 경제가 망해서 일본의 식민지가 돼야 한다고 버젓이 얘기한다. 그러나 상식적인 사람이 일제강점기나 군사독재 시절을 그리워한다고 해서 그 체제를 좋아했다는 게 아니다. 그렇게 나쁜 시절에 고락을 함께 나누고 견딘 사람들을 보고 싶다는 뜻이다.

온교수는 밤에 불을 끄고 마우리치오 폴리니가 연주하는 쇼팽의 〈녹턴〉을 들으면 무한히 행복했다. 그는 음악이 아니라 소리를 듣는 취향에 돈을 쓰기 시작한 뒤로 더욱 행복해졌다. 유명 시계를 본뜬 계기판의 은은한 연두색 불빛을 바라보면서 어두운 방에 퍼지는 피아노 소리를 듣는 맛은 더없이 좋았다. 그는 좀처럼 집에서 나가지 않았고, 강의와 면담, 교수회의가 끝나면 집으로 돌아가기 바빴다. 그는 무슨 일이든 미리미리 하려고 서둘렀으며, 분에 넘치는 일복을 사양하고 어떻게든 시간을 남겨서 음악을 열심히 들었다. 게다가 조금 벌고 조금 쓰되 더 행복하다고 자기 최면을 거는 방법까지 터득하고 나니 남부러울 일이 없어졌다. 그러나 젊은 교수가 자기보다 훨씬 치열하게 사는 모습을 보면 저절로 고개를 숙일 수밖에 없었고, 다시금 후생가외라 되뇌었다.

갈등

칡과 등나무는 둘 다 다른 생명체를 휘감고 올라가는 식물이다. 만수산 드렁칡이 얽힌들 어떠하랴고 노래하는 속 편한 사람은 많지 않다. 같은 종류의 칡이 엉켜도 문제인데, 칡과 등나무가 얽히고설켰다면 더욱 복잡한 문제라는 뜻일 터. 온교수는 세상사를 단순한 눈으로 보기 어렵다는 예를 설명할 때마다 갈등을 생각하고, 결국 자신이 그동안 역사의 겉만 핥았을 뿐 그 속살이나 결을 한 번이라도 제대로 보았는지 의심했다. 아무리 생각해도 자신이 없을 때는 더욱 뻔뻔하고 당당해지는 편이 낫다. '누가 그 복잡한 속을 제대로 보았을까?'

꽁치나 고등어를 쌌던 종이는 비리고, 참기름병을 쌌던 종이는 고소하며, 향수병을 쌌던 종이는 향긋하다. 세상사 그렇게 단순하고 명료하면 얼마나 좋을까? 물론 모든 행동의 철학적 근거가 돈이라서 결국 감옥까지 간 전직 대통령의 영혼은 다른 것을 담을 여백이 없으니 오직 돈 냄새만 풍길 뿐. 그런데 여느 종이와 달리 돈은 돌고 돌면서 거쳐

간 사람들로부터 온갖 냄새를 흡수한다. 사람은 잡식성 동물이라서 누린내, 파와 마늘 냄새 등 저마다 식성대로 독특한 체취를 풍긴다. 더욱이 추한 생각을 쉬지 못하는 영혼도 독특한 냄새를 풍긴다.

온갖 호사를 누릴 만큼 재산과 권력을 가진 사람이 부정축재 혐의를 받고 비굴하게 변명하는 모습을 보라. 방송으로 보면서도 역겨운 냄새를 맡는 듯해서 욕지기하는 때가 있다. 아마 실제로 만날 때보다 더 심한 냄새를 상상하기 때문이리라. 예를 들어 여름날의 음식물 쓰레기봉투에서 나는 냄새 같은 것. 평소에 그들은 사우나에 들어가 땀을 빼도 체취를 완전히 제거하지 못한다. 양심이 없으니 고뇌할 일도 없고, 소화를 잘 시키니 위궤양도 없어서 더욱 잘 처드신다. 물론 그들에게도 지병은 있다. 평소에는 전혀 증상이 나타나지 않다가도 법원에 나갈 때면 갑자기 다리가 풀리는 병이다. 온교수는 세상의 욕이란 욕을 모두 모아보지만 그들을 오래 살게 도와주는 꼴이라서 그만두기로 했다. 그저 자기도 모르게 "욕!"이라고 외쳤을 뿐이다.

이성과 감정을 가진 사람의 영혼에서 냄새가 나는 까닭은 능동적으로 살아가기 때문이다. 아름다운 영혼은 대화와 행동으로 향기를 풍긴다. 만나기 힘들 정도로 희귀하기 때문에 두루 존경받는다. 이 세상 인구가 80억이라면 80억 개의 계산기가 저마다 바쁘게 돌아간다. 지구 온난화의 주범이 인간인 이유다. 어린이라고 뭣도 모른다고 생각하고 덤빈다면 큰코다친다. 언젠가 방송에서 어린이가 "여자의 마음은 갈대랍니다"라고 구성지게 노래했다. 사회자가 갈대가 뭐냐고 물었더니, 아이는 망설이지 않고 "시집갈 때"를 뜻한다고 설명했다. 어리다고 주관적 해석을 하지 못하리라고 예단하면 한 방 먹는다.

온교수는 파리에 갔을 때 아르스날 도서관을 찾았다가 점심시간이 되어 옛날 유학생 시절 자주 복용하던 암불게르(햄버거를 이렇게 발음하는 사람이 있다)를 먹으러 갔다. 햄버거를 먹는데, 꾀죄죄한 어린이가 들어와 훌쩍거리면서 "1이나 2프랑 있어요? 배가 고파서……"라고 말했다. 아이가 연기의 달인이라서가 아니라 프로정신이 귀여워서, 게다가 유학생 시절보다 형편도 나아졌기 때문에 선뜻 10프랑짜리 동전을 주었더니 기쁘게 받아갔다. 잠시 후 꼬마가 다시 나타나 10상팀(1상팀은 100분의 1프랑)짜리 동전을 보여주면서 "무슈, 당신이 이 돈을 주셨는데요"라고 말하면서 겸연쩍은 듯이 온교수의 얼굴을 올려다보았다. '당신 참 바보야, 10프랑짜리를 주려다가 10상팀짜리를 줬잖아, 지금이라도 10프랑으로 바꿔줘'라는 뜻이었다. 귀여워도 할 수 없다. 온교수는 그에게 "그래? 미안하구나, 그렇다면 돌려줘. 아까 누구에게 10프랑짜리를 줬기 때문에 네게 줄 돈은 없거든"이라고 말했고, 아이는 '누구'가 자기라는 사실을 들키기 전에 가야겠다고 생각했는지 그대로 나가버렸다. 아마 '어리숙한 놈인 줄 잘못 알고' 시간만 낭비했다고 후회했으렸다.

이 세상 모든 어린이는 어른만큼 우수한 두뇌(컴퓨터로 치면 CPU)를 가지고 태어났지만 입력한 자료가 적을 뿐, 컴퓨터보다 훨씬 자유롭게 생각하고 결정한다. 아이에게 공부를 시키지 않아도 좋은 논리를 적용해본다. "공부하면 할수록 아는 것이 많아진다. 아는 것이 많아지면 잊어버릴 것도 많아진다. 잊어버리는 것이 많아지면 잊어버리는 것이 적어진다. 잊어버리는 것이 적어지면 아는 것이 많아진다." 쓰고 보니 어설픈 농담이다. 일부 판사님의 억지 판결문이 훨씬 재미있으니, 그분들 의문의 1승, 인정한다.

세상은 사람들이 기대하는 대로 굴러가지 않는다. 선량하고 성실한 사람이 열심히 일하면 자식에게 편안한 미래를 물려줄 수 있을까? 그렇게 믿고 싶다면 믿으라고 할 뿐이다. 선량한 사람들 덕에 이 세상이 더 나빠지지는 않았겠지만, 더 좋아지지도 않았다. 경험을 많이 할수록 생각이 바뀐다. 남의 선의를 믿는 사람들을 이용하려는 작자가 계속 성공하면서 세상을 더 망쳤다면, 선량한 사람들에게도 세상을 나쁘게 만든 책임을 물어야 한다. 눈 하나 깜짝하지 않고 남을 이용하고 착취하고도 배탈 나지 않는 고귀한 분들을 아무리 다그쳐도 소용없다. 차라리 독하게 살라고 선량한 사람들을 다그치는 편이 더 빨리 효과를 낼 것이다.

민주주의가 발달해서 나쁜 자들을 대표로 뽑지 않을 책임이 막중한데, 그 책임을 소홀히 했다면 비난받아 마땅하다. 선량하다고 해서 책임을 면할 수 있는 건 아니다. 일시적으로 표를 구걸하고 목적을 달성하면 뒤통수를 때리는 자들을 막지 못한 책임을 그들에게도 반드시 물어야 한다.

온교수도 멍하니 앉아 있거나 꾸벅꾸벅 조는 학생들 덕에 큰소리치면서 먹고살지만 그들을 다그쳐 더 발전하게 돕는다. 그러나 학생들을 바보 취급하고 그 덕에 한때 얻은 권력을 휘두르면서 정년퇴임까지 편하게 사는 교수가 많았다. '미쳐도 할 수 있는 직업'이 아니던가. 교실에 들어가면 출석 부르는 데 10분 이상 걸리는 인기과목이 있었다. 교수는 출석을 부르면서 이름을 가지고 농담도 하고 노래도 시키면서 시간을 보냈다. 대학원 시간인 데다 학생들은 모두 교육자인데, 뒤로는 교수 흉을 보면서도 돌아가면서 밥상과 술상을 봐주었다.

그 대학원생들은 남들이 쓰거나 번역한 글을 모아 두툼한 책으로 엮어 '아무개 저著'라고 버젓이 교수 이름을 단 논문집이나 저서로 둔갑시켰다. 교수는 가만히 있는데, 대학원생들이 자발적으로 책을 구입했다. 그들이 일터로 돌아간 뒤 자기 학생들을 어떻게 다룰까? 먹이사슬이 꼬리를 물지 않을까 하는 합리적 의심을 떨칠 수 없다. 다행히 온교수는 협박편지를 받은 적이 있어서 조심할 줄 알게 되었고,

학생들을 두려워하기 때문에 되도록 편하게 대했으며, 군이 복사물을 팔지 않고서도 별 탈 없이 먹고살았다.

그럼에도 온교수는 자기를 먹여 살리는 학생들을 어떻게든 일깨워서 사회로 내보냈다. 첫 제자를 사회에 배출하기 시작한 지도 스무 해가 훌쩍 넘었다. 그들 역시 교육자가 되어 활동하는데도 세상이 별로 나아지지 않았으니 학교의 역할에 분명히 한계가 있다. 대한민국 전체로 보아 버젓한 대학교를 나오고 사회지도층 인사로 존경받는 사람들이 실제로 사회 곳곳에서 활약한 지 70년이 훌쩍 넘었건만 대한민국의 민주주의 성취도는 낮다. 종교인의 탈을 쓴 채 증오를 퍼뜨리는 자들에게 학력과 상관없이 속는 사람들이 여전히 많다.

종교인도 십계명을 철저히 실천하기는 쉽지 않다. 열 가지나 되는 계명을 어떻게 외울 것이며, 간음하지 말라는 계율이 여섯째인지 일곱째인지 헷갈리는데 어찌 지킬 수 있을까? 그래서 대낮에 발가벗고 오피스텔인지 여관인지 창을 열고 도망치다 떨어진 종교인을 탓하기란 어렵다. 황당하게 굴러가는 세상에서 어찌 합리와 이성을 믿으라고 말할 수 있겠는가? 온교수는 간음하거나 증오를 퍼뜨리는 종교인들이 도대체 어떤 인간인지 도저히 답을 얻을 수 없었다. "하나님이 그들에게 불어넣은 것은 무엇일까? 트림일까, 방귀일까? 아니, 하나님이 그럴 분이 아니지. 그들은 사탄의 방귀를 받아먹었을 것이야."

금수저를 물고 태어난 사람이 넉넉한 인심을 베풀면 얼마나 좋으랴. 가난한 사람이 오히려 바르고 정직하며 나눌 줄 아는 경우가 많다. 동병상련이다. 강자는 약자의 처지를 생각할 겨를이 없다. 강자끼리 힘 겨루는 데도 바쁘고, 약자를 더 많이 착취해야 더 강해지기 때문이다. 약자는 자포자기 심정으로 소비한다. "내가 어느 세월에 집 한 채 장만할까, 오늘 하루라도 간지 나게 살자." 온교수 젊은 시절에는 '폼 나게'라고 했는데, 요즘 세대는 일본어 섞어 '간지 나게', '가오 있게' 살자고 하면서 차부터 사고 본다. 신문기자도 가난한 시절에는 "콩나물시루 같은 버스" 기사를 자주 실었는데, 언제부터인지 그들은 더 잘 먹고 더 잘 노는 방법을 더 많이 소개하기 때문에 동병상련의 미담을 신문에서도 보기 어렵게 되었다. 사회적 강자를 대변하는 기자들의 기사는 동병상련이 아니라 부화뇌동으로 바뀌었다.

대부분의 사람은 약육강식의 세상을 살면서 마음을 다치고 제때 치료하지 못한 채 고름 냄새를 풍긴다. 온세상은 상대의 그럴듯한 외모에 속아 접근했다가 역한 냄새를 맡은 경우가 많았고, 그 같은 경험이 쌓일수록 상대방도 자기 냄새를 맡을까 봐 새로운 관계를 만들려고 애쓰지 않았다. 사람들이 점점 냄새에 민감해지는 시대가 정착했다. 젊은이는 화장품 냉장고를 채워놓고 정성껏 외모를 가꾼다. 멋진 외모를 뽐내는 젊은이들은 속이 허한 듯이 많이 먹어댄다. 혼자 먹고 마시는 사람이 늘어나면서 남이 먹고 마시는 모습을 지켜보는 사람도 많아졌다. 한자리에서 그렇게 많이 먹어 치우는 모습에서 무엇을 찾는 것일까? 홀로 산속에 살지 못하더라도 자연인의 생활을 즐겨 보는 시청자라면 대답해줄 수 있을까?

음식 맛에 대한 평은 언제나 비슷하다. "담백해요." 우리의 소원은 통일이다. 맛도 담백으로 통일한다. 여럿이 식당에 가서 각자 먹고 싶은 음식을 따로 주문하면 주문받는 사람은 어김없이 "하나로 통일하면 빨리 나와요"라면서 배고픈 이들의 조바심을 이용한다. 그리고 일행은 순순히 한 가지 음식으로, 그러나 '담백'한 음식으로 통일한다. 먹이로 동물을 훈련하는 법이 통하는 순간이다. 온교수는 그 말을 이해할 수 없다. 한국인이 느끼는 담백한 맛은 무엇인가? 담백하고 고소한 맛은? 맵고 짜고 담백한 맛은? 온교수는 혀가 짧다. 물리적인 길이가 아니라 먹지 못하는 음식이 많아서 담백한 맛을 모른다. 그러나 통일에 쉽게 동의하고 '개취'를 억누르는 이유는 누군가 혼자서 밥값을 내는 것을 전제로 하기 때문이 아닐까? 느끼한 맛이 취향인데, 묻지 말고 담백으로 가! 새콤달콤하고 은근히 얼큰하면서 신선한 향을 풍기면 좋겠는데, 묻지 말고 담백으로 가!

사실 모든 가정은 '다문화 가정'이다. 자식이 없는 동년

배 부부 가족이라 해도 세대와 성 차이가 항상 존재하기 때문이다. 부부의 사고방식이 비슷하다 해도 정확히 일치하지는 않는다. 그런데 유독 국제결혼 가정만 '다문화 가정'이라고 딱지를 붙이는 이유는 순수혈통주의가 담백하게 작용하기 때문이라고 생각한다. 단일민족, 순수혈통주의는 신화일 뿐이다. 서글서글한 눈과 작은 눈으로 남방계와 북방계를 나눌 수 있고, 한 집안 자식도 다양한 용모와 사고방식을 가지는데, 어찌 한문화와 다문화를 국제결혼으로 나누는 것인가? 결코 이룰 수 없는 이상을 '다문화 가정'이라는 말 뒤에서 읽을 수 있다. 요즘은 '담백'으로 통일하는 정서에 갑자기 '부분'이 유행이다. 뭔 말끝마다 '부분'을 들이대는지. 각종 방송에서 '그러한 부분이죠' 어쩌고 하는 '부분'을 들으면 귀가 헐어버릴 지경인 '부분'이 있다.

온교수는 점점 시대에 뒤지고 있음을 깨달았다. 그럴수록 그는 친구가 많아서 좋았던 시절을 그리워하다가 되돌릴 수 없어 체념하고, 이제부터라도 자신을 돌볼 시간을 더 많이 내려고 노력했다. '진짜 뒤지려고 그러는 것인가?' 사회활동을 거의 하지 않던 그는 홀로 뒤지기 싫어 큰맘 먹고 날 따로 잡을 일 없이 외출하기도 했다. 그는 옛날 빨빨거리고 쏘다니던 골목길이나 단골집이 있던 장소를 일부러 찾아다녔다. 그리고 자기 하나 발길을 끊었다고 옛날 단골집이 모두 망했다는 사실에 입을 다물지 못했다. '세상에, 내가 돈을 쓰지 않는다고 모조리 망하다니.' 그렇게 생각했지만, 실은 그가 돌아다니지 않는 동안에도 세상은 멈추지 않았고, 옛날 노닐던 곳에는 큰길이 생기고 번듯한 건물이 하늘을 찌르고 섰다.

수많은 사람이 병실에 누워 있거나 은둔해 있어도 바깥세상에서는 사람들이 얽히고설켜 갈등하면서 어제와 다름없이 산다. 그러다가 현실의 부조리를 참고 견딜 수 없는 사람들은 연대해서 집권세력에게 맞서고 무너뜨린 뒤 새로운 질서를 창조하겠다고 나선다. 대학 시절을 돌이켜보다가 문득 대발의 말이 생각났다. "소를 타고 다니면서 소를 찾지 말라. 네 속에 모든 것을 다 갖추고 있는데 무엇을 찾으러 바삐 돌아다니느냐?" 온교수는 아직도 마음에 일어나는 거품을 걷어내지 못했다. 정년퇴임 후에 전관예우도 없이 살아가야 하는 처지에 연금이라도 확보해야 하니까 아직은 학생들의 비위를 맞추며 살아야 한다.

그는 민주주의 혁명을 가르칠 때 시간 개념에 대한 얘기부터 시작했다. 산업화 이전의 시간과 현대인의 시간은 변화의 속도 때문에 똑같이 취급할 수 없다. "일각이 여삼추라 하지요? 무슨 뜻인가요?" 식당에서 나오자마자 먹을 것부터 생각하는 학생이 "배고픈데 밥 뜸 들이는 시간이요"라고 입을 열자 여기저기서 대답이 쏟아졌다. 누군가 은근슬쩍 점잖기로 공자님 뺨치는 소리를 했다. "수업시간 1분 만에 한 3년 늙는다는 말입니다." 진실을 말해도 상대방이 듣기에 욕처럼 들리는 말이 있다. "옳거니, 난 학생처럼 옳은 얘기를 달콤한 엿처럼 먹이는 사람이 좋아요." 그 학생은 정색하는 온교수의 말이 농담인지 진담인지 파악하지 못하고 당황한 기색이었다. 조금 너그러운 학생이 말했다. "선생님 강의가 너무 재미있어서 1분을 웃었는데 3년이 흘렀다는 말이겠지요." "야, 정도껏 하자. 그건 산속에서 노천탕 훔쳐보다가 도끼자루 썩는 줄 모른다는 말이야. 이것도 특정 직업인 비하인가?" 혼잣말로 웃으면서 화내는 척하다가 점점 더 정색하고, 결국 화를 터뜨리는 인간을 보았는지. 온교수가 바로 그런 자였다. 그는 자기가 생각해도 그럴 때가 많았고, 후회하면서 속으로 사과했지만 그때뿐이었다. "일각은 15분인데, 해마다 가을은 석 달이니까 3추면 아홉 달이죠?" 갑자기 복잡한 계산이 나오자 교실은 다시 잠잠해졌다. 온교수는 이중인격을 아낌없이 드러내면서 학생들의 가슴에 못을 박았다. "열 손가락이면 충분히 계산할 수 있으니 양말까지 벗을 필요는 없어요."

빙그레 웃는 신중한 학생도 있었다. "성공할 확률이 높은 학생이군." 맞는 말 같기도 하고, 흰소리 같기도 한 애매한 상황에서 빙그레 웃는 행위는 얼마나 고상하고 신중한가. 부처님도 제자가 빙긋 웃는 모습을 보시고 "알고 웃는지, 모르고 웃는지"라고 하셨다는 얘기가 있지 않은가? 가

섭은 부처님이 가르치는 심오한 내용을 공책에 받아 적기 바쁜데, 굳이 연꽃을 끊어내면서 무엇을 가르치려 하시는지 모르는 자신이 한심해서 헛웃음을 비쳤을 뿐이다. 소란 놈도 소리를 내지 않고 입을 살짝 벌리면 '서천 소도 웃는다'고 하지 않는가? 말없이 던지는 의미를 누군가 아는 척하는 것을 보면서 뜻이 통했다고 믿어주자. 온교수의 질문과 학생의 미소가 통했다고 치자. 중요한 것은 질문하려는 태도다. 무엇이든 꼬치꼬치 물어야 한다. 3추가 아홉 달이 아니라 3년이면 왜 '일각여삼년'이라 하지 않았는가? 손가락 꼽으면서 아홉 달이 맞는지 3년이 맞는지 따지는 일은 몹시 중요하므로 여야 의원들이 합의해서 법으로 정할 때까지 기다리자. 그러나 보름달을 가리키는 손가락의 길이나 청결성을 따지자는 것처럼 삶의 질을 크게 향상시키지는 못할 테니 큰 기대를 걸지는 말자.

"일제강점기는 40년도 안 되고, 광복 이후 60년이 흘렀으니 객관적으로 시간의 길이만 따진다면 일제강점기 이후가 더 깁니다. 그런데 이승만 대통령이 초대 대통령 임기를 끝내고 또다시 대통령이 된 다음 '못살겠다·갈아보자!'라는 구호를 외친 정치가가 있었습니다. 아이들이 고무줄 노래로 칭송하던 '여든 평생 한결같이 몸 바쳐오신 고마우신 이 대통령'이 아직 건강해서 독재를 더 오래할 수 있도록 개헌까지 했는데, 신익희는 그것을 못 참아서 일각여삼추 정신을 정치구호로 승화시켜 가장 원초적인 감성을 건드렸습니다."

여야는 시간을 다르게 인식한다. 야당에게는 유난히 늦게 흐르지만 여당에게는 찰나다. 사형선고를 받은 사람의 시간은 어떨까? 프랑스에서는 1981년에 미테랑 대통령이 사형제도를 없앨 때까지 기요틴으로 사형수를 처형했다. 처형대에 서기 전에 담배 두 모금에 술 한 잔을 준다. 잠시나마 여유롭게 일생을 뒤돌아보라는 뜻이다. 7센티미터짜리 담배는 굳이 빨지 않아도 타들어가면서 푸르스름한 연기를 낸다. 사형수가 담배를 피우지 않더라도, 또 마지막 가는 길에 담배 두 모금을 빨지 않고 버텨도 담배는 타들어가면서 잔인하게 목숨을 내놓으라고 강요한다. 사형수는 이 기회에 담배를 배울까 망설이다가 뒷머리카락을 싹둑 잘리고 셔츠 깃을 잘린 뒤 기요틴의 칠성판에 강제로 엎드려 묶인 다음 최후의 순간을 맞이한다. 사형언도를 받고 단두대 앞에 설 때까지는 얼마나 길었으며, 칠성판에 엎드린 뒤 칼날을 받을 때까지는 얼마나 짧은가!

기요틴은 프랑스 혁명의 산물이다. 1792년 4월 25일에 파리 시청 앞 그레브 광장에서 노상강도 르펠티에를 처형하면서 처음 성능을 인정받았다. 귀천을 따지지 않고 평등하게 처형하되 고통을 최소화하자는 취지로 의사 루이와 망나니 가문의 상송이 동물 실험으로 칼날을 개선하고 또

개선하면서 성능을 극대화한 살인기계였다. 혁명기에는 그 것을 '국민의 면도칼'이라 불렀다. 온교수가 기요틴의 별명을 논문에 썼을 때, 심사위원이 그 표현에 대해 문제 삼았다. 심사위원은 아마 '질레트 면도날'을 생각했던 모양이다. 그러나 옛날 이발소에 다니던 사람은 이발사가 가죽에 쓱쓱 갈아 날을 세우던 면도칼의 위력을 경험했을 것이다. 007 제임스 본드도 가끔 깔끔한 얼굴을 유지하려고 옛날식 면도칼을 쓰는 장면을 본 사람은 온교수에게 쓸데없이 트집 잡을 필요가 없었을 것이다. 사형언도를 받은 루이 카페도 '국민의 면도칼'을 받았다. 찰나에 머리와 몸이 분리될 때까지 루이 카페가 느낀 시간은 더뎠을까, 빨랐을까?

역사 이야기는 항상 샛길로 빠지게 마련인데, 듣는 학생들이 재미있게 듣는 한 들려주는 이도 멈추기 싫어진다. 그 맛에 역사 선생질한다. 루이 15세는 음란 비디오가 없던 시절, 호환 다음으로 무서운 마마에 걸려 숨졌다. 베리 공작 루이 오귀스트가 열아홉 살에 루이 16세로 등극해 할아버지의 대를 이었다. 그의 아버지는 9년 전에 죽었기 때문이다. 루이 16세가 결혼한 지 8년 만에 겨우 자식을 낳고 왕조를 탈 없이 이을 수 있다고 기뻐하는 사이, 세간에서는 왕비 마리 앙투아네트가 불륜으로 자식을 낳았다는 가짜 소문이 퍼졌다. 멀리는 10세기부터 시작한 카페 왕조의 정통성, 짧게는 16세기 말부터 왕조의 명맥을 이은 부르봉 왕가의 정통성을 무너뜨리는 소문이었다. 왕비를 욕하고 왕의 성불구를 놀리는 악담이 극에 달했다.

음치도 노래하기 전에 목청부터 가다듬기 마련이다. 철권통치자들이 포악하게 굴지 않는다고 칭송받을 일이 없듯이, 왕이 선정을 베푼다고 칭송받을 일도 없다. 동서고금을 통틀어 정치는 화합보다 갈등이 더 두드러진 영역이기 때문에 아무리 선량한 왕이라도 누군가에게는 욕을 바가지로 먹었다. 루이 16세는 폭군이 아니었고, 그의 선의를 의심하는 사람도 없었다. 그렇지만 당시 사람들은 그를 보좌하는 고위직 관리들을 싸잡아서 '대신들의 전제정'이라고 비난했다. 왕의 울타리를 부수려는 술책이었다. 루이 14세 시대부터 굳건히 확립한 절대주의 체제가 루이 15세를 거쳐 루이 16세 치세에 견딜 수 없을 만큼 쇠퇴했다. 무릇 사람들은 받지 못하는 것을 당연시하다가도 누군가 주기 시작하면 왜 더 안 주느냐고 따진다. 왕은 1789년에 전국신분회만 소집해주면 절대주의 체제를 유지할 수 있을 줄 알았는데, 막상 제3신분 대표들은 자신들이 진정한 국민대표라면서 국회를 선포했다. 독재자가 선뜻 주려고 하지 않는 이유를, 용납하지는 않더라도, 이해한다. 그들은 "이것들이 줄수록 양양거리네"라고 생각한다.

온세상은 군사독재 시절과 민주화한 사회에서도 같은 사례를 찾을 수 있었다. 대학생 온세상은 군사독재 시절에 농촌에 봉사활동을 하러 갔다가 노인들에게 "이놈들아, 나라님이 자주 바뀌면 되나!"라는 역정을 들었고, 독재자가 살해당하고 동작동으로 실려 갈 때 상복 입은 노인들이 땅을 치면서 어버이나 나라를 잃은 듯이 통곡하던 모습을 생생하게 기억했다. 그런데 그 시절에 앞장서서 꿀을 빨던 자들이 민주주의를 회복한 대한민국을 독재국가라고 비난한다. 유신체제 시절에는 '긴급조치'라는 무서운 법이 있었다. 1974년 1월부터 유신헌법에 불만을 표출하려면 온갖 박해를 각오해야 했다. 그러나 긴급조치는 1975년 5월까지 모두 9호가 나올 만큼 국민의 저항을 받았다.

이제 그러한 악법과 조치가 모두 위헌이라는 판결이 이미 나왔고, 절차를 중시하고 법리를 따지는 시대가 온 지 오래지만, 민주정부를 독재정부보다 더 견디지 못하는 시민이 많다. 민주정부를 향해 막말을 서슴지 않으면서도 언론을 탄압하는 독재국가라고 조롱하고, 불리하면 화합과 협치를 해야 한다고 주장하는 사람들은 곳곳에서 민주주의를 정착시키지 못하게 방해한다. 전문용어로 적폐세력이고, 최근에는 그 세력에 속하는 일부를 토착왜구라 부른다. 실제로 민주주의가 사라졌기 때문이 아니라, 민주주의가 옛날 독재국가 시절보다 월등히 발전한 덕택에 그들은 대통령을 빨갱이·공산주의자·치매환자라고 비난하면서도 안전하다.

"적폐세력은 이렇게 말합니다. '민주주의를 앞세우면서 언론을 탄압하고 횡포를 부리는 독재정권 때문에 시간이 멈춘 듯하다. 빨리 선거를 치르고 집권해야 한다.'

민주세력은 이렇게 말합니다. '불리할 때마다 협치와 화합을 주장하면서도 사사건건 훼방만 놓고 정부의 업적을 무시하고 망치려는 세력이 있는 한 시간이 너무 부족하다.'"

온교수가 "무슨 얘기하다 여기까지 왔죠?"라고 물으니 학생들도 종횡무진으로 달리는 이야기에 갈피를 잡지 못하고 있었다. 온교수는 공연히 시빗거리를 찾았다. "어이, 거기, 옆에서 자는 학생 좀 깨워요." 곁의 학생이 발끈해서 되바라지게 덤볐다. "교수님이 재웠는데, 왜 제가 깨워야 합니까?" 온교수에게는 수업을 이끌어갈 권한만큼 아무 때나 수업을 멈출 권한도 있었다. 학생의 반격을 받고 분을 삭이려고 잠시 쉬자고 했다. "내가 재웠으니 내가 깨우라 이거지? 내가 자도 좋다고 말한 적이 있나요? 이제부터 내 말을 얼마나 잘 듣는지 봅시다. 잠자는 사람 양옆과 뒷사람에게도 똑같이 불이익을 주겠어요. 운명 공동체니까, 앞으로 이런 일이 생길 때마다 네 사람에게 점수를 주고 나눠 가지라고 하겠습니다. 예를 들어 33점을 주면, 평화적으로 8점씩 나누고 잠잔 사람에게 1점을 더 주던가, 아니면 잔 사람에게 6점만 주고 나머지가 9점씩 나누던가, 여러분이 알아서 결정하세요. 집단지성의 힘을 믿어보자고요." 너무 번거로운 방법이라서 실행할 수 있을지 모르지만, 그렇게라도 교수의 권위를 되찾으니 속 시원했다.

온교수는 일단 그렇게 여유를 찾은 뒤, 단두대에 선 루이 16세의 시간에 대해 얘기하다가 벗어나기 시작했음을 깨달았다. 그러나 어차피 루이 16세에 관련한 얘기면 아무도 시비 걸지 않을 것이다. 그는 왕세자 시절 루이의 일화를 꼭 들려주고 싶어서 또 한 번 샛길로 헤맸다. 그는 언제나 그렇듯이 질문부터 했다. "프랑스 하면 가장 먼저 떠오르는 음식은?" "포도주요." "다른 것도 먹고 싶지 않아요?" "빵이요." "동양에서 밀가루 음식이 국수나 만두나 호떡으로 발전할 때, 서양에서는 빵으로 성공했어요. 아침에 빵집에서 나는 냄새는 가장 좋은 향기입니다. 루이 16세는 식탐이 많은 사람이었고, 과자를 좋아했어요. 아마 그는 현대로 와서 먹방 유튜버가 되었어도 충분히 성공했을 겁니다."

1770년 5월에 왕세자 루이 오귀스트는 베르사유 궁에서 결혼했다. 신부는 4월에 오스트리아 비엔나 궁에서 출발해 한 달 만에 파리의 북쪽 콩피에뉴 숲에 도착했다. 신랑인 프랑스 왕세자가 할아버지 루이 15세와 함께 거기서 기다리고 있었다. 신랑과 신부는 4년 전부터 혼담이 오가고 초상화를 교환했기 때문에 이미 얼굴을 알고 있었다. 신부는 4년 동안 프랑스어를 공부하고 프랑스식 예절을 익힌 뒤 떠났다. 그런데 평균 스무 살 갓 넘은 학생들에게 열여섯 살 신랑과 열네 살 신부 얘기를 들려주니 미안하고 안타까웠다. "여러분은 교사가 되어 60세 조금 넘어 은퇴하게 될 테니까 임용고시 보고 발령받을 때까지 죽어라 공부만 하겠죠. 어느 정도 저축을 하고 조건에 맞는 배우자를 만날 때까지 결혼을 하지 못하겠지요. 흑, 흑." 누군가 온교수 말을 흉내 냈다. "우리가 벌어서 저축하고 자립하려면 멀었어요, 흑, 흑." 갑자기 교실이 울음바다로 변했다. 혼연일체, 몰아지경은 평생 한 번 만나기도 어려운 상황이다.

온교수는 화음을 들을 때 솟는 소름을 손으로 문질러 가라앉히면서 말했다. "여러분은 시대와 부모를 선택할 권리가 없어요. 여러분이 자식을 낳아 기를 권리도……." 온교수는 입이 미끄러졌음을 깨닫고 더는 실수하지 않으려고 적당한 선에서 멈췄다. "아기를 낳는 일이 권리인가요?" 과연 되바라진 질문이 나왔다. 온교수는 실수하지 않으려면 '불립문자不立文字' 원칙을 지켜야 한다는 사실을 알았지만, 역사가는 말이 많은 직업이라서 쉬지 않고 말해도 부족하다고 생각했다. 그래서 입이 삐끗했을 때 가래로 막기 전에 찻숟가락으로 막는 법을 터득했다. 무조건 잘못했다고 인정하면 별 탈 없이 수습할 수 있다. "경제적으로 자립하고 나서 아기를 기르는 일을 권장하려다 보니……." 그러나 이번에는 수습하기 어려웠다. 학생들의 심기를 불편하게 만들었음이 분명하다. 말은 안 해도 누군가 속으로 '얼마를 벌어야 자립했다고 인정해주고, 아기를 낳을 권리를 인정해주나요?'라고 자문자답하는 학생이 분명히 있을 것이다. 잘못을 재빨리 진심으로 인정해야 엎지른 물을 조금이라도 담을 수 있었다. "미안합니다. 학생들이 제도화한 교육과정을 이수해야 교사 자격을 얻을 수 있고, 그래서 가정을 꾸리는 시기가 늦어진다는 뜻으로 말하려던 것이 그만……" 간단한 말을 길게 할수록 꼬이기 마련이다. 온교수는 식은땀을 흘리면서 재빨리 교활하게 '부덕의 소치'임을 인정했다. "여러분의 질책을 겸허히 받아들이겠습니다." 그는 학생들이 사회에서 자주 마주할 상황, 교활하고 가증스러운 겸허함을 미리 보여주고 나서 본래 줄거리로 돌아갔다.

비엔나 궁전에서 어머니와 오빠들과 작별한 대공녀 마리아 안토니아는 신성로마제국의 켈에 도착해 배를 타고 라인 강 한가운데의 섬으로 갔다. 섬에는 새로 집 한 채를 지어놓았는데, 판문점 회의실을 가로지르는 군사분계선처럼 그 집 한가운데에도 신성로마제국과 프랑스의 국경선이 지나갔다. 마리아 안토니아는 독일 쪽 방으로 들어가 오스트리아 궁에서 입었던 옷·신·장신구를 홀랑 벗고 보이지 않는 금을 건너 홀로 프랑스 쪽 방으로 입국했다. 그는 프랑스에서 시녀로 나선 노아유 백작부인의 품에 안겨 펑펑 울었다. 백작부인의 별명은 예절을 뜻하는 마담 에티케트였고, 루이 15세의 비와 마리 앙투아네트를 잇달아 모셨다. 새색시는 프랑스 왕실 측이 마련해준 옷을 입고 마리 앙투아네트가 된 뒤 배를 타고 강을 건너 스트라스부르에 내렸다.

옷을 갈아입었다고 사람이 바뀔까? 마리 앙투아네트는 어렸지만 형식에 내용을 맞추려고 노력했다. 그가 국경을 넘어 처음 도착한 스트라스부르에서 시장이 독일어로 환영사를 하자, 이제 자신은 프랑스 사람이니까 프랑스어로 얘기해달라고 부탁했다. 우리의 국회의원이 사석이 아니라 국회에서 "겐세이, 분빠이, 아까징끼"같이 '왜국어' 실력을 과시하는 것을 보면, 마리 앙투아네트는 정말 잘못했다. 교수 출신의 국회의원과 가정교육만 받은 어린 신부의 차이가 그렇게 큰 것인가? 마리 앙투아네트의 모국어는 외국어가 되었는데 새 모국어인 프랑스어만 쓰겠다고 했으니 너무 고지식했다. 법인카드로 장을 보던 알뜰한 가정주부 출신 국회의원의 언어로 하자면 '유도리'가 없었다. 혁명기에 파리의 튈르리 궁에 연금된 뒤, 파리 아낙들은 툭하면 창가에 나타나 마리 앙투아네트를 호출했고, 어떤 여성은 유창한 독일어로 왕비를 찬미하고 훈계하면서 권력이 민중의 편으로 넘어왔음을 과시했다. 왕비가 19년 전에 끊은 독일어를 파리 아낙의 입에서 들을 줄이야. 그 정도로 18세기의 파리는 중국어·아랍어를 비롯해 여러 나라 말을 들을 수 있는 '바벨탑' 같은 국제도시였다.

왕세자와 세자빈이 결혼한 지 두 달이 지나 7월 말에 루이는 과자를 과하게 먹고 소화를 시키지 못해서 밤새 뒤척였다. 이튿날 마리 앙투아네트는 식사관에게 저녁에 과자를 절대 내놓지 말라고 명령했다. 할아버지인 루이 15세는 말년에 애첩 마담 뒤바리의 치마폭에 싸여 지냈는데, 세자빈이 애첩과 말도 섞지 않는다는 사실에 안타까워하면서 손빈에게 단 한 마디라도 좋으니 말을 붙이라고 부탁했다. 마리 앙투아네트가 먼저 말하기 전에 마담 뒤바리는 처분만 바라는 것이 궁중예절이었다. 파파(그는 할바마마를 '아빠'라 불렀다)가 보채고, 본국의 모후도 베르사유에 파견한 대사 메르시 아르장토에게 훈령을 내려 마리 앙투아네트를 설득했다. 마리 앙투아네트는 설날에 마담 뒤바리를 힐끗 보더니 마지못해 "오늘 궁에 사람이 많군요"라고 말을 건넸다. 그뿐이었지만 루이 15세는 몹시 기뻐했다.

마리 앙투아네트는 세자와 시동생의 싸움도 말렸다. 루이 오귀스트는 연년생인 프로방스 백작이 아끼는 도자기 소품을 들고 떨어뜨릴까 말까 간을 보면서 동생이 안절부절못하는 것을 즐기다가 마침내 떨어뜨려 산산조각 냈다. 조마조마하게 가슴 졸이면서 떨어뜨리지 말라고 간청하던 동생이 격분해서 형에게 달려들었다. 현장에 있던 마리 앙투아네트가 둘 사이에 뛰어들어 손등에 상처를 입으면서도 형제를 떼어놓았다. 마리 앙투아네트는 침착하게 형제를 화해시키고 나서 다른 사람들이 형제가 싸우는 현장을 보지 못해 다행이라고 말했다.

"만일 역사가들이 루이 오귀스트가 나쁜 왕이었다고 생각한다면 세자 때부터 동생을 야비한 방법으로 괴롭힌 것으로 봐서 충분히 예상할 만한 일이라고 말하겠지요? 여기서 우리는 마리 앙투아네트가 침착하게 형제간의 싸움을 말렸다는 사실에 주목해야 합니다. 아무리 동기간이 싸워도 궁중예절은 동궁마마편입니다. 동생이 형의 부당한 행위에 격분해서 다투었다고 해도 왕세자를 위험하게 만든다면 국법으로 엄한 벌을 받았을 테지요. 마리 앙투아네트가 동생을 뜯어말리는 과정에서 손을 다쳤는데도 자기네 선에서 무마한 것은 어른도 흉내 내기 어려운 행동입니다."

온교수는 마리 앙투아네트가 왕비가 된 후에도 아기를 낳지 못해서 온갖 악담에 시달렸던 사실과 그 원인이 루이 16세에게 있음을 설명하려다 말았다. 혈기왕성한 대학생들 앞에서 고등학생과 중학생 정도의 부부가 아기를 낳느니 못 낳느니 따지는 것은 예의에 어긋났다. 그들이 과연 비싼 학비를 내면서 어린 동생들의 성생활 얘기나 듣고 싶겠는가. 그들이 경험했을 법한 얘기를 들려주는 편이 낫다.

"여러분, 형제가 밥상머리에서 싸울 때, 장난으로라도 싸울 때, 무엇을 쓸까요?" 어린 부부 얘기를 계속하자 심술이 났는지 누군가 불쑥 시비조로 물었다. "요즘 싸울 형제가 어디 있습니까?" "그렇긴 해도, 나와 싸울 듯이 묻진 마

시고 부모님께 항의하세요. 그래요, 형제자매가 없는 학생
도 많군요. 그러나 역사적 감수성을 동원해보세요." "총이
요", "대포요", "비비탄", "광선검", 갈수록 태산이었다. 온교수
는 정색을 하고 말을 끊었다. "형제간에 사생결단할 일 있어
요?" 그러자 곧 현실적인 대답이 나왔다. "숟가락이요." "숟
가락으로 때리는 영화를 봤나요? 숟가락 살인에 대한 얘긴
데 형제간에는 좀." 온교수는 숟가락 살인은 필시 '바늘로
코끼리 죽이기'라는 주제를 이용한 영화라고 생각했다. 죽
을 때까지 바늘로 찌르거나, 찔러놓고 죽을 때를 기다리거
나, 죽을 때까지 숟가락으로 때리거나, 죽기 직전에 숟가락
으로 때리거나. 먼지가 나올 때까지 털고, 비 맞은 옷도 말
려서 터는 우리나라의 일부 정치검찰처럼.

　온교수가 생각했던 정답이 나왔다. "젓가락이요." "음, 밥
상머리 전투에 대해 들은 적이 있군요. 가산점 1점 주고, 젓
가락을 프랑스어로 뭐라고 부르는지 아는 사람?" 온교수
는 대답이 나오기 어렵다는 점을 고려하기보다 대답을 빼
앗기기 싫어서 묻자마자 "바게트"라고 답을 말했다. "바게
트, 알죠?" 학생들은 익숙한 낱말에 신기한 표정을 지었다.
"바게트, 젓가락 말고, 빵, 긴 빵이죠. 막대기만 들면 병정놀
이하는 아이들이 칼처럼 쓸 수 있기, 없기?" 학생들이 일제
히 "있기~~요"라고 말끝을 흐렸다. "형제간에 싸우지 않으
면 불효입니다. 부모님께 우애를 가르칠 기회를 드려야 합

니다." 모든 사람은 기본적으로 선생 노릇을 좋아한다. 아이도 어른에게 자기가 아는 것을 물어보고, "어른이 그것도 몰라?"라고 으스대며 답을 알려준다. 부모에게 벌을 주려면 자식의 교육권을 빼앗아라. 오죽하면 부모는 자녀에게 돈을 쏟아부어가면서 단 한 마디라도 가르치려 들겠는가? 온 교수는 잠시 자기 처지를 생각하면서 속으로 읊조렸다. '그러나 효도할 부모가 없으니 그를 슬퍼하노라.' 루이 오귀스트 형제들은 1765년과 1767년에 부모를 차례로 여의었다.

"새색시 마리 앙투아네트는 큰 동생 프로방스 백작과 카드놀이를 했어요. 남편 루이는 카드놀이를 즐기지 않았기 때문에 아내와 동생이 재미있게 노는 모습을 보고 있었죠. 그러다 심술이 났는지 바게트로 동생을 툭툭 건드렸어요. 김혜자 님이 보셨다면 야단치셨겠죠? 그렇게 하신 말이 '꽃으로도 때리지 마라'였대요. 하물며 흉악하게 생긴 바게트로 때리다니. 동생이 폭발했죠. 그는 형의 손에서 바게트를 빼앗아 분지르고 찢고 가루를 만들면서 분을 삭였습니다. 한두 달 사이, 형보다 동생이 부쩍 성장했다고 생각합니다. 나이 차가 크지 않은 형제를 관찰해보면 동생이 더 영악한 경우가 많아요. 형한테서 부모와 장난감을 빼앗아야 하니 심리전에 능통해야겠지요. 경쟁에 이겨야 사는 '더러븐' 세상. 대부분의 동생은 인생 2회차처럼 살아야 합니다."

루이 16세는 거의 열아홉 살인 1774년 5월부터 1792년

8월까지 18년을 왕으로 살다 폐위되었고, 1793년 1월 21일에 처형당했다. 그가 왕이 되어 처형당할 때까지의 세월은 프랑스 왕국의 역사에서 2퍼센트도 안 되는 기간이지만, 민주주의 실험이라는 관점에서 볼 때 고대 그리스 이후 가장 큰 변화를 겪었다. 그러니 천체운행과 관련한 24시간은 역사적 시간이나 심리적 시간과 다르다. 루이 카페의 가족은 1792년 8월 중순부터 1793년 1월 20일 밤까지 다섯 달 동안 탕플 감옥의 아래위층에 살았고, 루이의 재판이 시작되기 전부터 가족이 만나지 못하다가 루이의 마지막 밤에 단 한 시간 동안 만날 수 있다는 허락을 받았다. 가족은 그 소중한 한 시간 동안 모여서 울고 또 울었다.

"잊기 전에 루이의 호칭이 39년 동안 어떻게 바뀌었는지 알아봅시다. 그는 1754년 8월 23일에 태어나 베리 공작 루이 오귀스트 드 프랑스가 되었어요. 1765년에 왕세자인 아버지가 죽자 프랑스 왕세자 루이 오귀스트, 1774년에 프랑스와 나바르의 왕 루이 16세가 되었습니다. 1789년에 백성의 염원을 받아들여 전국신분회를 소집해주었다는 의미로 자애로운 루이, 곧이어 제헌의회의 명령으로 프랑스 자유의 부흥자가 되었어요. 그때까지는 아주 좋았어요. 1791년 헌법으로 프랑스인의 왕이 되었죠. 구체제 시기에 프랑스의 왕이었다가 프랑스인의 왕이 되었다는 점에 유의하세요."

프랑크족이 5세기 말에 왕국을 세웠을 때부터 11세기

까지는 왕을 '프랑스인의 왕'이라고 불렀다. 온교수는 얼마 전까지 필리프 2세 오귀스트가 '프랑스의 왕'이라는 칭호를 쓰기 시작했다고 알고 있었다. 그런데 자료를 찾다가 우연히 프랑스의 역사주간지(『역사Histoire』)에서 뚱보 루이 6세Louis VI le Gros가 1119년에 대립교황 칼리스투스 2세 Callistus II에게 보낸 편지에서 자신을 "이제부터 프랑크족의 왕이 아닌 프랑스의 왕"이라 칭했음을 알게 되었다. 프랑크족의 전사들은 전리품을 나눴기 때문에 왕을 왕국의 소유자로 보지 않았는데, 루이 6세는 봉건제 왕국의 왕이었음에도 영주들의 대표가 아니라 왕국의 주인 행세를 했다.

"프랑스의 왕은 입헌군주국에 맞지 않는 칭호였으므로 예전처럼 프랑스인의 왕이라는 칭호로 되돌려놓았습니다. 1792년 6월 입법의회 소수파는 루이 16세를 거부권Veto 선생으로 불렀어요. 1789년부터 루이가 개혁법안에 기꺼이 서명하지 않고 버티다가 마지막에는 거부권을 행사했기 때문이죠. 급기야 혁명의 발목을 잡는 루이에게 불만인 파리 민중이 튈르리 궁에 난입했습니다. 그들은 루이에게 자유의 상징인 프리기아 모자를 씌우고, 누군가 들고 있던 포도주 병을 쥐어주었어요. 빨간색 모자를 머리에 얹고 서민이 마시던 포도주를 병나발 부는 모습을 보고 민중은 루이가 자신들과 동등해졌다고 생각하고 물러갔습니다.

그러나 루이는 민중이 바라는 대로 행동하지 않았고, 국회도 마찬가지로 미적거렸습니다. 민중은 최후통첩을 하고, 마침내 8월 10일에 이른바 제2의 혁명을 일으켰어요. 새벽에 튈르리 궁을 수비하는 스위스 용병들을 둘러보고 격려했던 루이는 가족과 함께 튈르리 궁을 떠나 국회로 도피했고 거기서 국회의 보호를 받다가 8월 13일부터 파리 코뮌이 마련한 탕플 감옥에 갇혔습니다. 사람들은 그를 더는 왕으로 대접하지 않고 루이 카페라고 불렀어요. 호칭의 변화는 프랑스 절대주의부터 공화주의까지 급변하는 현실을 반영하고 있으므로 샛길로 가는 것 같아도 본질적인 얘기와 관계가 있습니다."

루이 카페 가족이 마지막으로 만났던 한 시간은 얼마나 소중했을까? 루이는 아쉬워하는 가족에게 이튿날 혁명광장으로 끌려가기 전에 다시 만나자고 약속했지만 결국 만나지 못하고 형장으로 가는 마차에 올랐다. 그는 장례식 행보로 천천히 움직이는 마차를 타고 두 시간이나 걸려 형장에 도착했다. 그는 동석한 신부와 시편을 외웠다. 탕플 감옥에서 지내는 동안 루이는 1649년 1월에 영국 왕 찰스 1세가 형장에서 처형당한 사례를 가끔 생각했다. 찰스 할배는 앙리 4세의 사위였기 때문에 루이 16세의 6대조였다. 할배를 잃은 할매, 즉 루이 14세의 고모는 자녀들을 데리고 친정으로 돌아왔다. 탕플 감옥에 갇힌 루이는 100년 전의 사건과 자신의 처지를 비교했다. 6대 조모는 자녀들을 데리고 친정으로 돌아왔는데, 자기 아내인 마리 앙투아네트는 자녀들을 데리고 오스트리아로 돌아갈 수 있을까?

처음에는 막연한 희망이 있었지만, 루이는 12월부터 국민공회의 재판정에 불려 다니면서 절망의 나날을 보내다가 마침내 1793년 1월 21일에 단두대에 올랐다. 20일 밤부터 21일 새벽의 시간과 단두대에 도착해서 층계를 오르는 시간, 그의 머릿속에서는 대체 어떤 생각이 꼬리를 물었을까? 칼날이 머리와 몸을 분리하는 찰나의 전후는 생각마저 끊었을까? 보통 생각은 뇌에, 마음은 가슴에 있다고 하지만, 한 몸일 때는 생각과 마음이 하나처럼 움직인다. 그런데 이제 생각과 마음은 따로 놀게 되는 것인가? 셰익스피어는 클레오파트라가 "내 몸의 원소 가운데 가벼운 것 두 가지는 하늘로, 무거운 것 두 가지는 땅으로 내려간다"고 말하면서 숨졌다고 생생하게 보도했다. 풍수지화風水地火, 물과 흙은 아래로, 바람과 불은 위로 흩어지는데, 찰나의 인연이 인간의 형상을 빚고, 사탄의 트림이나 방귀로 나오고, 온교수의 오줌으로 나오고, 불사조의 재가 된다.

온교수는 민주주의가 얼마나 좋은지 생각해보자는 취지에서 물었다. "민주주의가 뭐죠?" "구성원들이 자기 미래를 스스로 선택하는 제도요." "왕국에서 그런 제도를 도입할 수 있나요?" "네, 영국의 의회제도는 왕정 시대에 발전했습니다." 방금 찰스 1세의 처형과 퓨리턴 혁명을 얘기한 터라 온교수는 학생들과 대화를 끊지 않고 이어갈 수 있었다. "오늘날 천황제를 유지하는 일본도 민주주의 국가인가요?" 이 대목에서 잠시 이야기가 끊겼다. "일본이 투표로 정당정치를 유지하긴 해도 독특한 제도이긴 해요." 온교수는 대충 얼버무리고 나서 단호히 말했다. "자민당의 일당 독재체제를 깨뜨리지 못하는 한 진정한 민주주의라고 말할 수 없겠지요. 건강한 야당이 있어야 정권을 바꾸면서 더 좋은 미래를 설계하고 실천할 텐데, 여당 안에 건강한 계파도 없기 때문에 일본의 문화적 특성인 군국주의를 벗어버리지 못하고 있어요. 민주주의는 멀고 먼 얘기죠. 우리나라 적폐세력은 일본 덕택에 잘살게 되었으니 일본을 본받자고 말하고, 내각책임제로 가자고 주장하는 사람도 있습니다. 무슨 체제건 중요한 것은 단 하나, 민주주의의 이상을 잊지 말고 실현하려고 항상 노력해야 합니다. 그것은 정치인보다는 그들을 선택하고 일하게 만드는 시민들의 몫입니다."

온교수는 민주주의의 이상을 설명했다. 구성원이 직접으로 또는 대리자를 뽑아 간접으로 모든 구성원의 생명과 재산을 보호해서 안전하고 행복한 미래를 설계하는 제도, 그래서 평범한 사람이라도 다중의 힘으로 잘못을 저지르지 않게 만드는 제도. 그리고 온교수는 공무원인 검찰과 판사들이 몸통을 흔드는 꼴을 많이 보았기 때문에 최근에 한 가지 요소를 덧붙였다. 모든 구성원의 양심을 존중해주는 제도. 검둥이도 흰둥이도 가성을 쓰지 않고 제 목소리로 짖을 수 있는 세상. 큰 개든 작은 개든 꼬리로 몸통을 흔들지 않는 세상. 이런 제도에서는 마음에 들지 않는 정권을 교체할 수 있다고 기대할 수 있고, 실제로 교체한다. 모든 구성원이 품위 있게 살면서 의견이 다른 사람들과 다투더라도 투표로 다툰다.

폴스태프 맥주 공장 설립자인 섹스비어Sexbeer 사장님은 일찍이 '세상은 커다란 극장'이라고 설파하셨고, 존슨 '쐬시지' 공장 설립자인 베이컨Bacon 사장님도 '극장의 우상'에 대해 말씀하셨지. 청와대에, 법원에, 검찰에, 정당에 배우들이 모여서 천연덕스럽게 백설같이 순결한 연기에 몰두하는 모습을 보면서 공허선사는 "달도 희고 눈도 희고 천지도 희다月白雪白天地白"라고 노래하니, 그들이 끼얹은 구정물을 맞고 객처럼 쫓겨난 국민의 마음을 대변해서 김삿갓은 "산도 깊고 밤도 깊고 나그네 근심도 깊네山深夜深客愁深"만 되뇐다.

공허선사와 김삿갓이 산속의 긴긴 시간을 시를 지으면서 재미있게 지내는 고품격 오락이 위안거리다. 공허선사는 진 사람의 이를 뽑자고 제안했다는데, 제주 기생 애랑은 야속하게 떠나는 정인의 이를 뽑았다. 국민은 투표로 자기들 주인을 뽑는 즉시 객이 되어 긴긴 시간을 이 뽑기 내기나 하면서 보내다가 다음 투표 때 잠시 주인의 지위를 돌려받는다. 허우대 멀쩡해서 뽑힌 배우, 대충 웃긴다고 뽑힌 희극인들이 영혼의 죽음 앞에 상복을 입히듯 머리에 흰 띠를 두르고 비장하게 혈서를 쓰겠다고 손가락을 입에 가져간다. 그 모습을 보는 국민 관객은 이차돈의 흰 피가 아니라 검은 피가 나올까 봐 눈을 감는다.

한편에서는 빨리 흘러 아쉽고, 다른 편에서는 더디게 흘러 지겨운 시간인데, 화합이란 얼마나 허황된 꿈인가? 영화 〈대부〉에서 들은 명대사가 있다. "바지니와 화해하라고 권하는 놈이 있을 거다. 그가 배신자다." 마리오 푸조가 원작에서 쓴 말인지 각색 작업할 때 들어간 말인지 확인하지 않고 써서 미안하지만, 배신자에 대해 잘 규정한 『대부』의 원작자 푸조와 영화감독 프랜시스 포드 코폴라에게 감탄했다. 순간 온교수는 레오나르도 다빈치가 〈최후의 만찬〉에서도 배신자의 본질을 드러냈음을 상기했다.

다빈치는 원체 천재라서 굳이 얘기할 필요가 없겠지만, 강의시간을 남기느니 가득 채우는 편이 낫기 때문에 곁가지를 치는 것이 온교수의 영업비밀이었다. 종래의 '최후의 만찬'을 그린 사람들은 모두 배신자를 알아보기 쉽게 처리했다. 예수 앞에서 무릎을 꿇은 사람, 그림을 보는 이에게 등을 보여주는 사람, 흔히 '등 돌린 사람'이 유다라는 얘기다. 그러나 그림을 보는 이는 유다가 예수 앞에 무릎을 꿇었다가 일어서면서 턱을 받는 장면을 예상하고, 배신보다 맞장이 적절하다고 생각한다. 노골적으로 무릎을 꿇고 있거나 화가가 감상자에게 등을 보여주면서 배신자라고 규정한 자는 사실상 솔직한 사람이다. 우리는 서로 마주 보는 두 사람을 대립한다고 생각하기 쉽지만, 실은 서로 배려하고 뒤를 봐주는 관계라고 생각할 수는 없을까? 오히려 우리가 등 돌린 자라고 말하는 배신자는 어깨동무를 하고 같은 방향을 보면서 기회를 노리다가 등에 칼을 꽂는 자다. 마주 보다가 등을 돌리는 자가 아니라 뒤에서 다가서서 등에 칼을 꽂거나 같은 방향을 보는 척하다가 칼을 꽂고 모른 척 성큼성큼 가버리는 자, 그가 배신자다. 다빈치는 〈최후의 만찬〉에서 열세 명이 감상자를 향해 앉아 있는 모습을 그렸다. 다빈치는 '이들 가운데 누가 배신자인지 맞혀보라'고 도발하는 듯하다.

갑자기 대발이 그립다. 능화경을 보면서 발바리의 호기심을 자극하고, 발바리에게 능화경을 만져보도록 허락한 뒤에 본질을 보라고 가르친 스승의 얼굴은 잊은 지 오래지만, 그럴수록 그가 해준 말이 새록새록 떠올랐다. 칡과 등나무가 엉킨 것은 노골적이다. 겉으로 엉켜서 서로를 누르려고 다투면서도 정작 감고 있는 다른 생명체를 질식시키는 자들이다. 대다수 국민은 그들이 국민과 나라를 위해서 싸운다고 속으며 산다. 가끔 그들 중 영업비밀을 쏟아내는 사람이 하는 말을 들어보면 '그럼 그렇지' 하고 무릎을 친다. 그들은 하루 종일 죽일 듯이 싸우다가도 밤에 모인 술

자리에서는 형님, 동생 하면서 화기애애하다는 것이다. "자유·평등·우애가 왜 중요한지 잘 알겠죠?" 낮에는 숭고하게 자유와 평등을 다투고 싸우지만 밤에는 우애로 뭉친다. 온 교수가 보기에 그들은 지상에서 엉키듯이 지하에서도 엉켰지만, 지상의 목적과 지하의 목적은 달랐다. 지상에서 엉킨 것은 타인에게 보여주기 위함이고, 지하에서 엉킨 것은 함께 검은 꿀을 빨자는 뜻이다.

금슬 좋은 부부는 서로 다리를 올려놓고 꼬고 비틀면서 밤을 재미나게 보낸다. 부부 사이가 멀어질수록 다리끼리 만날 일이 없다. 지하세계의 이치도 비슷하다. 상리공생의 잡종괴물이 지하에서 꿈틀댄다. 겉으로는 다른 집단에서 철저하게 표정을 관리하면서 서로 견제하고 경쟁하는 관계여야 할 사람들이 집단·계급·출신과 상관없이 국민의 이익을 착취하기 위해 연리근連理根이 된다. 그러므로 사회지도층의 연리근을 파헤쳐 은밀한 수익구조를 단절해야 민주주의를 더욱 탄탄한 기반 위에 세울 수 있다.

온교수는 늘 예수가 "세상을 화평케 하려고 오지 않았다"고 한 말을 생각했다. 마르틴 루터가 법을 공부하다가 종교인이 된 이유는? 법을 공부해봤자 21세기 대한민국의 기술자만큼 잘할 자신이 없었기 때문이다. 그는 종교인으로 중요한 일을 했다. 종교개혁. 그러나 그는 한국인의 창조성을 예측하지 못했다. 종교개혁의 산물인 개신교가 대한민국에서는 무진장 번창하며, 일부 목회자는 정치적 발언도 서슴지 않는다. 예수의 대속代贖을 앞세운 교리를 악용하는 종교인은 자기 이익을 챙기며 신자에게 대속을 강요한다. 그들은 민주사회의 본질을 다시 생각하게 만든다. 정계·관계·재계·교육계·언론계에 속한 사람들이 지하에서 하나로 뭉쳐 민주화를 방해하는 적폐세력이 되었다. 대한민국의 민주화는 땅속에서 뒤엉킨 적폐의 뿌리를 원래대로 하나씩 떼어놓는 과정이다.

이런 취지의 얘기를 열정적으로 쏟아내다 보니 어느새 강의시간이 끝나버렸다. 모처럼 마음과 귀를 열고 온교수의 수업에 몰입한 학생들이 내뿜는 뜨거운 숨결이 강의실을 가득 채웠다.

본 대로 들은 대로
생각나는 대로
믿는 대로

대발은 아침상을 물리자마

자 눈을 감았다. 발바리는 한창

클 나이라서 늘 배가 고팠다. "스승님, 배가 공합니다." "방

금 숟가락 내려놓은 녀석이 벌써 공하느냐?" "네, 색이 즉시

공이 맞습니다. 물질이 뱃속으로 들어가는 즉시 사라집니

다." "색즉시공色卽是空이든 색이 즉시卽時 공이든, 네가 밥상

머리에서 도를 깨쳤구나. 공즉시색, 공이 즉시 색이 된다. 공

한 것이 곧 물질이니 안 먹어도 배부르리라." "공기로 빵빵

하게 채웠습니다. 공기 중의 수소와 산소가 결합해서 물을

만들고 있습니다." "잡소리 그만하고 눈을 감아라. 일체유

심조一切唯心造다." 그는 발바리에게 세상을 관조하는 법을

가르쳤다. "눈으로 보지 말고 마음으로 보거라."

　　발바리는 눈을 감고 세상을 관조했다. 밥이 반찬과 함께

공중에 둥둥 떠다니다가 대발의 입으로만 들어갔다. 발바

리는 침을 꼴깍 삼키고 나서 애써 다른 것을 떠올렸다. 콧

구멍으로 공기가 들어간다. 공기가 폐를 채우고 남으면 횡

격막을 뚫고 배로 들어가서 단전까지 내려간다. 항문을 조

이면서 공기를 위로 올려 입술 사이로 천천히 뽑아낸다. 온몸이 둥실 떠서 마당으로 나간다. 묶어놓은 검둥이가 꼬리친다. 채소밭 고랑, 부엌 아궁이, 요강, 멀리 떨어진 동네와 뒷산, 뭉게구름, 메뚜기, 여치, 개구리, 가재, 시냇물, 나뭇잎, 풀잎, 칡 냄새, 더덕 냄새, 질경이, 엉겅퀴, 참새, 때까치, 쥐, 다람쥐, 엿, 떡, 삼각산, 구진봉, 삼선교, 동구여상, 돈암동, 한성여고, 낙산, 성벽, 전차, 벌리, 공동묘지, 송사리, 흰 고무신, 검정 고무신, 삼각형 비닐봉지에 담긴 탱가루 오렌지주스, 석빙고 아이스케키가 두서없이 공중을 떠다닌다.

거지 떼가 깡통을 두드리고 노래를 부르며 지나갔다. 한 사람이 숟가락으로 깡통을 두드리고, 어떤 사람은 자물통 비슷한 물건을 양손에 들고 마주치거나 번갈아가면서 철컥철컥 소리로 장단을 맞췄다. 또 한 사람은 입에 뭔가를 물고 고개를 끄덕거리면서 새 울음소리를 냈다. '꼬끼요'라 하기는 어렵지만 '꾸룩' 하는 비둘기소리와 비슷한 닭소리였다. 발바리는 나중에 그 기술을 터득했다. 우선 소리 내는 장치를 만들어야 했다. 책받침 조각의 중간에 풍선의 목을 가늘게 자른 조각을 고무줄처럼 씌웠다. 아래윗니로 그 장치의 끝을 물고 쓰 하는 기분으로 불면 풍선 조각이 떨리면서 소리를 냈다. "어얼씨구씨구 들어간다. 저얼씨구씨구 들어간다. 작년에 왔던 각설이가 죽지두 않고 또 왔네." 그다음 가사는 알아듣기 어려웠기 때문에 곡조만 머릿속에 맴

돈다.

발바리는 또래 아이들과 함께 신기한 구경거리를 놓치지 않고 거지 떼를 따라서 혜화동 고개를 넘어갔다. 거지들을 따라갔다가 사라진 아이들이 간을 빼앗겼다는 허무맹랑한 소문을 믿는 사람도 많았으니, 집집마다 어둑해지면 아이들을 부르는 부모들의 목소리가 온 동네에 퍼지던 시절이었다. 거지 떼가 혜화동 로터리를 돌 때, 아이들은 혜화국민학교를 지나 보성중학교 쪽으로 떠났다. 발바리도 딱히 할 일이 없어서 거지 떼보다는 동무들 뒤를 따라갔다. 아이들은 꼬불꼬불 골목길을 잘도 빠져나가 멀리 사라졌다. 발바리는 홀로 뒤처졌고 어찌어찌해서 명륜동 성균관대학교 뒷산을 헤맸다. 발바리는 냇물에 발을 담그고 흰 고무신을 씻었다. 조그만 돌 틈으로 송사리가 들락날락하면서 그를 놀렸다.

돈암동에서 길음동으로 넘어가는 고개를 옛날부터 미아리 고개라 불렀는데, 그 고개를 넘으면 벌리가 있었다. 삼선교 아이들은 그곳으로 송사리나 개구리를 잡으러 다녔다. 당시 아이들은 자기 동네를 벗어나 천지사방을 쏘다니면서 자연스럽게 방향과 공간에 대한 지식을 넓혔다. 오죽하면 발바리라 했겠는가. 발바리는 그 또래 아이들의 집단명사와 다르지 않았다. 실제로 발바리와 동무들이 쏘다니는 것을 보는 어른이라면 누구나 '저런 발바리들'이라고 말했을 테지만, 어른들은 자기 집 발바리에게 줄 음식을 마련하느라 시장이나 노동판에서 열심히 일하던 시절이었으니 거리나 산으로 들로 쏘다니는 아이들에게 무심했다. 아무튼 발바리가 동무들과 벌리에 송사리를 잡으러 갔을 때, 잘 잡는 아이는 금세 커피 병을 반이나 채웠지만, 발바리는 손끝으로 건드려보지도 못했다.

명륜동 송사리들도 벌리의 사촌들이 퍼뜨리는 발바리의 실력에 관한 소문을 들었는지 그의 발아래서 여유롭게 노닐었다. 어느 틈엔지 산속이 어둑해졌다. 빨리 집으로 가야 할 텐데 방향을 잃었다. 물 흐르는 방향을 따라 내려가면 될 텐데 그 이치를 모르고 헤매다가 다행히 반가운 목소리를 들었다. 낮에 헤어졌던 아이들이 말바위 쪽에서 놀다가 내려오고 있었다. 한 명은 양쪽 아이들과 어깨동무한 채 퉁퉁 부은 다리를 들고 깽깽 발로 내려왔다. 발바리는 말바위에서 뛰어내린 영웅의 처참한 모습을 보았다. 그 영웅은 말썽꾸러기였다. 얼마 전에 하얗고 보드랍게 생긴 양잿물에 반해서 입에 넣었다가 죽다 살아났다. 개구쟁이는 죽는 방법을 다각도로 체험할 만큼 호기심이 많았다. 그는 자기가 '흑두건'이라면서 수건을 뒤집어쓰고 개천가를 걷다가 거의 2미터나 될 법한 곳으로 떨어졌다. 돌덩어리 사이에 안착하지 않았다면 세상을 구하지 못한 채 미아리 공동묘지에 묻힐 뻔했다. 부상자를 부축한 아이들은 한참 고생하고 나서 동네로 들어섰다. 부상자는 엄마를 만나자마자 "잘못했어요, 안 아파요"라고 울부짖었다. 그는 죽다 살아나면 반드시 잘못했다고 빌었다. 엄마는 아들의 엉덩이를 때리려다 말고 발목을 보더니 사색이 되어 아들을 둘러업고 한의원으로 달려갔다. 나머지 아이들은 저녁 먹고 나서 또 놀자고 약속하고는 헤어졌다.

이튿날 동네 최고 악동이 날개를 퍼덕이는 새를 손바닥에 얹고 나타났다. 그는 새 다리를 실에 묶어가지고 발바리에게 자랑했다. "밤에 전등을 들고 성북중학교 뒷산으로 갔어. 때까치 집에 전등불을 비추니까 자다 깬 새가 날지도 못하더라구." 그는 눈을 게슴츠레 뜬 채 새의 날갯짓을 흉내 냈다. 그의 손가락에 묶인 때까치도 날개를 퍼덕였다. 불행하게 잠결에 납치당한 새는 아이 손에서 시달리다가 결국 기진맥진하고 선산에서 기다리는 일가친척을 만나러 갈 것이다. 다행히 십자매를 번식시켜 분양하는 집 손자의 손에 잡힌 때까치는 좀더 오래 살 수 있을지 모를 일이었다.

발바리는 새벽에 일어나 성북동을 향하다가 오른쪽 언덕길로 올라갔다. 언젠가 동무들이 함께 찾아낸 굴을 다시 보고 싶었다. 실은 굴이라고 부를 수 없었지만, 굴이라고 생각한 이유가 무엇인지 생각나지 않았다. 누군가 일부러 땅을 움푹하게 파서 바닥을 평평하게 만들고 위에 지붕처럼 천을 덮어놓은 곳인데, 개구쟁이들이 거기서 자신들이 상상하는 어른들의 행위를 흉내 냈다. 대장격인 쌀집 아들이 아무개와 아무개가 "삑"한다고 예고한 날 모두 그곳으로 올라갔다. 아이들이 둘러보면서 압박하는 동안 두 아무개는 마주 보면서 망설이다가 마침내 중대결심을 하고 사색이 되어 바지를 벗고 "삐빅"을 맞댔다. 아기보다 조금 자란 녀석 둘이 고추를 맞댄 모습을 조금 더 자란 놈들이 흥미롭게 지켜보았다. 그들은 예과에서 이미 병원놀이를 통해 남녀의 은밀한 곳을 진지하게 검진하고 빨간약을 처방해준 경험이 있었다. 발바리는 그 장소를 찾으려고 산골을 헤매다가 허탕치고 돌아가는 길에 자기 혼자 그곳을 찾으러 다녔다는 비밀을 평생 발설하지 않겠다고 맹세했다. 남들이 배신자라고 놀릴 것이 뻔했기 때문이다.

발바리는 삼선교에서 보이는 성북동의 능선 뒤에 솟은 산까지 가보기로 했다. 한 시간쯤 땀을 흘리며 올라가다 깜짝 놀랐다. 발밑에서 그가 제일 무서워하는 쥐가 부산하게 움직였다. 쥐는 빨간 것을 입에 물고 오솔길을 가로질러 풀숲으로 사라지더니 잠시 후에 다시 그의 앞을 지나갔다. 발바리는 조용히 기다렸다. 쥐가 다시 빨간 것을 입에 물고 오솔길을 가로질러 풀숲으로 사라졌다. 발바리는 쥐가 새끼를 옮기는 광경을 처음 보았다. 아마 계동이나 삼청동 쪽 학군이 더 좋다는 소문을 듣고 이사하는 중이었을 것이다. 처음에는 무서웠지만, 그 뒤에도 그 광경이 자주 떠올랐다. 그

때마다 어미 쥐(鼠母)의 위대한 생존본능에 감탄했다. 서모 삼천지교鼠母三遷之敎.

발바리는 산을 계속 올라갔고, 안개가 걷히는 사이에 눈앞에 높은 송신탑이 나타났다. 구진봉에 세워놓은 탑을 그렇게 가까이서 보기는 처음이었다. 별로 높지 않은 봉우리지만, 어린 그가 올라온 길은 어느 틈엔가 바람결에 흩어지는 안개 속에 사라졌다. 처음 구름 위로 올라간 기분은 야릇하고 신비했다. 그가 가보려던 산은 어디 있는지 사라졌다. 구름 속에 숨었나, 바람결에 날아갔나. 그는 두리번거렸다. 막상 능선을 밟고 보니 그것은 아득히 멀어졌다. 과연 저기 저 봉우리가 밑에서 볼 때 능선 뒤에 솟았던 산일까? 당시에는 확신할 수 없었지만, 먼 훗날 북한산을 오르내리다가 결국 자기가 그렇게 가보고 싶어 하던 곳에 왔다는 사실을 깨닫고 신기해했다. 바람결에 구름이 계곡을 타고 올라와 산등성이를 휘감았다. 발바리는 갑자기 무서워서 어쩔 줄 몰랐다.

발바리는 대발이 발로 차는 바람에 화들짝 깨어났다. 분명히 앉아서 선정에 들었는데 누워서 현실로 돌아왔으니, 빨빨거리며 이곳저곳 쏘다니다가 피곤해서 곯아떨어진 것이 분명했다. "무엇을 보았는고?" 대발이 빙그레 웃으면서 물었다. 발바리도 제법 대꾸할 줄 알았다. "스승님은요?" 발바리는 대답할 내용을 정리할 시간을 벌려고 질문부터 던지는 수법을 배웠다. "이 녀석아, 난 네가 산속을 헤매다가 절벽으로 기어오르는 것을 미리 보고 위험해서 다른 데로 데려다놓았다. 얼마나 놀랐는지." 발바리는 깜짝 놀랐다. 대발은 발바리가 산속을 헤매고 다녔다는 사실을 훤히 꿰뚫고 있었다. "그래, 자하문 밖은 어떻더냐?" 발바리는 말로만 듣던 자하문 밖에는 한 번도 가보지 못했다. 그는 늦게 돌아가 꾸중을 들을 것 같으면 동무들과 자하문 밖에 갔다 오느라 늦었다고 둘러댔다. 그래서 대발도 발바리가 으레 그곳을 쏘다녔다고 짐작했으리라. 실제로 두셋이 함께 자하문 밖으로 능금이나 자두를 사러 간 동무들이 있었다. 그들은 아침 먹고 의기양양하게 떠났다가 저녁에 꾀죄죄한 몰골로 돌아왔다. 말바위까지 가면 힘이 빠져 바위에 올라 쉬다가 원래 목적을 까맣게 잊고 거기서 놀았다. 보자기를 망토라고 두르고 이리 뛰고 저리 뛰면서 신나게 놀다가, 시냇물에 들어가 돌 틈을 헤집고 가재를 잡아 구워 먹기도 했다. 그들은 일찌감치 원거리 무역이 얼마나 어려운 일인지 깨닫고 중간에서 실컷 놀았다.

정말로 자하문 밖으로 가서 능금을 사 온 아이도 있었다. 아침에 입고 나선 '난닝구'(우아한 전문용어로 러닝셔츠)를 자루처럼 묶어서 능금 여남은 개를 소중하게 담아 어깨에 메고 돌아왔다. 갑자기 그와 친해지고 싶은 꼬마들이 몰려들었다. 자기들이 중간에서 실컷 노는 동안, 그 아이는 목적지까지 가서 물건을 떼어 왔다. 홀로 산속을 헤맨 아이는 외롭고 무서워서 눈물인지 땀인지 흠뻑 흘렸음이 분명했다. 얼굴은 더러운데 손바닥은 '드럽게' 깨끗했기 때문이다. 손으로 얼굴을 닦았음을 누가 몰라보았을까? 그 아이가 이 문을 남겼다는 얘기를 듣지 못했다. 어른들은 아이가 떼어 온 물건이 뜨내기 장사꾼이 짐차에 싣고 팔러 다니는 물건보다 형편없는 데다 비싸다고 판단했고, 아이들은 돈이 없어서 사 먹지 못했다. 아이는 집에 가자마자 엄마에게 옷을 늘려놨다고 혼이 났지만, 아빠는 애가 쑥쑥 크는데 알아서 늘려 입는 것을 보니 대견하다고 칭찬했다.

산속에서 가재를 잡아 구워 먹는 얘기를 듣고 세상을 띄엄띄엄 보는 분과 달리 꼼꼼히 살펴 반드시 시빗거리를 찾아내는 분은 갑자기 성냥이 어디서 났느냐고 다그치리라. 삼선교 일대에 아이 키만큼 땅을 파고 굵은 수도관을 묻을 때였다. 저녁을 먹고 모인 아이들은 지상보다 낮은 곳으로 몰려다녔다. 동도극장에서 두 편씩 보여주던 서부영화의 주인공이 악당들과 싸우기 전에 몸을 숙이고 달리는 기분을 느꼈다. 당시의 인심은 좋았다. 영화를 보고 싶으면 극장 앞에 서 있다가 모르는 아저씨 손을 잡고 잠깐 아들이나 조카 노릇을 하면 공짜로 들어갈 수 있었다. 일단 들어간 뒤에는 각자 흩어져 자리를 잡고 동시상영 영화 두 편을 볼 수 있었다. 표 받는 아저씨나 누나가 아버지와 삼촌이 자주 바뀌는 아이들을 몰라볼 리 없었지만 눈감아주었다. 그렇게 본 영화의 주인공이 딱성냥을 말안장에 그어 담뱃불을 붙이면서 적의 표정을 살피는 모습은 어린 가슴에 꿈을 심어주었다. 그래서 밥상머리에서 젓가락으로 담배 피우는 시늉을 하다 매 맞은 녀석도 있었다.

발바리와 동갑인 쌀집 아들이 또래 중에 가장 먼저 꿈을 실현했다. 그는 수도관을 묻으려고 움푹하게 파놓은 길을 뛰어다니면서 담배를 뻑뻑 빨아댔다. 5학년 녀석이 벌써 아버지 흉내를 내고 있었다. 나중에 들으니 아버지께 진 빚을 갚았단다. 그는 고3 때 아버지가 헛기침을 하면서 불시에 방으로 다가서는 소리를 듣고 화들짝 놀라 이불 속으로 들어가 곤히 자는 척했다. 아버지는 방 안에 들어와 "불이라도 끄고 잘 것이지"라고 하면서 책상 서랍을 뒤졌다. 아들이 숨겨놓은 담뱃갑을 꺼내더니 "어허, 이놈이 나보다 더 좋은 담배를 피는구나"라고 했다. 아버지가 나간 뒤 친구가 일어나 책상 위에 버젓이 놓인 담뱃갑을 보니 아버지가 반쯤 덜어가셨더란다. 자식이 어릴 때 빼간 담배를 되찾아간 아버지의 얘기다. 부자지간에 셈이 확실했다.

한편 동네 상인들은 가을철 김장배추를 개천가에 쌓아놓고 팔다가 밤이면 천막을 덮고 집에 갔다. 삼선교부터 검정다리까지 넓은 개천 양쪽에 늘어선 배추 무덤이 아이들 놀이터가 되었다. 애연가가 산꼭대기에서 담배 맛을 즐기듯이 쌀집 아들은 배추 무덤에서 버젓이 담배를 즐겼다. 생텍쥐페리는 장거리 비행을 앞둔 비행사가 담배를 피우는 장면을 보면서 빨간빛이 생생해질 때마다 비행사가 사색의 마침표를 찍는다고 묘사했다. 돌이켜 생각해보니 쌀집 아들은 사색의 마침표를 찍기는커녕 어둠을 틈타 피우는 담배를 들키지 않으려고 잇달아 빨아댔던 것이리라.

김장철이 지나고 배추 무덤이 사라질 때쯤 곡마단이 개천을 점령했다. 단원들은 능숙한 솜씨로 극장을 지었다. 긴 나무를 새끼줄로 동여매서 기둥을 세우고, 공중그네를 타고 날아다닐 만큼 높은 천막을 순식간에 세웠다. 하루나 이틀 정도면 준비를 끝내고 거의 한 달 동안 삼선교의 밤을 나팔소리와 박수소리로 시끌벅적하게 만들었다. 동네 꼬마들은 공짜로 들어가는 방법을 찾느라 애썼다. 개천가에서 천막이 터진 곳을 찾아 속을 들여다보며 한 번쯤 정식으로 입장하는 날이 오기를 꿈꿨다. 누군가 천막 틈으로 고개를 들이밀다 붙잡혀 혼이 났을 때, 그의 삼촌은 "이 녀석아, 공짜 구경도 머리를 써야 하는 법이야"라고 조카를 가르쳤다. 머리를 들이밀지 말고 엉덩이를 들이밀면 곡마단 사람이 엉덩이를 잡아채면서 "거기로 나가면 안 돼. 문으로 나가"라고 한다는 묘책을 전수했다. 그 방법을 써먹었다는 얘기를 듣기 전에 한 달이 가고 곡마단은 가설극장을 해체해서 다른 곳으로 떠났다.

곡마단에서 흘러나오는 구슬픈 나팔소리와 탄성을 들으면서 꼬마들은 개천가를 뛰어다니며 놀았다. 숨바꼭질할 때 가위바위보에 져서 술래가 된 아이가 전봇대에 두 손으로 눈을 가리고 서서 열을 세는 동안 아이들은 재빨리 흩어져서 여기저기 숨기 바빴다. 때론 집단으로 숨어서 손만 내밀고 술래를 유인하기도 했다. 술래는 그곳으로 다가와 숨은 아이가 누구인지 확인하고 빨리 제자리로 돌아가 전봇대를 찍어야 술래의 임무에서 벗어났다. 숨바꼭질과 다방구는 비슷하지만 어떻게 놀았는지 가물가물하다. 아이들이 자치기, 비석치기, 닭싸움, 일제강점기에 야구처럼 보급한 '찐뽕'을 하면서 노는 동안 어른과 동격이 된 쌀집 아들은 개천가의 세차장 통나무바닥에서 긁어모은 윤활유 덩어리를 깡통에 담아 관솔가지를 넣고 불을 붙여 휙휙 돌렸다. 그처럼 그가 가는 곳마다 그의 주머니 속에 몰래 숨어 있던 성냥이 빛과 열을 냈다. 그 성냥은 담배나 쥐불만이 아니라 산속 가재까지 빨갛게 만드는 힘을 발휘했다.

대발은 기껏 선정에 든 발바리를 깨우더니 막걸리 심부름을 시켰다. 발바리는 주전자를 들고 쌀집과 '고깃간' 사이 골목 끝에 있는 허름한 주점으로 갔다. 발바리의 단골술집은 푸줏간 자녀가 운영했다. 맏아들은 풍채도 좋은 데다 점잖았고, 둘째 아들은 날씬한 미남이었다. 형제 중 아무도 직접 싸우는 모습을 보여준 적은 없지만 동네에서 공인한 깡패 1세대로 통했다. 어느 해 물난리가 났을 때 둘째 아들이 존재감을 드러냈다. 누구를 구했다는 기대는 할 필요 없다. 성북동의 이 골 저 골에서 내려오는 물이 삼선교를 보문동까지 쓸고 갈 기세로 흘러갔다. 비가 잦아들고 멈추는 듯할 때, 하얀 수영복을 입은 둘째 아들이 우산을 든 똘마니를 거느리고 느릿느릿 찻길을 건너 삼선교 난간에 올라서서 개천 물을 내려다보았다. 마치 급류에 휩싸여 허우적대는 사람이 있는지 찾아내려는 듯이 두리번거렸다. 다리 밑에 살면서 오리를 키우고 흙벽돌을 찍어 파는 부부는 이부자리를 간신히 꺼내놓고 앉아서 오리 떼가 떠내려간 검정다리 방향을 하염없이 바라보고 있었다.

둘째 아들은 오리를 찾는지, 사람을 찾는지 급류를 굽어보고 한참 서 있다가, 잠시 주위를 둘러보다가, 오가는 사람들까지 구경꾼을 만들면서 잔뜩 뜸을이다가, 현기증이 나는지 난간 아래로 내려서서 아무 말 없이 한참 물살을 굽어보다가, 온몸에 소름이 돋고 조금 그치다 만 빗물에 수영복이 젖으니까 한기를 떨치려는 듯이 몸서리를 쳤다. 그러고도 체면상 당장 철수하지 않고 급류만 내려다보다 수영복 아래 숨어 있던 엉덩이가 살구꽃처럼 피었다가 푸르뎅뎅한 색으로 바뀔 즈음 슬금슬금 몸을 돌려 집으로 돌아갔다. 눈치 빠른 사람은 그가 두 손을 앞으로 모으고 갔다고 말했다. 이듬해에도 물난리가 났다. 그러나 뱀의 유혹에 넘어간 대가로 사과 한 개 따먹고 에덴동산 주민등록을 말소당한 이브처럼 앞을 가리고 조심스럽게 걸어가는 그의 모습을 다시는 볼 수 없었다. 그래, 부끄러움이 무엇인지 알아야 어른이지.

발바리는 단골집에서 철철 넘치게 담아준 주전자를 들고 돌아가는 길에 노사관계에 대해 진지하게 생각했다. 대발은 발바리에게 온갖 일을 시키고 임금조로 겨우 밥을 먹여주었다. 대발이 시도 때도 없이 일을 시키는 바람에 발바리는 '저녁이 있는 삶'을 동경했다. 밥값을 하고도 남을 만큼 일했는데, 대발이 잉여가치를 착복했으니, 발바리는 억울했다. 민주노조나 민주노동당이 생기기 전이었으므로 하소연할 곳 없는 발바리는 그저 주전자 꼭지를 빨 뿐이었다. 대발에게 가는 동안 걸을 때마다 꼭지로 넘치는 술이 아까워 몇 번 빨았을 뿐인데 이내 길이 삐뚤빼뚤해졌다. 발바리의 발은 '싱거미싱' 바늘처럼 제자리만 박아대고, 길은 자벌레처럼 바늘 밑을 지나갔다. 발바리의 입에서는 헛웃음만 나오고, 노사관계의 불만이 눈 녹듯 사라졌다. 행주좌와行住座臥 어묵동정語默動靜이라, 걷거나 머물거나 앉아 있거나 누워 있을 때, 또 말하거나 침묵하거나 움직이거나 고요히 있는 모든 순간 깨닫는다. 술 한 모금에도 도道가 있음을. 대발이 담배를 끊었으니 망정이지 담배를 피웠다면 발바리도 일찍이 쌀집 아들과 맞담배를 즐기면서 이승만 대통령이 하얘해야 옳으니 그르니, 중공이 핵실험을 하느니 마느니 티격태격하면서 국내외정세를 논했을 것이다.

발바리는 술심부름을 하다 보니 어른들이 싸우다가도 술 한잔하고 화해하는 이치를 자연스럽게 깨달았다. 대발은 언제나 '지부지처'하고 그 자리에 쓰러져 잠이 들었다. 지부지처라니, 부처 얘기도 아니고 부부 얘기도 아닌 것이, '지가 부어 지가 처마신다'는 전문용어일 뿐이다. 발바리는 스승이 지부지처하고 곯아떨어지면 뒤치다꺼리를 하느라 밤늦게까지 잠들지 못했다. 옷을 고이 벗겨드리고, 엉덩이를 한두 번 찰싹 때려 탄력을 시험해보고, 요를 깐 뒤 스승의 몸을 억지로 굴려서 올려놓았다. 대발이 가끔 기분 좋은 표정으로 소방훈련을 하면, 징그러운 물건을 소중히 닦아주기도 했다. 발바리는 스승이 속을 썩일 때마다 "지금까지 업어 키웠는데 조금만 더 참아보자"라고 다짐했다.

술에 곯아떨어진 대발은 아무래도 발바리를 시험하려고 일부러 그러는 것 같았다. 그러다가 갑자기 숨을 딱 멈추고 태식하듯 30분을 버티다가 푸 하고 물속에서 머리를 쳐들고 나서 심호흡을 몇 번 하다가 천장이 무너질 정도로 탱크 시동을 걸고 종횡무진 달렸다. 그의 곁에서는 너무 시끄러워서 도저히 잠을 잘 수 없었다. 단군이 이 땅에 오시기 전, 그러니까 반만 년 전에 대발이 이라크에서 태어났다면 그의 곁에 있는 사람들을 모두 신으로 승격시켰을 것이다.

안타깝구나, 길가메시여! 일주일 밤낮을 견뎌내는 시험의 마지막 단계에 대발을 투입했다면 머리에 얹은 음식을 떨어뜨리지 않고 거뜬히 수마睡魔를 이겼을 것을.

말이 그렇다는 것일 뿐, 발바리는 취한醉漢 스승의 수발을 들다가 결국 깜박하고 잠들어 누가 업어 가도 모르게 잤다. 단순한 어린이라서 수마에게 굳이 이기려는 마음이 없었다. 발바리는 잠시 졸았을 뿐인데, 스승이 밥집 아주머니의 극진한 시중을 받으면서 밥그릇을 해치우는 짬짬이 호호 하하 하는 소리를 들으면서 눈을 떴다. 발바리는 잠결에 대발이 밥집 아주머니의 목을 조르는지 아주머니 숨넘어가는 소리를 들었지만, 사이가 좋은 모습을 보니 분명히 잘못 들었다고 생각했다.

발바리는 동네 꼬마들이 모여 주고받는 이야기를 듣고 남녀관계를 상상했다. 이른바 사춘기였다. 그는 능화경을 처음 볼 때 낯선 아이의 얼굴을 보았고, 그 뒤 거울을 자주 들여다볼 때마다 대발의 얼굴과 자기 얼굴은 물론 그가 보고자 하는 사람과 물건과 풍경이 나오더니, 언제부터인지 대발과 동네 밥집 아주머니의 얼굴이 나오기 시작했다. 그는 거울을 들여다보면서 가치관이 흔들렸다. 그러나 아직까지는 대발이 평소에 진리만 가르쳤음을 확실히 깨닫지 못했다. 나중에 돌이켜보니 그의 스승은 진리를 가르쳐주었다. "지 딴지 지가 걸기. 지부지처, 모두가 자업자득이다. 들은 대로, 본 대로, 생각나는 대로 믿지 말라."

온세상은 발바리가 쏘다니던 골목길과 민둥산을 떠올리다가 대학강사 시절에 만났던 동창생들 생각이 났다. 그는 예비군 소집일 새벽에 한성여대(한성대학교)에서 국민학교 동창생들을 만났다. 예비군복을 입고 새벽에 만났으니 너무나 반가워서 순두부에 소주 한 잔씩 나눠 마셨다. 옆에서 몇 명이 쭈그리고 앉아 담배를 피우며 땅에 침을 탁탁 뱉으면서 음담패설을 주고받았다. 누가 더 유치한가 내기라도 시작한 듯했다. 조금 있으면 중대장이 인원을 점검하고 보내줄 것이다. 1968년 1월 하순, 김일성이 보낸 124군부대원들이 청와대 뒷산까지 침투한 사건에 충격을 받고 창설한 향토예비군이 동네를 지키는 방식이었다.

동창생들은 각각 미아리, 김포에 살면서도 예비군 소속을 옮기지 않았다. 미아리 쪽 친구는 어릴 때 낙산 성벽 바깥쪽에 살았는데, 발바리는 그 친구 덕에 무서움을 극복하고 성벽을 기어올랐다. 그 친구는 성 안쪽 숲이 우거진 근처에서 봤던 얘기를 해주었다. 여자가 주저앉아 똥을 뿌지직 싸니까 남자가 과자를 찍어 먹었다는. 제 딴에는 곁에서 본 것처럼 생생히 묘사했다. 왜 애들은 어른들이 툭하면 옷을 벗고 오줌이나 똥만 싼다고 생각하는지. 왜 이 '시키'들은 어른을 끊임없이 탐구하는지. 왜 그런 얘기를 들으면 얼굴이 빨개지는지. 당시 수준으로는 알 수 없었다. 커서 생각하니 참으로 지~잉한 구석이 있다. 아무튼 대학생이 사회에 나가서 배울 일을 연습하듯이 애들도 어른으로 자랄 준비를 하는 것이다.

정치적 야심이 있는 대학생 가운데 총학생회장이 되려고 밥과 술을 사고, 자리를 팔고, 자기를 받아줄 정당의 입맛에 맞는 일을 알아서 챙기는 경우가 있다. 아이들도 자기가 좋아하는 상대의 환심을 사려고 온갖 종류의 이야기를 준비한다. "사랑은 남자/여자를 바보로 만드는 여자/남자를 만드는 감정"이라고 배웠지만, 지금은 성차별에 해당하는 얘기라고 생각해서 남자/여자라고 공평하게 쓰고 나니, 여자/남자로 여자를 먼저 써야 한다는 사실을 깨달았다. 그래도 부족하니 '불립문자'가 가장 훌륭한 지혜임을 새삼 느낀다.

남녀가 과자를 먹던 얘기를 하던 친구는 어느 날 똥통에 빠졌다가 살아났다. 아마도 그릇된 지식을 전파한 벌을 받은 것 같다. 아무튼 그의 형은 간장공장에 다녔는데, 회사의 광고지를 수천 장 집에 가져다놓았다. 한 면만 인쇄한 광고지였기 때문에 친구는 광고지를 묶어서 공책으로 썼다. 광고지로 두툼하고 큰 딱지를 접어 바닥을 치면 바람이 일어 잔챙이 딱지를 홀딱홀딱 뒤집었다. 그리고 비행기를 접어 언덕에서 날리면 제법 멀리 날아갔다. 빳빳한 종이에서 나는 산뜻한 인쇄 기름 냄새가 좋았다. 온세상이 그 애기를 했지만, 정작 그 친구는 기억이 나지 않는 모양이었다. 그는 어렸을 적에 생생하게 현장취재를 하면서 '기레기'의 자질을 길렀는데, 막상 커서는 채소장사를 한다고 했다. 정직하게 사는 모습을 보여줘서 고맙다.

그 당시 사람들은 회사에서 전단지를 가져가고, 중국집에서 이쑤시개를 가져갔다. 물자가 귀하던 시절에 광고지나 이쑤시개 절도는 우리나라 국방장관이 말한 생계형 비리에 비하면 파리 눈곱에 사는 세균의 배설물이다. 요즘에도 휴게소의 화장실에 걸어놓은 두루마리 화장지를 가져가는 사람이 있다. 또 음식점에서 사랑스러운 자녀에게 공짜 밥을 달라고 당당히 요구하다가 뜻을 이루지 못하면 악평을 날리고, 가게가 망할까 봐 두려운 사장이 울며 겨자 먹기로 공짜 밥을 제공하고 귀여운 아이들의 배꼽인사를 받는 경우가 있다. 이처럼 예나 지금이나 거지 심보 또는 도둑 심보를 가진 소비자는 한결같이 존재한다. 그러니 어차피 회사를 널리 알리려는 목적으로 제작한 광고지를 가져다 동네에 인심 쓰는 직원은 오히려 칭송받을 만하다.

그러나 법원에서 눈을 똑바로 뜨고 저울을 든 아줌마는 소수가 크게 해 먹어도 다수가 조금씩 해 먹는 양보다 많지 않다고 생각하는지 생계형 방산비리보다 전단지 횡령을 더 엄하게 벌할 것이다. 사실 잠깐 오는 소나기는 잘만 피하면 젖지 않지만, 가랑비에 옷이 흠뻑 젖기 십상이다. 거물급의 횡령을 기소하지 않는 검찰이나 사회 공헌을 참조해서 무죄 또는 집행유예를 선고하는 판사는 소수의 비리보다 다수의 도덕적 해이가 나라를 더 큰 위험에 빠뜨린다고 믿는 듯하다. 공감한다. 소수가 울먹이면서 손을 벌려도, 다수가 올바로 생각하고 행동할 줄 안다면 나라를 위험에 빠뜨리지 않을 것이다. 그래서 "국민의 고통분담"은 항상 옳다. 고통을 나누기 싫으면 잘 뽑고 부지런히 감시해야 한다. 그러고 보니 파고 또 파도 비리투성이인 지도층 인사들보다 평범한 국민이 민주주의를 지키고 성실히 세금 내면서 이 나라를 망하지 않게 지켰다. 가랑비의 힘을 새삼 존경한다.

국뽕이나
주어라

온교수는 강의 준비를 하다
잠들 때가 제일 행복했기에 깨어
나면 무척 서글펐다. 그는 '언제나 마음껏 쉬지 못하고 강
의 준비만 하는 바~보'라고 자조했다. 그는 "꿈길밖에 길이
없어 꿈길로 가니"를 저도 모르게 흥얼거렸다. 그러나 그에
게는 꿈꿀 자유도 없었다. 좋은 주제를 골라서 꿀 수 있어
야 자유롭다 할 텐데 늘 진땀나는 꿈만 꾸었다. 복무연한
이 지나도 제대하지 못해서 안달하고, 교양과목을 낙제해
서 졸업하지 못한 채 발을 동동 구르고, 어릴 때 쏘다니던
길에서 방향을 잃고 헤매다가 깨어나기 일쑤였다. 게다가
최근에는 멀리 답사를 다니다가 혼자서 헤매는 꿈을 자주
꾸었다. 급히 화장실에 갔다가 학생들을 태운 버스가 사라
지는 것을 보면서 안타까워하고, 혼자서 어떻게든 숙소로
돌아가려고 애쓰는 꿈이다.

온교수는 삼거리에 서서 어디를 향할까 둘러보았다. 어
릴 때 할머니를 따라 가보았던 법화사를 지나서 한성여고
로 갈까, 그 왼쪽의 언덕길을 올라 과외공부를 하러 다니던

집을 찾아볼까, 아니면 모교인 삼선국민학교를 찾아가 볼까 망설였다. 이쯤에서 '고독한 미식가'는 어김없이 "하라가 헷다"(배가 비었다)고 할 텐데, 온교수는 어김없이 방광이 빵빵하게 부풀어서 조금이라도 빨리 걸으면 오줌을 흘릴지도 모를 지경이 되었다. 그는 애당초 가고자 했던 목적지는 까맣게 잊고 해우소를 찾아 헤매기 시작했다. 해우소를 찾으면서 갑자기 신신백화점 뒤편에 있던 고속버스 터미널 공중변소가 생각났다. 그곳의 칸막이 없는 남성용 소변기는 일렬로 선 신사들이 방출한 약재를 모았다. 제약회사는 오줌을 가져다 혈전증 치료제를 만들었다. 그처럼 소중한 약재였던 것이 잠자는 온교수에게는 근심거리였다. 그는 낯선 곳을 헤매다가 시장통에 있는 공중변소를 겨우 찾아갔다. 차례를 기다리는 사람들이 뱀 똬리 틀듯이 공중변소 밖을 휘감고 있었다. 갑자기 파리 그랑 팔레에서 앙리 루소 전시회를 보려고 기다리던 다국적 관중의 뱀이 생각났다.

그는 근처의 가게로 뛰어들어 갔다. 가게를 지키며 졸던 주인은 손님을 반갑게 맞았다. 주인은 뜻밖에도 중학교 동창이었다. 온세상은 다른 고등학교로 가고, 동창은 동일 고등학교로 진학했다. 졸업한 지 한 달쯤 뒤에 그가 온세상을 찾아와서 모자를 가져갔다. 그는 중학교 때 모자를 칼로 북북 긋고 재봉틀로 박아서 쓰고 다녔다. 당시의 양아치 패션이었다. '불량학생'은 빨간 양말이 살짝 드러나도록 바지를 올려 입고, 윗도리의 목깃 걸쇠부터 첫 단추를 풀어헤치고, 가방을 옆구리에 가뿐히 낀 채 상체를 도발적으로 숙이거나 턱을 앞으로 내민 채 팔자걸음으로 다녔다. 그가 옆구리에 낀 가방만 봐도 학업성취도를 알아맞힐 수 있을 터였다. 도시락 넣는 가운데 칸에는 담배 한두 가치와 호신용 봉을 넣고 다녔기 때문에 그는 정말 가볍고 든든한 마음으로 등교했다. 조금 깔끔한 '늠'은 젓가락 한 벌을 가지고 다녔다. 밥은 동네 한 바퀴만 돌면 남보다 더 든든히 먹었다. 어머니 고생시키지 않는 효자들이었다.

한편 담임이나 악명 높은 선생에게 몇 대 맞지 않으면 하루가 가지 않을 정도였다. 선생들은 그런 학생들 덕에 가정불화를 극복하거나 착하게 살 수 있다. 선생들은 '유주얼 서스펙트usual suspects'(가장 먼저 소환되는 범죄 용의자)를 패면서 집에서 아내와 자식을 너그럽게 용서할 태세를 갖춘다. 종교인이나 교육자의 자식이 부모의 가르침과 다르게 사는 것을 보면 '대장간의 칼날이 무디다'는 비유가 생각난다. 선생들은 말썽꾼들을 아끼는 마음에 동일 고등학교로 진학시켜 끝까지 책임진다. 동창은 중학교 시절부터 부모님께 영어사전 살 돈과 딕셔너리 살 돈을 따로 받을 줄 알았고, 좀더 영악해진 뒤에는 출판사별로 돈을 타냈으니, 온세상의 깨끗한 모자를 가져간 대신 남는 돈으로 중국집에서 점심 먹고 피울 담배를 샀을 것이다.

고등학교는 달랐지만 온세상과 그는 가끔 만나서 소주 한 병 사 들고 민둥산에 갔다. 어느 날 그는 동네 청상과부와 정을 통한 얘기를 들려주고 나서 온세상을 데리고 그 집 앞으로 가더니 휘파람을 불었다. 그러나 그의 얘기와 달리 과수댁은 나오지 않았다. 온세상은 두근대는 가슴을 진정시키면서 숨죽이고 기다리다가 문득 깨달았다. 대낮부터 고등학생의 휘파람 소리를 듣고 민둥산 기슭에 담요를 깔러 나올 사람이 어디 있을까. 청상과부가 실존 인물인지, 게다가 동네 연하남과 함께 욕정을 충족했는지 확인하지도 못했다. 자신이 조숙하다고 자랑할 때의 친구들은 대개 사실에다 적당히 뻥을 섞기 일쑤였다. 그러나 그는 체험에서 우러난 얘기인지 실감나게 엮는 재주가 남달랐다. 엄마가 데리고 다니던 목욕탕을 4학년 때부터 신체변화가 나타났기 때문에 끊었고, 중학교 때 벌써 '종삼'(종로 3가) 뒷골목에서 일부러 전봇대에 오줌을 누러 다녔다. 누나들이 "애, 일루 와봐" 하면서 귀여워해주었다고 말할 때 그의 눈동자는 온세상이 보던 중 가장 빛났다.

그는 온세상보다 나이가 많았기 때문에 먼저 입대했고, 그렇게 둘이 헤어진 지 스무 해 남짓한데, 온세상이 근심거리를 방출하고 싶은 순간에 그를 만났다. 꿈을 꾸는 온교수도 신기했다. 법화사 맞은편 집에 살던 그가 홍릉 근처 주택가의 구멍가게 주인이 되었는데, 온교수는 삼선교 근처를 헤매다가 갑자기 홍릉 쪽에서 구멍가게 주인이 된 친구를 만나다니. 그는 온교수에게 자기도 시장통의 공중변소를 쓴다고 말했다. 그는 종암동 근처 아파트 단지에 자기 집이 있으니 그리로 가자고 말했다. 온교수는 지금은 급하니까 나중에 만나자고 허튼 약속을 하고 나오다가 숙소로 돌아가는 편이 낫겠다는 생각이 퍼뜩 스쳤다. 그러나 그는 전화기가 없어서 학생들과 연락하지 못하고 발을 동동 굴렀다. 마침 그의 곁을 지나가던 사람에게 사정을 호소하고 전화기를 빌렸지만 전화번호를 몰라서 다시금 발만 동동 구르는데, 갑자기 갈매기 소리가 들리고 햇빛을 받아 반짝이는 대리석을 닮았다는 마르마라 바다에는 보스포루스 해협을 통과하려고 차례를 기다리는 커다란 배들이 보였다.

그의 앞에서 늘씬한 아가씨들이 가슴을 드러내고 옆으로 나란히 서서 다리를 들었다 놨다, 엉덩이를 씰룩쌜룩하면서 도도하게 발을 구르고 사지를 옆으로 쫙 벌리다가 제자리를 돌고, 조명으로 만든 쇠창살 사이를 넘나들었다. 갑자기 토카피 궁전의 하렘에 있는 듯한 착각이 들었다. 아니 그럴 리가 없지, 눈앞에서 몸을 꼬면서 춤을 추는 아가씨들은 장교 모자를 쓰고 채찍을 들었다. 팔꿈치 위까지 검은 장갑을 끼고 몸을 끈으로 묶은 듯한 옷을 입었는데, 비키니를 벗은 모습을 교묘히 연출했다. 모든 여성이 넓적다리까지 오는 검은 장화를 신었다. 아, 그는 파리 조르주 생크 길의 카바레 크레이지 호스에 있었다. 무대는 샹젤리제 거리의 리도보다 훨씬 작았는데, 다양한 조명으로 좁은 무대를 넓게 쓰는 연출력이 관객들을 숨 돌릴 틈도 주지 않고 무대에 몰입하게 만들었다.

그는 어느새 리도의 문 앞까지 왔다. 베네치아의 리도 섬이 아니라 파리의 중심 번화가 샹젤리제 거리의 리도 쇼는 크레이지 호스보다 규모가 훨씬 컸다. 그는 마치 굴처럼 긴 복도를 걸으면서 양쪽 벽에 걸린 공연 장면 사진들을 보았다. 입구 옆에서 외투를 맡기고 안내를 받아 리도 극장 안으로 들어섰다. 자리가 절반도 차지 않은 시간인데, 안내인은 2층의 기둥 뒷자리를 잡아주었다. 그는 얼른 안내인에게 20프랑짜리 지폐 한 장을 쥐어주었다. 안내인은 그를 다시 기둥 앞자리로 데려가 앉히고 사라졌다. 무대 앞에서 '디네 당상'의 손님들이 저녁을 먹고 춤을 추고 있었다. 그들은 가장 좋은 자리에서 느긋하게 저녁을 먹고 춤춘 뒤 무희들이 뿜어내는 먼지를 마실 것이다.

온교수 자리로 종업원이 다가와 검은 모자 모양의 플라스틱 재떨이, 샴페인 반병과 잔을 놓고 갔다. 재떨이는 기념품으로 챙기고 거의 빈속에 샴페인 한 잔을 따라 부드러운 거품을 입에 문 채 천천히 음미하는 동안 극장 안이 꽉 차고 이내 쇼를 시작한다. 늘씬한 아가씨들이 가슴을 드러내고, 아래에는 화려한 꼬리를 단 채 순식간에 폭포에서, 얼음판에서, 다층계로 탈바꿈하는 무대를 오가며 춤춘다. 무대는 아프리카 초원으로 변하고 맹수까지 등장한다. 재주꾼이 나와 객석 쪽으로 접시를 쉴 새 없이 던지고, 되돌아오는 접시를 잡아 다시 던진다. 절대 서두르지 않는 개, 지니를 데리고 익살 부리는 사람도 웃음바다를 만들었다. 지니는 테이블 위로 뛰어오르라는 말을 듣고도 움직이지 않았다. 엉덩이를 밀어 억지로 올려놓고 책을 눈앞에 대주니 고개를 움직이며 책 읽는 시늉을 해서 학구열을 인정받았다. 갑자기 공중에서 힌덴부르크 비행선에 불이 나 승객들이 탈출하는 참사를 재현한다. 그때 자크 오펜바흐의 〈지옥의 오르페우스〉가 들려온다. 온교수는 어느 틈에 몽마르트르 근처 물랭루즈의 캉캉 춤을 보고 있다. 신나게 앞차기에 이어 다리 찢기 신공을 보여주던 캉캉 무희들이 물러가고, 헬리콥터가 무대에 등장한다. 다음은 숲에서 다양한 벌레와 동물이 움직이는 그림자놀이였다. 불을 켠 뒤 관객은 숲이 듬성듬성한 머리가 숲이었음을 알고 웃음을 터뜨렸다.

온세상은 토카피 궁전 아래 바닷가에 서서 파리에서 보았던 무희들을 생각하며 고등어 케밥을 한입 베어 물었다. 여객선에 탄 일행이 멀리서 손짓하고 있었다. 갑자기 온세상인지 발바리인지 거지 떼를 따라가고 있었다. 거지들이 혜화동 고개를 넘어 로터리 한가운데 설치한 분수 곁에 있는 무덤에 잠시 묵념한 뒤 병원을 지나 명륜동 쪽으로 사라지는 것을 지켜보았다. 거지 떼가 깡통을 두드리고 숟가락과 자물통 같은 소품으로 장단을 맞추면서 부르는 노래가 점점 먼 곳으로 사라졌다.

온세상은 어느 틈엔가 교수가 되어 성균관대학교 앞에 서 있었다. 그는 레코드점에서 틀어준 유키 구라모토의 피아노곡을 들으면서 잠시 쉬었다. 온교수는 학생들이 명륜당을 둘러보는 동안 옛날에 놀던 말바위 쪽으로 급히 걸음을 옮겼다. 실제로는 헉헉거리면서 한참 올라가도 쉽게 갈 수 없는 길이었지만, 그는 학생들이 명륜당을 둘러보고 나올 때쯤이면 말바위에 다녀올 수 있다고 믿었다. 꿈속에서나 실생활에서나 모든 것이 찰나다. 그는 벌써 말바위에 올라 하늘로 솟았다. 아차, 명륜당이 아니라 자하문 위를 지나면서 학생들이 명륜당을 보고 나서 인조반정이 일어난 창의문(자하문)도 봐야 할 텐데 늘 시간에 쫓겨 차로 이동하기 편한 곳만 본다고 생각하는 찰나 화들짝 깼다. 눈을 떴지만 오밤중이라서 아무것도 볼 수 없었다. 그럴수록 생생하게 떠오르는 거지 떼.

혜화동 로터리 분수와 무덤 사이로 전차가 지나다녔다. 무덤의 후손들이 반대해서 로터리를 없애지 못하고 고가도로를 설치했다던가, 기억이 가물가물하다. 박정희의 신임을 받던 서울시장 미스터 불도저도 마음대로 없애지 못한 무덤은 어느 가문에 속했던지. 아무튼 지금은 자취도 없으니 세상만사 무상하다. 허공이나 땅에 영원한 주인이 어디 있는가? 땅주인 이름이 아버지에서 아들로 몇 번 넘어가긴 하지만, 결국 다른 가문으로 넘어간다. 그럼에도 한 뼘이라도 더 가지려고 아등바등한다. 누구 속이 더 편한지 모르겠으나, 제왕이나 거지는 모두 "천지사방을 집으로 삼는다四海爲家." 발바리가 어릴 때부터 따라다니다 혜화동 로터리에서 꼬리를 놓친 거지 떼는 어떻게 되었을까? 과연 그들은 아이들을 잡아서 간을 빼먹었을까? 21세기에도 그처럼 터무니없는 편견과 억측은 사라질 줄 모른다. 어리석은 중생! 아니, 사악한 중생?

온교수가 발바리를 납치당한 어린이로 생각하는 이유가 갑자기 생각났다. 그는 어릴 적부터 실제로 그런 소문을 듣고 자랐다. 그 자신도 어렸을 적에 툭하면 사라졌기 때문에 가족이 온 동네를 찾아다니다 데려왔다는 말을 들었다. 검정다리에서 한성여중 쪽으로 들어가면 네거리 모퉁이에 일제강점기에 설치한 욱구旭區 파출소가 있었는데, 주로 그곳의 순경들이 그를 '납치'해다가 책상 위에 올려놓고 노래를 시켰다. 누나가 들려준 얘기인데, 발바리는 "수수팥떡, 인절미, 하늘이 무너져도 먹어야 산답니다, 뚝딱"이라는 노래를 잘 불렀다고 했다. 그 뒤로 발바리는 집에서 시킨 대로 누가 안으면 발버둥 치며 울었고 그 덕에 무사히 집에서 잘 컸다. 욱구 파출소에서 골목길을 따라 똥통에 빠진 친구네 집 쪽으로 가면 골안이 나오는데, 그곳의 고아원 아이들이 단결도 잘하고 거칠었던 생각이 난다.

온교수는 어릴 적에 자칫하면 거지가 될 뻔했다고 생각하니 등골이 오싹했다. 그는 택시를 타고 가다가 재미있게 들은 거지 얘기가 떠올랐다. 기사와 이런 얘기 저런 얘기를 나누면서 광화문을 지나다가 표를 구걸하는 정치거지들을 보았다. 기사가 요즘은 밥을 빌어먹는 거지는 없으니 형편이 나아지기는 한 모양이라고 말했고, 온교수는 동의했다. 기사가 곧 말을 이었다. "며칠 전에 어떤 사람을 태웠죠. 허름한 차림인데, 명동에서 타더니 영등포역으로 가자고 했어요." 기사가 손님의 복장을 보고 아차 잘못 태웠다고 후회하는 찰나, 손님이 먼저 기사에게 "내 차림이 허름해서 미안하지만 늘 깨끗하게 빨아 입으니까 걱정하지 마십시오"라고 안심시켰다. "이 옷은 작업복이라서." 손님의 직업이 궁금해진 기사가 물었다. "무슨 일을 하시나요?" "그집니다." "네?" "그지라구요. 한푼 줍쇼." "아, 거지."

기사는 전혀 예상치 못한 직업인을 태우고 가면서 '역시 거지보다 그지가 입에 붙는군'이라 생각했지만, 무슨 말을 해야 할지 몰라서 눈치만 살폈다. 손님은 신나서 자기 얘기를 들려주었다. "늦은 아침 먹고 명동에 출근하면 노점상들이 아직 장사 준비도 하지 않을 때지요. 문을 연 가게마다 한 번씩 들르면 최소 500원짜리 하나나 1,000원짜리 한 장씩 받고요. 현찰박치기로 쏠쏠합니다. 한 집에 1분도 안 걸리니 200군데를 돌면 네 시간 안에 일이 끝납니다. 피곤해서 집에 가서 한잔 먹고 쉬고 이튿날에는 영등포나 신촌 또는 동대문이나 청량리 가서 한 바퀴 돌지요. 서울 시내에서 여러 곳을 정해놓고 일주일에 한 번 정도씩 돌아가며 들러서 수금합니다." 거지는 비록 허름한 작업복이지만 깨끗하게 빨았다고 거듭 강조했다. "처음에는 부끄러웠지만 얼굴에 철판 깔고 다니니까 괜찮아요. 당뇨도 없어졌어요." 생활거지나 정치거지의 공통점? 얼굴에 깐 철판이구나.

광화문 이순신 동상 앞에서 구걸하는 자들은 '그지' 꼴에 깡통을 두드리면서 "죽지도 않고 또 왔네"를 능숙하고 구성지게 부르는 대신, 현대판 그지 꼴로 쫙 빼입고 혼자 또는 몇 명이 "저희가 잘못했습니다"라고 쓴 널빤지를 들고 묵묵히 서 있다. 그들도 입을 벌리면 영혼의 악취가 나는 줄은 아나 보다. 게다가 세종대왕님도 가까이 계시는데, 자랑스러운 한글을 '잘못'했다는 사과문에 쓰는 것이 죄송한지 틈틈이 무릎을 꿇고 절을 했다. 거지도 시대변화를 따라야 먹고사는데, 정치인이 매번 똑같은 잘못을 뉘우치는 것은 그들을 용서하는 자들의 기억력이 금붕어보다 못하거나 정치인의 잘못이 무엇인지 배우지 못했기 때문이다. 그지들에게 표를 적선하는 사람들 때문에 상식적인 사람들의 몸에 사리가 생길 판이다.

거지 떼의 후손들은 자기네 간과 쓸개를 빼서 독재자들에게 바치고 신임을 얻은 뒤에 어리석은 유권자들의 간과 쓸개를 빼갔다. 하나를 바치고 수백, 수천 개씩 빼가니 남는 장사였다. 신흥 거지 재벌들은 몇 년마다 한 번만 구걸하면 자식까지 떵떵거리고 살 만했다. 그들은 얼굴에 특수가면을 맞춰 쓰고 다녔다. 가면은 신축성이 있는 재질로 진짜 얼굴을 완벽하게 감추었고, 가끔 주사를 놔서 주름살을 펴주면 무한히 쓸 수 있었다. 그들에게 선심 쓰는 자들 덕에 그들을 외면하는 사람들도 경제발전, 안보튼튼, 케케묵은 노래를 무한반복 듣는다. 저렴한 방식을 써서 표를 구걸하는 거지들에게도 정년제를 적용해야 한다. 그러나 교수는 정년퇴임을 해도, 거지는 죽지 않고 또 온다. 거지보다 못한 교수에게는 전관예우도 없으니, 퇴임 후에도 입이나 열심히 털면서 살아야 한다.

온교수는 고집스럽게 개인 전화를 갖지 않고 살았다. 집에서 주로 인터넷만 활용하면 충분했고, 간간이 집 전화로 모든 용건을 해결했다. 어쩌다 서울에 볼일이 생긴 날에는 마느님 전화기를 빌렸다. 서울에서 툭하면 온교수에게 전화를 걸어 언제 올 거냐고 보채던 친구들은 모처럼 온교수가 서울에 볼일이 생겼다는 소식을 듣고 별렀다. 그들은 온교수 아내의 전화번호를 계속 눌렀지만 번번이 통화를 하지 못했다. 온교수는 공중전화를 찾기 어려운 시절에 급히 연락할 일이 생길 때만 쓰려고 아내의 전화기를 가져갔기 때문에 친구들이 아무리 전화를 해도 받지 않았다. 온교수는 학회 발표나 논문심사 때문에 할 수 없이 서울로 간 터라 친구들을 만날 시간을 내기 어려웠다. 친구들은 그의 처지를 이해하지 못했다.

대개 일찍 은퇴한 친구들은 점심을 먹자고 만나서 막걸리를 마시다가 문득 온교수가 보고 싶어 미치겠으면 전화를 걸었다. 그들은 온세상이 중·고·대학교 시절에 각각 만난 친구들이었기 때문에, 언제나 그들의 화제에 온세상이 한 번씩 등장하게 마련이었다. 그런데 온교수와 통화하려면 집 전화로 연락하면 될 것을 애꿎은 아내에게 전화를 걸어 마치 옆에 있는데도 바꿔주지 않는 듯이 다그쳤다. 한잔 마시고 걸고, 또 한잔 마시고 걸고, 오기가 발동해서 또 걸고, 그때마다 대답은 한결같았다. "집 전화번호 가르쳐드릴게요." 온교수 아내도 강의하러 나가거나 서울에 출장 가는 일이 생기는데, 어느 날 국제학술회의의 예비모임에 참여했다가 남편 친구가 거는 전화를 번번이 받아 꼬박꼬박 응대했다. 마느님 곁에 있던 일본 교수가 한국말을 잘 못 알아듣는 분이었는데도 빙그레 웃는 것을 보면서 조금 창피했다고 말했다.

그렇다고 온교수가 당장 필요하지도 않은 전화기를 새로 구입할 이유란 없었다. 그럼에도 자꾸 심리적 압박을 당하면서 정신적인 상처가 났는지 꿈만 꾸면 답사여행에서 혼자 남아 일행을 만나지 못해 안달복달하다가 깼다. 꿈은 언제나 화장실을 찾는 데서 시작했다. 종합검진 결과를 설명해주는 의사가 토마토를 많이 먹고, '쏘팔메토'를 먹으라고 권고해준 뒤로 갑자기 생긴 현상이었다. 온교수는 팔랑귀가 분명했다. 전화기를 사라는 말은 들은 체도 안 했지만, 건강문제는 이 사람 말 듣고 해보고, 저 사람 말 듣고 해보고, 그래서 손해 본 일이 없는 한, 팔랑귀였다. 전립선 비대증에 대비하라는 말, 그에게는 금과옥조였다. 그 뒤로 꿈을 꾸면 오줌이 마려운 것인지, 오줌이 마려워서 꿈을 꾸는 것인지, 깨고 나면 딱히 오줌이 마렵지 않아도 화장실에 다녀왔다.

온교수는 일행이 기다려주리라 생각하고 빤히 보이는 화장실로 갔지만 어느 틈엔가 낯선 곳으로 가고 있었다. 오줌보가 점점 탱탱하게 부어올라 곧 브뤼셀 시청 뒷골목의 오줌싸개(마네컨 피스)처럼 시원하게 방출해버릴까 고민하다가 사회적 지위와 체면 때문에 억지로 참고 초조하게 뛰어다녔다. 헤어진 일행과 만나지 못할까 봐 근심할 때마다 꿈에서 깰 때가 되었다는 뜻이며, 어떻게든 전화기를 마련해야겠다고 다짐하면서 깨어났다. 전화기가 없으니 일행과 연락할 길도 막막하고, 막상 전화기를 빌린다 해도 번호를 알길이 없었다. 한국 학과사무실에 연락하면 다음에 묵을 숙소와 행선지를 알 수 있는데, 시차 때문에 한참 기다려야 할 지경이었다. 마침 교포가 지나가다 친절하게 자기 집으로 가자고 초대해서 될 대로 되라는 심정으로 차에 올라타고 한참 달리는데 답사버스 곁을 지나갔다. 교포에게 제발 세워달라고 애원했지만, 그는 신경도 쓰지 않고 앞만 보고 달렸다. 신호등에서 멈춘 사이에 운전하던 교포가 웃으면서 온교수를 보는데 아주 낯선 외국인의 얼굴이었다.

온교수는 뒤셀도르프 거리를 걸어다니다가 인상 깊은 조각상을 보았다. 깡마른 노동자가 앞으로 달려들자 뚱보 부르주아가 놀라서 뒤로 물러서는 모습이었다. 온교수는 자기 나름대로 그것의 주제를 평등이라고 해석했다. "평등을 이렇게도 재미있게 표현하다니. 약자가 강자에게 또는 강자가 약자에게 다가서서 서로 화해하는 평등이 아니라, 약자가 강자에게 한걸음 다가가면 강자가 딱 그만큼 물러서는 평등." 온교수는 프랑스 혁명기의 자유와 평등의 의미를 설명할 때 그 조각상을 소개해야겠다고 결심했다. 평등보다 형평이 더 필요할지 모른다는 설명도 해야 한다. 꿈속에서 오줌을 쌀 지경인데도 강의 자료를 수집하는 버릇은 일종의 직업병이었다. 자연스럽게 화제를 평등과 형평으로 바꾸었다. "비행기를 타면 비상시 산소마스크가 떨어지는데, 어른이 먼저 착용하고 아이에게 씌워주라고 합니다. 아차, 평등으로 설명하기 어려운 예를 들었네요. 다시 합시다. 담 밖에 구경거리가 지나갈 때, 아이나 어른 할 것 없이 똑같은 높이의 발판을 깔아주면 평등을 실현할까요? 맞춤형 키 높이 발판을 놓자고 맞서는 사람이 있습니다."

두 가지 안의 기본 정신은 키가 크든 작든 담 밖을 바라볼 수 있게 만들어주자는 말이다. 모두가 보고 싶은 것을 볼 수 있도록. 그런데 발판을 똑같이 높여서 바깥을 보게 하느냐, 키에 맞는 발판을 맞춰서 바깥을 보게 하느냐 티격태격한다. 전자는 모두가 담장 위로 시원하게 머리를 올리게 만들어주고, 후자는 담장 위로 눈높이를 맞추게 만드는 방안이다. 재난지원금이나 복지정책의 혜택을 주는 경우 처방을 달리할 수 있다. 평소에 원칙을 정해두면 된다. 그런데 뜻하지 않은 재난 때문에 수많은 국민이 연쇄적으로 힘든 시기를 맞았을 때, 키 맞춤형 발판인가, 똑같은 높이의 발판인가를 놓고 다투는 것은 한가하다. 그렇게 국민을 위한다면 제비뽑아 번갈아가면서 실시하면 된다. 부먹찍먹 논쟁하는 시간에 하나라도 더 먹자는 대식가 개그맨의 말이 진리다. 급한 불부터 끄자는 주장은 재난지원금을 빨리 지원하는 원칙에 합의한 것으로 간주하고 두 안에서 하나씩 빨리 결정한 뒤 여유가 생기면 세부적인 문제를 보완해두라는 말이다.

발판을 설치해주는 방법 말고, 담장을 없애는 방법도 있다. 골목길의 담장을 없애고 동네가 화목해진 사례를 참고하면 된다. 재원을 마련하려면 우선 고의와 우발성을 고려할 필요가 있다. 또 고의성 범법행위에 대한 벌금을 재산에 비례해서 부과하는 방법도 고려할 때다. '법대로 하자'는 사람들은 윤리적 가치를 논하는 마당에 구체적인 사례로 반론을 제기한다. 그들은 자신들의 비리를 구체적으로 적시하는 사람에게는 일반론과 인간적 약점을 버무려가면서 교묘히 화제를 바꾼다. 그러나 민주주의는 이론과 실제의 차이를 좁히면서 발전하고 있다. 몇 년 전 모 시장이 공직을 걸고 아이들에게 무상으로 밥을 주느니 마느니 하는 문제로 무릎 꿇고 울던 시절이 있었는데, 지금은 주지 말아야 한다는 말은 쏙 들어갔다. '주긴 주되 모두에게 주자'와 '아니다, 꼭 필요한 사람에게 주자'를 정책적으로 다툰다. 민주주의의 발전이 복지 향상으로 나타난다. 그런 틈에 중립, 극중주의라는 궤변을 늘어놓는 사람도 생겼다. 그에게 한마디 한다. "아무 편도 들지 않겠다고? 이 사람아, 아무 편이 어디 있나? 권리나 복지를 위한다면, 자네보다 약자 편을 드는 것이 중립일세."

온교수는 잠결에 화를 내고, 쓸데없는 말을 하지 않겠다고 다짐했다. 당장은 화장실을 찾는 일이 더 급했다. 그는 한국에서는 물을 많이 마시지 않았지만, 유럽에서는 많이 걸어다니기 때문인지 목이 몹시 말랐다. 마침 뒤셀도르프의 길가에서 작은 가게를 보고 들어갔는데 손님이 한 명도 없었다. 술 한 잔을 주문하고 요금표를 보니 1마르크 언저리였다. 언제나 환산하는 버릇대로 대략 450원 정도라고 생각하면서 화장실을 찾았다. 주문을 받은 사람이 술을 따르면서 저쪽 지하로 가라고 손짓으로 설명해주었다. 온교수는 뒤쪽 마당을 보고 깜짝 놀랐다. 거리 쪽에 난 가게가 좁고 길어서 그뿐인 줄 알았는데 넓은 뒷마당에 탁자와 걸상이 즐비했다. 하이델베르크의 산성에서 본 맥주통보다는 훨씬 작은 나무통이 지하에 죽 늘어서 있었다. 나중에 알고 보니 술집은 저마다 양조장이었고, 우리가 호프라고 부르는 안마당을 직접 확인하고는 그 크기에 놀랐다. 온교수가 근심거리를 화장실에 버린 만큼 연거푸 한두 잔 시원하게 보충하는 사이에 단골손님이 빈 병을 여남은 개 가지고 와서 술을 받아갔다. 온교수는 발바리가 막걸리 주전자 꼭지를 빨던 시절이 생각나 홀로 웃었다.

뒤셀도르프 맥줏집에서 시원하게 볼일을 보았지만 새벽에 깼다. 그날은 밤에 술을 마시지 않았기 때문인지 오줌이 마렵지 않았는데도 버릇처럼 깼다. 친구들끼리 만날 때, 묻지도 않는데 자기 성생활을 신나게 얘기하는 친구는 밤에 서너 번 깨서 화장실에 간다고 했지. 그 말을 듣고 "아직도 가족끼리 물고 빠냐?"고 하던 친구는 "요즘은 오줌만 겨우 눈다"고 했다. 잘 싼다던 그가 이제는 겨우 눈다니. 참으로 무상하다. 그는 직장생활 할 때 같은 영화를 하루에 두 번도 보았다. 전날 외국 손님을 접대하다가 들른 술집의 파트너에게 영화를 보여주는 것이 그의 취미였으니 두 번 아니라 세 번도 보았다. 그는 영화관에서 고달픈 몸을 쉰다고 했다. 직장과 나라의 번영을 위해 외국의 단골과 밤에 술을 마셔야 하기 때문에 그렇게라도 체력을 보충했다. 온교수는 친구들이 오줌만이라도 잘 누는지 궁금해졌다.

온교수는 대발을 모시고 산 덕택인지 단전을 빵빵하게 수련했고 언제나 오줌은 시원하게 잘 눴다. 그렇지만 꿈에서 화장실을 찾아 헤매다가 일행과 헤어진 뒤 전화기가 없기 때문에 고생, 고생하는 상황을 연출하는 까닭은 무엇일까? 친구들을 자주 만나지 못하고 게다가 각자 다른 경험을 하지만, 함께 나이를 먹어가는 현실을 받아들이기 때문일까. 친구들이 모이면 한 얘기 또 하고, 똑같은 대목에서 배꼽을 잡고 웃고, 한 사람이 하품하다가 그만 집에 가자고 제안하면 아쉽지만 뿔뿔이 헤어져 집으로 돌아갔다. 각자 사는 집의 중간쯤에서 만났다 헤어지기 때문에, 일찍 알딸딸해져 헤어지고 집으로 가는 도중에 각성해서 덧술을 넣는 친구는 아직 남아 있던 술기운을 되살려 정신줄을 놓기도 했다. 그러나 귀소본능이 뭔지 자기 딴지 자기가 걸어 쓰러뜨리고, 일어나서 또 걸고, 결국 집이라고 기어들어가 뻗은 뒤, 이튿날 눈을 떴다고 마누라에게 한 대 맞은 소식을 전했다. 손에 잡을 수 있을 만큼 하나씩 또렷하게 떠오르는 얼굴은 학창 시절만큼 젊은데 이제는 오줌만 시원하게 눠도 더 바랄 것이 없다고 하니 참으로 세월이 많이 흘렀구나.

온교수는 학생들에게 "여러분이 꿀 수 없는 꿈이 무엇인지 생각해 오세요. 다음 시간에 얘기해봅시다"라고 예고했다. 그는 꿈 얘기를 기대하던 학생들에게 느닷없이 '문화란 무엇인가' 물었다. '역사란 무엇인가'라고 물으면 '과거와 현재의 대화'라고 즉문즉답하듯, "음악이요", "예술이요", "음식이요", "의복이요", 사방에서 대답했다. 온교수는 문화거리로 지정한 곳을 생각하고는 모든 낱말에 문화를 붙일 수 있을 만큼 실생활과 밀접하다는 사실에 새삼 놀랐다. 그는 "문화가 아닌 것이 없지요? 꿈도 문화랍니다!"라고 말했다.

"우리는 흔히 '꿈도 못 꾼다'라고 말합니다. 어림 반 푼어치도 없다는 뜻으로 쓰지만, 문화의 본질에 대해 중요한 내용을 포함하고 있어요. 여러분이 꿈도 꾸지 못하는 예를 들어보시겠어요?" 학생들 잠시 침묵. "음악에 대한 꿈은 어때요? 황병기 선생의 그윽한 가야금 연주를 듣다가 갑자기 깡통 두드리면서 얼씨구씨구 들어간다, 노래할 수 있어요? 꿈속에서도 못 하죠?" 누군가 고개를 숙이고 부지런히 황병기를 검색하는 것을 못 본 체하면서 다시 물었다. "그렇게 못 하는 이유가 무엇입니까?" 학생에게 생각할 틈을 주지 않고 질문을 퍼부으면, 교수가 마음대로 강의를 이끌어갈 수 있었다. 또다시 온교수가 정답을 말할 차례다.

"문화 때문입니다. 음악공연 시간에는 연주자의 권력에

동의하고, 강의실에서는 교수의 권위에 복종해야 합니다. 국세청은 체납자의 재산을 차압할 수 있지만, 전직 대통령의 재산에 대해서는 제대로 집행하지 않습니다. 민주주의가 정착하고 있다고 하지만, 여전히 일제강점기와 군사독재 시절의 문화가 우세합니다. 한마디로 '좋은 것은 소수에게 몰아주고, 나쁜 것은 다수가 분담하는 문화'죠. 대표적인 사례가 고스톱입니다. 점수를 내지 못한 사람에게 다시는 덤비지 못할 정도로 가혹하게 바가지를 씌우는 규칙은 잔인합니다. 20여 년 전에 국가재정이 거덜 난 적이 있었죠. 재정을 거덜 낸 사람들은 따로 있었지만, 고통분담이라는 아름다운 구호와 함께 금 모으기 운동을 시작했어요. 국민이 대대적으로 호응했고, 아기 돌반지까지 아낌없이 내놓았지요."

역사 강의는 종횡무진 예를 들 수 있기 때문에 좋다. 온 교수는 대통령 꿈을 실현하려고 3당 합당한 얘기를 들려주었다. "군사독재에 맞서 민주화 운동에 헌신하고 목숨을 걸고 단식한 뒤 대통령이 된 분이 계세요. 나는 하나회를 척결한 것을 그분의 업적으로 칩니다. 금융실명제도 중요하지만, 화폐를 바꾸지 않았다는 점이 아쉽습니다. 당시에 씨프린스호가 침몰하고 바다를 오염시켜 멸치 어장을 망가뜨렸기 때문에 멸치 값이 폭등했지요. 그분의 아버지가 멸치를 생산한 것은 우연이었다고 합니다. 요즘은 대통령 아들이나 딸이 어디에 집을 샀다더라 하는 소문이 나면 자금의 출처를 철저히 파헤치라고 시위까지 합니다. 국회의원이 흥신소 노릇을 하는지, 부지런히 파헤칩니다. 훨씬 큰 문제도 눈감아주는 문화에서 별로 중요하지 않은 사생활에 대한 헛소문까지 확인하는 문화로 바뀌었습니다."

온교수는 꿈도 못 꾸는 사례를 찾았다. "광화문 네거리에서 인공기를 흔들면서 김일성 만세, 김정일 만세라고 외칠 수 있나요? 꿈에라도 그렇게 하다가 스스로 불안해서 깨어나겠지요. 꿈도 마음대로 꾸지 못하는 현실, 이것이 분단국가의 문화입니다." 그는 김기덕 감독의 〈풍산개〉를 보고 충격을 받았다. 주인공이 하룻밤 사이에 휴전선을 넘나들다니. 강화도에서 빤히 보이는 개성은 평생 한 번 가기도 힘든 땅, 갈 수 없는 나라로 알고 살았다. 그가 꿈에서 만났던 교포의 얼굴이 외국인으로 바뀐 것은 외국에서 동포를 피하라는 교육을 받았기 때문이다.

그는 1980년대 초 처음으로 외국에 가기 전에 안보교육을 받았다. 강사는 구체적인 사례를 들면서 조심하라고 했다. 외국에서 동포를 만나 반가운 나머지 기념사진을 찍을 때, 뒤쪽에 어느 틈엔가 김일성 초상화가 나타난다. 동포는 사진을 보여주고 북괴에 충성맹세를 한 증거라고 협박한 뒤 포섭해 유학생 간첩단을 조직한다. 그러한 강연을 듣고 오금이 저리지 않는 사람이 있을까? 막상 프랑스에 갔을 때,

대학기숙사에서 타이완과 중국의 유학생들이 명절에 함께 음식을 나눠 먹고 노는 모습을 보니 마냥 부러웠다. 온세상이 학생식당에서 식판을 들고 두리번거리다 한국말을 듣고 다가가면 그들은 갑자기 프랑스어로 애기했다. 고국을 떠나기 전에 받은 안보교육 탓에 서로 피하는 편이 안전했기 때문일까? 절대 그렇지 않다. 누구라도 낯선 사람이 넓은 장소 놔두고 곁으로 다가와 앉는다면 경계하지 않겠는가? 아무튼 안보교육을 받은 것은 사실이며, 머리에 그 내용이 남아 있는 한 조심해야 했다. 제갈량이 동남풍을 빌듯이 아직도 선거 때면 어김없이 북풍을 비는 사람들이 있다.

서울에서 전주 가는 거리만큼 북으로 움직이면 평양에 갈 수 있지만, 대부분의 한국인은 꿈에서도 휴전선을 넘지 못했다. 온교수는 운이 좋아 금강산과 개성에 가보았다. 금강산으로 들어가는 길 양옆으로 철책을 세워 관광버스가 다른 길로 새지 않고 온정리까지 외길로 갔다. 차는 민둥산 사이로 계속 달렸고, 가끔 먼 곳에 마을 사람들이 오가는 모습도 보였다. 온정리로 가는 길에서 시간을 못 맞춰 한 짐 짊어진 여성이 아이와 함께 철책 근처에서 숨지도 못하고 뒤로 물러나지도 못한 채 어정쩡하게 서 있는 불안한 모습도 보았다. 여성의 나이를 정확히 알기는 어려웠지만 대충 50세 이상인 듯했다.

온정각에서 저녁을 먹은 뒤 이튿날 금강산에 오르고, 그

다음 날에는 삼일포에 갔다. 금강산은 일부만 개방했는데도 명산이라는 평을 들을 만했다. 삼일포도 그 나름대로 아름다웠는데, 아주 옛날 화진포에 갔을 때 정도의 느낌이었다. 온교수는 동해안을 따라 안변에서 이원까지 가보고 싶었다. 안변은 숙모의 고향이고, 이원은 부모의 고향이기 때문이다. 금강산에 오르면서 남쪽 여행자들은 북쪽 판매원과 그 곁에 있는 감시인 동무에게 어떻게든 잘해주려고 애썼다. 짐에 넣어간 팩소주를 한두 개 꺼내서 주면, 동무는 눈짓으로 산길 옆의 난간을 가리키면서 놓고 가라고 했다. 언제 다시 갈 수 있을지 알 수 없지만, 그때는 동해안을 계속 따라 올라가 '해삼위'까지 넘어가보고 싶었다.

특히 개성에서는 얕은 산길을 굽이굽이 돌아 박연폭포로 갔다. 온교수는 박연폭포 아래 고모담(시어미소)과 용바위에서 황진이가 썼다는 이백의 시 "폭포가 바람에 물방울을 흩날리며 삼천자 아래로 쏟아지네飛流直下三千尺"를 보고 역시 뻥이 세다고 웃었다. 폭포가 1킬로미터나 된다는 말이 뻥이라는 뜻이 아니라, 황진이가 머리카락을 붓 삼아 바위에 시를 썼다는 말이 뻥이라는 뜻이다. 차라리 한석봉의 글씨 연습과 용 전설을 믿고 싶다. 어린 한석봉이 먹을 살 돈이 없어서 못의 물을 찍어 바위에 글씨를 썼고, 한석봉의 붓질 때문에 못의 물이 시커멓게 변하자 이무기가 나타나 하루만 참아주면 자기가 용이 되어 하늘로 올라가는 대신 명필, 신필로 만들어주겠다는 큰 조건을 걸었다. 석봉은 먹을 살 돈이 없어서 못의 물을 찍어 글씨 연습을 했는데, 못의 물이 까매졌다니, 석봉의 붓은 먹물을 제조하는 붓인가? 전설을 논리적으로 따지는 놈이 미친놈이지. 아무튼 석봉이 끝내 명필이 되었으니 이무기는 틀림없이 용이 되었겠지.

이무기가 용이 된 덕택보다 어머니의 태몽 덕에 석봉이 명필가가 되었다고 볼 수 있다. 석봉의 어머니는 왕희지가 글씨를 주는 꿈을 꿨다고 하니, 태몽이 아기의 미래를 정하는 것이 분명하다. 그러고 보니 석봉 어머니의 태몽 덕택에 이무기도 용이 되었다. 또한 한석봉과 황진이의 붓글씨 얘기를 보면, 고모담의 물이 붓글씨를 잘 쓰게 만드는 특별한 효과를 가진 것이 분명하다. 병에다 넣어 명필수名筆水 또는 석봉수石峯水로 팔면 좋겠다고 생각했다. 아니면 황진이와 관련해서 미용수나 사랑의 묘약을 개발해볼까? 곧 후회가 밀려든다. 그리스의 아름다운 해변을 본 생각이 나서다. 그리스인은 모두 자기 해변을 가진다고 들었다. 개인의 이익보다 공익을 먼저 생각해서 개발을 막은 덕이다.

물은 또 다른 물로 흘렀다. 저렴한 의식의 흐름이다. 황진이가 절세가인이 아니더라도 지족선사는 물을 주었을 것이라 생각하고 혼자 웃었다. 30년 동안 벽만 보고 앉아 있었다며? 그 정도면 색수상행식色受想行識의 오온이 모두 공空임을 알고도 남았을 터. 황진이가 지족선사를 시험하려 들었는데, 지족이 그 뜻을 모르고 당했다면 웃음거리겠으나, 까짓것 자비심을 베풀 듯 베풀지 않는 듯 베풀어주었으니 무슨 문제인가. 원효 사상 만세! 황진이가 요석공주처럼 아기를 낳았다면, 그 아기는 한글타자기를 발명했을지 모른다. 그러나 황진이는 쾌락주의자였으니 아기를 낳지 않는 기술을 쓴 것 같다.

번뇌와 망상이 집착에서 나오느니. 선사는 황진이의 집념을 단칼에 베어버렸다. 선사가 황진이에게 '조견오온개공照見五蘊皆空 도일체고액度一切苦厄'할 기회를 주었지만, 황진이는 색사리를 증식하는 중이었으니 어찌 선사가 중생을 구제하기 전에 해탈하지 않겠다고 맹세한 큰 뜻을 알리오. 황진이가 봄바람이 분들, 폭풍우가 쏟아져 속살이 훤히 비친들, 가을 찬 서리에 몸서리를 친들, 겨울 긴긴밤을 홀로 지새운들, 명월明月이 해(日)를 잃고 친구(朋)가 된들, 지족이 친구이겠는가. 벽계수는 쉬이 가다 계곡의 소沼에 갇혔고, 화담은 황진이의 오기를 발동시켰다. 화담과 황진이는 서로 집착하고 고뇌했으니, 허공처럼 거침없는 지족이 한 수 위였다.

벽계수와 연관검색어로 문화전파라는 주제가 떠오른다. 예전에 학회에서 누군가 "문화란 물 흐르는 것과 같다"고 말하기에, 온교수는 딴지를 걸었다. 벽계수도 멈추지 않았던가. 문화가 높은 곳에서 낮은 곳으로 자연스럽게 흐른다고 생각하고, 중국에서 우리나라로, 우리나라에서 일본으로 흘렀다고 믿거나, 남방에서 북쪽으로 흘렀다고 믿는다면 오산이다. 또한 권력자가 강제로 문화를 주입한다고 주장해도 반박할 수 있다. 문화전파라는 관점을 문화수용이라는 관점으로 수정해야 한다. 문화수용은 전적으로 받아들이는 사람에게 달렸다. 사회지배층이 민중에게 강제로 받아들이게 하는 문화도 저항을 받게 마련이다. 서양 중세에 기독교가 다신교 시대의 신앙과 관행을 미신으로 탄압했지만, 저항이 만만치 않자 일부는 수용하면서 타협했고, 민간신앙은 끈질기게 살아남았다. 부모나 교사가 가르치는 내용을 학생이 무조건 따르는가? 어린 학생도 촉법소년의 특권을 이용해서 반칙하고 또 반칙한다. 민주주의는 시민들이 좋고 선한 행동에 자발적으로 참여할 때 발전한다.

온교수는 어느덧 개성 시내의 개천가에 멈춘 버스에서 내려 한옥촌에서 9첩인지 12첩인지 콧구멍보다 조금 큰 그릇에 정갈하게 담은 반찬을 곁들여 점심을 먹었다. 오해하지 마시라, 점심 값은 인민이 아니라 현대그룹이 받아 김정일에게 나눠주었으니, 관광객은 인민의 밥을 뺏어 먹지 않았다. 다시 버스를 타고 선죽교 근처에 갔을 때가 마침 하얀 윗도리에 반바지 차림의 어린이들이 학교에서 집으로 돌아가는 시간이었다. 김정일이 절박한 심정으로 자기네 실정을 고스란히 까발리면서 개방한 덕에 개성을 구경할 수 있었다. 시간이 30년대나 40년대에 멈춘 듯했다. 그러나 그 뒤에 북으로 가는 길이 다시 막혔다. 머릿속에서도 북한으로 가는 길은 열렸다가 닫혔다.

일본과 잘 지내야 한국에 이익이라고 주장하는 집단은 북한에 퍼주지 말고, 차라리 해저터널을 뚫어 부산과 일본을 연결하자고 보챈다. 온교수도 한반도 운하를 건설하느니 차라리 일본과 육교를 놓자고 주장한 적이 있었다. 운하 건설이 일본과 연결하는 해저터널이나 육교보다 더 나쁘다고 생각했기 때문이다. 루이 14세가 이명박과 정상회담을 한다면, 루이 14세는 운하를 줄 테니 고속도로를 놓아달라고 했을 것이다. 이미 몇 세기 전부터 이용하던 것에 고속도로를 추가한다면 몰라도, 고속도로가 있는데 고속철을 추가하지 않고 운하를 판다고 하니, 토목공사로 흥한 자의 발상다웠다.

온교수는 프랑스 혁명사를 가르치면서 우리나라 현대사에 대해서도 하고 싶은 말을 할 수 있게 되어서 좋았다. 그는 88올림픽을 앞두고 프랑스에서 책을 부쳤는데, 제목에 '혁명'이 들어가는 책을 통관시켜주지 않아서 애를 태우던 일을 생각했다. 몇 달 뒤에 책을 찾았으나 '68혁명'에 대한 문고판은 끝내 돌려받지 못했다. 그렇게 민감하던 시기를 거쳐 학생들에게 마음대로 프랑스 혁명을 가르치게 되었으니 더 바랄 일이 없었다. 이승만·윤보선·박정희·최규하·전두환·노태우·김영삼·김대중·노무현·이명박·박근혜·문재인까지 70년의 헌정사에서 대통령 이름은 열둘뿐인데, 하야·탄핵·살해·투옥·자살로 얼룩진 격변의 현대사를 겪으면서 꿈꾸는 방식까지 변화했다.

1970년대에 '나라님이 자주 바뀌면 어떻게 하느냐'던 노인 세대는 가고, 오늘날에는 남녀노소 가리지 않고 툭하면 '문재인 독재', '문재인 탄핵'을 외치고 저주하는 사람들을 보면서 문화적 변화를 실감한다. "사람이 태어나서 살고 생각하고 꿈꾸는 방식을 문화라고 정의할 수 있다." 언론의 자유를 맘껏 즐기는 문화가 확산되면서 문화투쟁이 더욱 기승을 부린다. 독재정권이 실생활의 구석구석, 머리 길이와 치마 길이까지 통제할 때, 주류문화인 군사문화에 대들려면 심신이 모두 고달파질 각오를 해야 했다. 그러나 민주화 세력이 집권한 뒤에는 군사문화에 자발적으로 협력하던 사람들이 가장 험악한 정치구호를 외치면서 저항한다. 그들은 군사독재 시절에도 안전했으며, 역설적이게도 오늘날 민주화 혜택을 가장 많이 받는다. 이 말을 실감하지 못하는 사람은 유신헌법과 긴급조치를 검색해보시라. "박정희가 잘한 일이 뭐냐?"는 취지로 말했다가 긴급조치 9호 위반으로 6개월 실형을 받은 농부가 2019년 사후 27년 만에 재심을 받아 무죄가 되었으니, '문재인 독재'를 외치는 사람은 이 시대를 만드는 데 무슨 공을 세웠는지 돌이켜보기 바란다.

민주화할수록 수많은 문화가 경쟁하고 갈등한다. 민주사회에서는 자연스럽고 당연한 일이다. 그러므로 갈등을 극복하고 화합·협치하자고 주장하는 말은 늘 공허하다. 화합과 협치, 꿈도 꾸지 말라. 자기 마음속에서도 선과 악이 갈등하고, 자기 이익과 가족의 이익을 놓고서도 갈등하는 인생이 무슨 염치로 화합과 협치를 구걸하는지. 저렴한 영혼들의 얄팍한 술수다. 열심히 경쟁해서 정권을 가져가고, 자신들이 제시한 정책을 성실히 추진해서 성공하면 계속 민심을 얻을 텐데, 언제까지 구걸하려는지. 작년에 왔던 각설이처럼 '얼씨구씨구 들어간다'를 입에 단 채 저렴하게 살지 말고, 대다수의 민심을 얻는 방안을 찾아내고 실천하라.

상식적인 사람들은 문화적 갈등이 존재한다고 이해하면서도, 민주주의를 말살하는 일방통행의 문화를 용납하지 않는다. 일방통행의 일제강점기 문화를 아직도 그리워하고 아쉬워하면서 잊지 않으려고 노력하는 세력은 한국의 민주주의보다 일본의 일당독재에 가까운 의원내각제를 부러워하고, 그렇게 만들면 당장 의원들이 깨끗한 정치를 할 수 있다고 틈나는 대로 남을 설득하려 든다. 잘살게 해주겠다는 번드르르한 말에 속아서 민주주의의 꽃이라 할 투표로 독재정권에 힘을 실어준 국민들은 지금도 자신들의 선택을 옳았다고 생각하는지. 민주주의를 올바로 정착시킬 책임은 언제나 유권자의 몫임을 잊지 말아야 한다.

온교수는 서양 문화사 시간에 문화에 대해 이것저것 사례를 들면서 문화란 세계관·인생관·가치체계·사고방식·꿈꾸는 방식, 요컨대 종교까지 포괄하는 개념이라고 설명했다. 이어서 문화의 격변을 보여주는 사례를 들기 위해 적절한 주제를 찾았다. "프랑스 혁명의 구호가 무엇이지요?" 수많은 학생이 여느 때보다 더 빨리 대답했다. "자유·평등·박애요." "자유와 평등은 알겠는데 박애는 무엇입니까?" 학생들은 이내 조용해졌다. 온교수가 누구나 아는 단어의 뜻을 묻는 이유는 뭔가 트집을 잡기 위해서라는 사실을 잘 알고 있는 듯했다.

온교수는 몇 명에게 "학생은 박애주의자인가요?"라고 물었다. 그들은 온교수의 눈을 피하면서 멋쩍게 웃었다. "길거리에서 춥고 굶주린 사람을 보면, 그가 손을 벌리기 전에 다가가 옷을 벗어주고 가진 돈을 모두 줄 수 있는 사람?" 강의실이 쥐 죽은 듯 고요해졌다. "그렇다면 이렇게 묻지요. 1789년에 프랑스는 노예제를 운영했나요, 폐지했나요?" "어디서 자유·평등·박애라고 배웠어요?" "중학교 때요", "고등학교 때요"라는 대답에 온교수는 화난 척하면서 말했다. "나는 평등주의자이며 박애주의자이기 때문에 여러분에게 군밤을 다섯 개씩 나눠주겠습니다. 줄을 서서 머리를 대시오." 학생들은 어이없는 표정을 지었고, 온교수는 다시 말했다. "억울할 일 절대 없어요. 길을 가다가 그렇게 가르쳐준 선생님을 만나면 그분에게 다섯 대를 돌려드리세요. 아니면 모교로 찾아가서 후배들이 보는 앞에서 돌려드리든지."

실제로 학생들에게 군밤을 먹이지는 않았지만, 온교수는 학생들이 틀린 개념을 배우고 나서 고칠 기회를 얻지 못한다면 평생 편견에 사로잡힌 채 살게 된다고 생각하니 진짜로 화가 났고 저절로 손이 올라갔다.

온교수는 자기 머리를 다섯 번 쥐어박으면서 학생들을 다그쳤다. "박애주의자들이 흑인 노예를 부리고, 식민지를 착취할 수 있나요? 19세기에는 강대국이 산업화하면서 생산력과 원료를 싸게 구하고 공산품을 비싸게 팔아먹을 시장을 개척하려고 혈안이 되어 식민지 확보 경쟁에 뛰어들었다고 하더라도, 20세기 중엽 제2차 세계대전이 끝난 뒤에 수많은 식민지가 독립해서 제3세계라는 세력을 구축하고 있는데도 프랑스는 알제리를 독립시켜주지 않았어요. 박애주의라 부를 수 있어요?" 온교수는 조용해진 학생들에게 새로운 지식을 전수할 때 가장 기뻤다.

그는 한 박자 쉬고 입을 열었다. "내 말을 오해하지 말기 바라요. 프랑스는 공식적으로 박애주의를 내걸지 않았어요. 그러니까 자유·평등·박애라고 옮긴 사람, 그 번역어를 무조건 베껴서 쓴 사람들이 잘못 가르친 책임을 져야 합니다. 한자 문화권에 속한 나라에서 가장 먼저 박애로 옮긴 사람, 그리고 무분별하게 사용한 사람의 책임입니다. 그는 강대국이 무조건 선하다는 사고방식에서 우애 또는 형제애를 박애라는 숭고한 말로 바꾸었어요. 중국인이나 일본인이 먼저 번역했고, 한국인이 무조건 베껴서 썼지요. 다행히 우리 세대는 스스로 번역하려고 노력하기 시작해서 박애가 아니라 우애, 형제애로 바꾸었어요." 그는 프랑스어를 유창하게 말하진 못했지만 자신만 기분 좋게 발음하고 스스로 뿌듯하게 여기는 사람이었다. "liberté·égalité·fraternité, liberty·equality·fraternity, 자유·평등·우애입니다."

온교수는 학생들이 조용히 자신의 발음을 따라 하는 모습을 보자 더욱 힘이 났다. "우애가 뭐죠? 옛날부터 부모는 자식들에게 동기간 우애를 기르라고 가르쳤습니다. 동기간의 우애 또는 형제와 자매의 우애를 뜻합니다. 1789년에 프랑스 사람들은 우애를 중시했어요. 자유로운 나라, 평등한 나라, 국민들이 서로 사랑하고 존중하고 단결하는 나라를 만들고자 표어를 그렇게 지었습니다."

정의를 강조하는 나라가 정의로운지, 정직을 강조하는 사람이 정직한지, 우애를 강조하고 화합을 강조하는 사람이 힘과 권세를 부릴 때 과연 남에게 살갑게 굴고 화합을 꾀했는지, 온교수는 신들린 사람처럼 학생들에게 질문을 잇달아 퍼부었다. "독재정권에 알아서 기던 자들이 민주정부가 들어선 뒤에는 오히려 못 살겠다고 떠들지요. 그들이 그처럼 민주주의를 사랑하는 줄 처음 알았어요." 갑자기 대한민국의 민주주의로 화제를 옮기자, 학생들이 오히려 불안해하면서 온교수의 눈치를 살폈다. 그도 그럴 것이, 입학시험을 볼 때 면접관에게 12·12쿠데타에 참여했던 군인을 존경한다고 말한 부산 출신 학생도 있고, 면접실에 들어서자마자 "충성!" 하고 경례하던 여학생도 있던 시절이니, 온교수가 거침없이 하는 말에 충격을 받을 만했다.

참고로 온교수는 12·12를 '시비시비'라고 하지 않고, 언제나 '십이일이'로 발음했다. 죽고 사는 문제는 아니었지만 4·19, 5·16, 6·25, 8·15, 9·11, 10·26처럼 발음하는 것이 옳다고 생각했다. 부산 출신 학생은 고등학교 시절 교정에 서 있는 자랑스러운 선배의 동상을 날마다 보면서 애국심과 미래의 꿈을 키웠다. 그가 역사과 신입생이 되어 2학년이 될 즈음에는 국민주 모금으로 창간한 신문을 돌리기 시작했으니 그의 머릿속에서 문화혁명이 일어났음이 분명하다.

"우리는 혁명을 단지 갈등의 차원으로 해석할 수 없어요. 내가 처음 혁명사를 공부할 때만 해도 마르크스의 주장을 받아들여 '프랑스 혁명은 부르주아 혁명'이라는 정의가 대세였지요. 부르주아 계층은 자신들의 도약을 가로막는 봉건제의 잔재를 없애려고 계몽주의 철학을 발전시켰으며, 실제로 봉건제의 사슬을 스스로 끊었는데, 그것이 바로 프랑스 혁명이라고 주장했어요. 프랑스 혁명은 부르주아 계층이 시작했지만 궁극적으로 무산자들을 해방시키고 평등 사회를 건설해야 끝낼 수 있다는 계급투쟁 이론입니다. 그러므로 마르크스주의자들은 혁명이 끝나지 않았다고 주장합니다."

혁명이 끝나지 않았다는 주장에는 일리가 있다. 인류는 자유와 평등을 만족할 만큼 실현했는가? 아직도 자유롭지 못한 사람들이 절대다수이며, 평등을 꿈조차 꾸지 못하는 현실이 지속되는 한, 혁명은 끝나지 않았다. 그러나 혁명이 끝나면 낙원인가? 이탈리아의 철학자이자 역사가인 베네데토 크로체Benedetto Croce는 극복해야 할 장애가 없는 낙원이 무슨 대수냐고 물었다. 역사가는 낙원을 추구하지 않는다. 낙원을 만들려고 노력하지만, 그에 앞서 어떤 제약이 낙원을 방해하는지 역사적으로 따지는 일을 해야 한다. 온교수는 "우리가 앞으로 어떤 세상을 만들려고 노력해야 옳겠지만, 역사는 옛날 사람들이 어떤 세상에 태어나고, 어떻게 살아갔고, 어떤 세상을 꿈꿨으며, 어떻게 죽었는지 정확히 판단하려는 학문입니다"라고 설명했다.

그래서 프랑스 혁명이 일어난 지 100여 년 후에 일어난 러시아 혁명으로도 자유와 평등을 실현하지 못했으므로 혁명은 끝나지 않았다고 선언하는 일은 사회운동가의 차원에서 할 수 있는 말이다. 사회운동가는 사회를 좀더 자유롭고 평등하게 만드는 방법을 찾고 실천해야 한다. 역사가도 자유와 평등을 실현하는 데 동참해야겠지만, 무엇보다 역사를 열심히 공부해야 한다. 온교수는 혁명을 계급투쟁의 맥락에서 보지 않고, 절대주의 국가에서 민주주의 국가로 나아가는 정치적 변혁으로 보려 했다. 역사의 다양한 측면을 다양한 방식으로 파헤칠수록 본질에 다가서기 쉽다.

"여러분은 서양 근대사를 배우면서 근대화가 무엇이라고 생각하나요?" 학생들에게 물어본 사람이 잘못이지, 온교수는 강의에 늦게 들어가면 미안해서 일찍 끝내준 적은 있지만, 자기가 원하는 대답이 나오지 않는다고 꼬투리를 잡아 화를 내고 강의를 포기하지는 않았다. 요즘 학생들은 교수평가를 너무 솔직하게 하니까 무섭다. "우리나라의 역사학자 가운데 일본 덕에 한국이 근대화했다고 주장하는 사람이 있는데, 어떻게 생각해요?" 여전히 시원한 대답을 듣지 못하니 물어본 죗값으로 자문자답해야 했다. "전문용어로 멍, 멍, 멍멍멍이라 하지요." 긴장하던 학생들이 일제히 웃음을 떠뜨리며 온교수의 다음 말을 기다렸다.

"쇼군將軍의 이익을 위해 사무라이들이 칼을 차고 다니면서 민간인을 겁박하던 시대가 갔어요. 툭하면 칼을 휘둘러 약자를 굽실거리게 만들던 야만인들이 서양의 문물을 받아들여 하루아침에 고상한 신사가 되었죠. 양복을 입고 양주를 마시며 아시아를 벗어나려고 유럽을 모방하면서 프랑스 혁명을 배우려다가 독일이 더 좋겠다고 생각했지요.

그리고 유럽인들이 아프리카와 아시아의 식민지인들에게 빨대를 꽂아 단물을 빨아 먹는 모습에 감명받아 임진왜란 이후 늘 갖고 싶어 하던 한국을 집어삼킬 구실을 찾았어요. 한국이 일본에 주먹질하는 모양이라고 시비를 걸고, 토착 왜구를 매수해서 한국을 병탄한 뒤, 만주와 중국으로 세력을 뻗쳤죠. 그들은 침략전쟁을 원활히 수행하려고 이 땅의 물자와 인력을 공출했어요. 그들이 이 땅에 철도를 놓고 공장을 세운 이유는 무엇인가요? 한국을 위해서? 일본 덕에 한국이 잘살게 되었다는 자들이 있어요. 일본에서 훈장을 줄 만하죠? 일본이 산업화했다는 점은 인정하지만, 근대화했다는 말에는 동의하지 않습니다. 한국인이 일본 우익이 하는 말보다 더 심한 말을 하는 데는 이유가 있겠죠. 사람들은 돌고 도는 돈에 눈과 머리가 돌아버리죠."

온교수는 서양 근대사를 배워야 하는 이유를 에둘러 설명하려고 중세에 대해 말했다. "서양의 중세는 어떤 세상이었나요? 생각나는 개념을 말해보세요." 단답형이나 몇 개 문항에서 하나를 고르게 하는 시험에 익숙한 사람들을 놓고 강의하기란 어렵다. 학생들은 토론식 수업을 원한다고 하면서도 기본 사실을 잘 모르기 때문에 막상 토론을 시켜도 억측으로 억지를 부리기 일쑤였다. 자칭 전문가라는 사람들도 억지춘향으로 들이대는데, 하물며 학생들은? "기사, 영주, 왕, 농민, 봉건제, 또 뭐가 있나요? 반드시 포함시켜야 할 단어가 있으면 보충해보세요." 온교수는 속으로 간절하게 부탁했다. '주여, 저들이 주님을 찾게 하소서.' 기도가 통했는지, "교회요"라는 기특한 대답이 나왔다. 온교수는 서양 중세에는 몇 가지 종교가 상호 영향을 끼쳤을까 물었다. 다행히 "가톨릭, 그리스 정교, 이슬람교, 유대교"라는 대답을 끌어낼 수 있었고, 십자군전쟁, 대역병과 유대인 박해도 간단히 짚을 수 있었다. 불교나 유교는 가톨릭 선교사들이 접촉할 때까지 애써 외면할 수밖에.

"가톨릭교가 세속 군주들과 지배계층의 행동까지 지배하던 시절의 유산을 아직도 유럽의 주요 도시에서 볼 수 있습니다. 수많은 성당과 예배당을 보세요. 파리의 노트르담 성당이나 생트샤펠(신성한 예배당)을 보세요. 게르만 민족은 서유럽으로 밀고 들어가 서로마제국의 지배자들과 싸워 이겼어요. 그들은 무력으로 제국을 멸망시키고, 왕궁과 교회를 약탈해서 전리품을 나눠 가졌습니다."

프랑크족의 남자들은 포악한 전사戰士였다. 그들은 로마제국의 선진 문물과 기독교를 접하면서 반쯤 문명화했다. 그들의 지배자인 클로비스의 아내는 가톨릭교도였고, 남편에게 개종을 권했다. 클로비스는 랭스의 생르미 주교가 박식한 데다 죽은 이도 살렸다는 소문을 들었다. 찰나에 살고 죽는 전사들은 적을 죽여야 자신이 살기 때문에 흉포해지기 마련이다. 겁 많은 개가 마구 짖듯이, 자신 없는 무사들이 칼부림을 하는 법이다. 자기보다 조금 더 약한 자를 죽일 뿐이다. 독재자는 쫓겨나거나 총에 맞아 죽는 것이 두려워 남을 탄압한다. 그만큼 약한 존재다. 루마니아의 차우셰스쿠나 리비아의 카다피를 보라. 막상 붙잡히자 돈을 줄 테니 살려달라고 구차하게 흥정하다가 사살되지 않았던가.

다시 중세로 돌아가자. 클로비스는 생르미 주교를 우대했다. 종교인은 사후세계에 대한 지식을 생산하고 전파하는 사람들인 반면 전사는 남을 죽여야만 자기가 살 수 있었다. 따라서 미래의 번영을 확보해야 할 사람은 늘 죽음을 가까이하고 두려워했기 때문에 종교인을 무시하고서 발을 뻗고 잠자기는 글렀다는 말이다. 클로비스가 랭스를 지나갈 때 교회 물건을 약탈했다. 생르미 주교는 클로비스를 찾아가 제기祭器를 하나만이라도 돌려달라고 간청했다. 클로비스는 수아송에서 돌려주겠다고 말했다.

클로비스는 수아송에 도착한 뒤 전사들을 모아놓고 전리품을 나누기 전에 자기가 한 약속에 대해 그들의 의견을 물었다. 관행상 그들은 추첨으로 전리품을 나눠 가졌다. 그러므로 굳이 의견을 물을 필요가 없었는데도, 클로비스는 주교에게 제기를 돌려주어도 좋겠느냐고 전사들에게 물었다. 대부분 가만히 있는데, 단 한 사람이 왜 관행대로 하지 않느냐고 반발하면서 제기를 도끼로 찍었다. 클로비스는 화를 꾹 참고 생르미에게 다른 제기를 돌려주고 약속을 지켰다. 아마 자기 몫을 주었을 것이다.

그런데 클로비스는 뒤끝 있는 사람이었다. 어느 날 그는 무기를 검열하다가 자기에게 대들었던 전사의 병기를 낚아채서 땅에 내동댕이쳤다. "생명과 같은 병기를 깨끗이 간수해야 하거늘." 전사는 황급히 병기를 주우려고 몸을 굽혔다. 클로비스는 "제기를 이렇게 만든 벌이야"라고 말하면서 쌍날도끼로 그의 머리를 찍어버렸다.

클로비스는 아내 클로틸드와 생르미 주교의 영향을 받아 가톨릭으로 개종했다. 그는 부하 3,000명도 개종시켰다. 게르만족 가운데 부족 전체가 가톨릭으로 개종한 첫 사례다. 서로마제국의 지배자들이 믿은 가톨릭이 그들을 멸망시킨 프랑크족의 종교가 되었다. 종교인들이 기사들을 모아놓고 지옥의 불이 얼마나 무서운지 겁을 주자, 기사들은 벌벌 떨며 기절하거나 오줌을 지리면서 교회를 보호하겠다고 맹세했다. 12세기부터 13세기까지 파리에 노트르담 대성당을 짓고, 다른 도시들도 경쟁하듯이 대성당을 지었다. 가톨릭교회는 민간전승 문화까지 위험하다고 탄압하면서 문화적 지배자 노릇을 했다. 정치적으로 분열해서 싸우는 사람들도 하나의 종교를 믿었다.

고인 물은 썩기 마련이다. 가톨릭교회는 막강한 권력과 막대한 재산을 과시했다. 가톨릭이란 말은 보편적이라는 뜻인 만큼 모든 사람의 종교가 되었다. 게르만 부족 중에서 가장 먼저 가톨릭교도로 개종한 프랑크족의 후손이 왕에게 '가톨릭'이 아니라 '독실한 기독교도Très Chrétien'라는 호칭을 붙인 이유를 생각해보자. 그다음에 독립한 에스파냐의 왕은 '가톨릭교도'를 호칭으로 썼다. 세월이 흐르면서 가톨릭교회가 과시하는 권력과 재산이 과연 기독교가 추구하는 목적에 얼마나 부합하는지 의심하는 사람들이 나왔다. 교회는 그들을 이단으로 탄압하고 제거하거나, 때로는 아슬아슬한 경계선 안으로 끌어들였다. 그러나 더는 가톨릭교회가 포용하기 어려운 일이 일어났다. 금속활자를 이용한 인쇄술 덕에 지식이 더욱 정확히, 빨리, 멀리, 싸게 확산되었다. 마르틴 루터가 시작한 종교개혁은 지식인들의 공감을 받아 가톨릭교회와 화해할 수 없는 상태로 나아갔다.

가톨릭교회가 모든 가치체계의 정점에서 인간 스스로 얻은 경험을 지식으로 활용하지 못하게 막았지만, 르네상스 시대에는 지식인의 수가 급격히 늘어났고 표준화한 지식의 확산도 빨라졌다. 코페르니쿠스와 베살리우스의 책이 같은 해에 나오면서 우주와 인체에 대한 지식이 바뀌었다. 성경에 나온 지식을 설명하면서 먹고살던 지식인은 경험을 가지고 덤비는 지식인을 설득하고 승복시키지 못했다. 루터는 신부를 매개로 하느님에게 자기 마음을 전하고, 하느님이 내린 벌을 순순히 받던 사람들을 해방시켰다. 교회는 필요 없다, 성경책만 읽어라. 신부들의 말을 듣지 마라, 네가

믿는다면 하느님은 네 목소리를 들어준다. 사제들이 파는 증서를 사지 않아도 천국에 간다, 오직 하느님의 은총이 필요하다. 유럽인들은 가톨릭교가 탄압하는 문화를 지키려고 목숨 걸고 싸우기 시작했다. 가장 독실한 기독교도인 왕이 다스리던 프랑스는 개신교 국가들을 도우면서 가톨릭교도인 왕이 다스리던 에스파냐와 싸우기 시작했다. 종교가 목숨을 걸 만큼 가장 중요한 가치가 아니라는 증거다. 그렇지만 종교가 전쟁의 가장 큰 원인처럼 보이던 시대가 있었다. 산업혁명 이전의 시대다.

그래서 중세사가 자크 르고프Jacques Le Goff 선생은 프랑스의 문화적 특성을 가지고 '장기적 중세'라는 개념으로 프랑스 혁명기까지 중세에 포함시켰다. 중세부터 18세기까지 문화적으로 가톨릭교회가 시간을 분할하고 진보사상을 검열했으며, 산업화가 시작되었는데도 여전히 농업 중심의 경제체제를 유지했다. 산업혁명의 결과로 인구가 공장으로 몰려들고 출퇴근 시간을 엄격히 지키면서 가톨릭교가 정한 시간보다 산업화 시대의 시간을 적용했다. 이렇게 중세에서 근대로 나아가는 문화적 변화과정을 요약하면, 정교분리·산업화·합리주의·민주주의 발전을 근대화의 중요한 성격으로 규정할 수 있다. 이 네 요소 가운데 무엇이 먼저인지 굳이 구별할 필요는 없다. 그러나 가장 중요한 것이 무엇인지 말하라면 민주주의를 내세워야 한다.

일본이 대한민국을 근대화시켰다고? 일본이 과연 근대화한 나라인가? 일본이 아시아에서 가장 먼저 산업화했음을 인정하자. 그러나 정교분리·합리주의·민주주의의 수준은 얼마나 높은가? 산업화한 힘을 군국주의로 통제하면서 이웃나라들에 지울 수 없는 상처를 남겼으며, 아직도 제대로 반성하지 않고 사과도 하지 않는다. 대한민국을 근대화시켰다고? 대한민국 이전의 조선을 속국으로 만들고 산업화했음을 인정한다 하더라도, 자기도 산업화만 성취한 군국주의 국가가 무슨 수로 다른 나라를 근대화한단 말인가! 오늘날 일본보다 훨씬 민주화했고, 합리주의와 정교분리와 산업화를 이룩한 대한민국이 훨씬 자랑스럽다. 물론 우리나라에서 가장 낙후한 것이 정치 문화, 민주주의 문화임은 우리만의 비밀이다. 세계에서는 대한민국의 민주화 지수보다 언론 지수를 낮게 평가하기 때문이다. 그러나 군국주의 문화를 탈피하지 못한 일본보다 민주주의 선진국이 되었음을 누가 부인할 수 있을까? 이런 얘기를 하면 "저런, '국뽕'에 취했군"이라고 얕잡아볼 사람도 있을 것이다. 좋다! 그렇다면 국뽕을 우리가 먹지 말고, 아직도 일본이 우월하다고 믿는 자들에게 한 사발씩 먹이도록 하자. 그것이 맞다. 뽕은 일본인이 만든 '히로뽕'이니까 일본 우월주의자들에게 먹여야 옳다. 그러나 뽕 먹고 전쟁하자고 덤비는 것은 사절이다.

바람을 분다

산이 있어 산에 올랐다
바위가 되어 시원한 바람 맞으며,
무심코 계곡물에 떠가는 낙엽을 보았다
꼭대기에 서니 산은 사라지고 허공만 남았다
산은 어느새 낙엽을 타고 산을 내려갔다
산 아래 모든 사람의 들숨이 되었다.

온교수는 용왕의 아들이 되어 만어사 계곡을 메운 물고기들에게 설교했다. "여러분, 나를 따라 목숨까지 버릴 수 있다는 각오로 좁은 바다를 버리고 이 넓은 계곡까지 따라와줘서 고맙습니다. 나는 물고기가 공중에 빠지면 죽는다고 배웠지만, 대대로 하늘을 멀리하게 만들려는 수작에 속지 않고 과감히 물을 박차고 뭍으로 나왔습니다. 하늘로 가까이 가려고 산으로 올랐습니다. 홀로 죽을 각오로 여기까지 왔습니다. 죽고자 하니 살길이 열렸습니다. 여러분, 어떻습니까? 내 말이 맞지요? 나와 여러분은 여기서 영생을 얻었습니다. 나를 믿습니까? 내가 비를 뿌리라 하면 비가 올 것이요, 해를 보이라 하면 해가 뜰 것이요, 병든 자여, 자리를 박차고 일어서라고 하면 모두 건강한 몸으로 뛰어다닐지니." 그러고 나서 그는 흥에 겨워 아무렇게나 지껄였다.

"바람을 분다. 내가 바람을 일으킨다. 숨을 모아 크게 바람을 분다. 잔잔한 파도는 성에 차지 않아. 세상을 뒤집는 바람을 일으킨다. 들판을 휩쓸고 도시를 휩쓸 테다. 모든 것을 쓸어 담아 휙휙 돌려 잘 섞어 새로운 세상을 만들 테다. 거지 떼는 허약하군. 벌써 넙죽 엎드려서 북풍을 빈다. 매사가 그렇지, 산길도 낮은 곳부터 깎이고, 인간사 약한 자들부터 휘둘리게 마련이지. 그러나 어느새 바람이 측은지심의 따뜻한 바람으로 바뀌었다. 내가 일으킨 바람이 산들바람인 줄 불고 나니 알겠네. 풀이 잠시 누웠다가 일어선다. 꽃이 망울을 터뜨리고 내 손길을 맞는다. 늘 그 자리에서 내가 지나가면 반갑게 몸짓하는 나뭇잎, 풀잎, 꽃들이여, 고맙다. 꽃은 내 뒤를 따라오려고 공중으로 오르려다 길섶에 사뿐히 내려앉는다."

온교수는 자신이 교주가 되어 시답지 않은 소리로 혹세무민하는 장면을 객관적으로 볼 만큼 잠에서 깨어났다. 절반쯤 각성한 상태에서 뭔가 의미 있는 말을 할 수 없을까 애를 썼다. 그러나 사이비 교주가 되기란 정말 어렵다. 무엇보다도 자신을 속일 만큼 낯이 두꺼워야 할 텐데 그는 그렇지 못했다. 세상을 폭풍우로 뒤집어놓겠다고 시작했지만 미풍으로 찻잔에 물결만 일으킬 정도의 콩알 심장이라는 사실을 깨닫고 기분을 잡쳤다. 교주를 선언할 장소를 잘못 골랐나? 해남의 달마산 도솔암 근처나 그리스 메테오라, 아니면 델포이 신전이면 제대로 영감을 받았을까? 그는 하늘로 솟구쳐 달마산으로, 메테오라로, 델포이로, 어느새 알프스 자락의 샤르루스를 찍고 그랑드 샤르트뢰즈 수도원에서 은은히 울려 퍼지는 성가를 들으며 엘릭시르 한 병을 사고 있었다. 독주를 사고 나니 오히려 정신이 말똥말똥해졌다.

그는 르네상스 시대사 강의를 준비하기 위해 중세와 르네상스기의 차이를 한눈에 보여줄 예를 미술에서 찾기로 했다. 중세의 문화가 무르익는 동안 그림의 단골주제였던 예수는 아무런 고통을 보여주지 않고 세상을 평화롭게 내려다보는 모습이었는데, 13세기부터 피를 흘리는 예수를 그리는 경향이 나타났다. 예수가 인간의 모습으로 나타나면서 못도 경제적으로 아끼게 되었다. 예수를 십자가에 못박을 때, 양발을 하나씩 고정하던 모습이 양발을 겹쳐서 못 하나로 고정한 모습으로 바뀌었다. 로마 병사 론기누스가 예수의 오른쪽 옆구리를 창으로 찌르기 전에 누군가 못 하나를 빼돌렸나 보다. "그런데 하필이면 중세에 못 하나 빼돌린 이유는 무엇인가요?" 학생들이 온교수의 도발적인 질문에 눈을 반짝이며 몸을 앞으로 굽혔다.

희극을 보는 사람은 대개 몸을 뒤로 젖히면서 자신이라

면 전혀 그렇게 광대짓을 하지 않을 것이라는 듯이 웃고, 비극을 보는 사람은 몸을 앞으로 굽히면서 이야기에 공감한다. 온교수는 수업 분위기가 좋다고 생각하면서, 마치 자기가 르네상스 시대에 살아본 사람처럼 실감나게 설명해주었다. 14세기 대역병과 백년전쟁으로 서유럽의 정치는 불안정했고, 교회의 권력도 예전 같지 않았다. 그 틈에 이탈리아의 도시국가들이 번성하면서 고대 로마제국의 유물에 관심이 쏠렸다. 이탈리아의 지식인들은 다신교 시대의 문화를 재발견하고 재해석하는 과정에서 로마 교황청과 적당히 타협했다. 그림과 조각에서 고대 그리스·로마 신화의 주제를 과감히 표현하되 기독교 관점에서도 눈감아줄 수 있는 타협안이 나왔다. 그런 점에서 보티첼리의 〈프리마베라〉(봄)나 〈베누스의 탄생〉은 학생들의 흥미를 끌기에 충분한 사례다.

물론 피렌체의 상인들이 밀라노의 침략을 막고 싶은 염원을 담아 미켈란젤로의 〈다비드〉상을 주문했다는 설명도 빼놓지 않았다. 〈다비드〉상은 지금 피렌체의 아카데미아 미술관에 있으며, 그 대신 베키오 궁 앞에서 모조품이 비바람과 햇볕을 고스란히 맞고 있다. 미켈란젤로는 구약성경 사무엘서에서 다윗이 골리앗을 무찌른 얘기를 따다가 5미터가 넘는 다윗 상을 제작했다. "스물여섯 살에 시작해서 3년 걸렸어요. 여러분이 임용고시에 붙고 교사가 될 만한 나이겠지요. 군에 가지 않는 사람이라면 더 빨리 교사가 되겠지만요. 미켈란젤로는 열여덟 살에 〈피에타〉상을 제작했죠. 그렇다고 너무 기죽지는 마세요."

미켈란젤로는 다윗의 얼굴에 결전 직전의 불안하고 처연한 감정과 반드시 골리앗을 쓰러뜨리겠다는 각오를 표현했다. 코를 중심으로 양쪽 표정이 다르다. 르네상스 시대 천재들은 인체의 구조와 심리도 잘 표현했다. 그가 골리앗상을 제작하겠다고 결심했으면, 대리석재를 찾기도 힘들었을 것이다. 다윗이 아기처럼 보일 만큼 큰 골리앗은 놋 투구에 57킬로그램이나 되는 비늘갑옷을 입고, 놋으로 만든 각반도 두르고, 창날만 거의 7킬로그램인 창을 어깨에 멘 거인이었다. 피렌체 시정부는 호시탐탐 침략하려는 북방의 밀라노를 골리앗으로 생각하고 다윗이 막아주기를 기대했다.

골리앗이 다윗에게 "막대기를 들고 내 앞에 서다니, 나를 개 취급하느냐?"고 말한 것으로 보아, 이미 심리전에서 졌음을 알 수 있다. 집단으로 다니는 깡패 개들이 사람들을 '개롭히는' 경우는 비유로 많이 들어봤지만, 개가 사납다 한들 사람에게 이기는 개가 있을까? 게다가 골리앗은 막대기만 보고 투석기를 보지 못했으니 영계를 떠돌면서도 자신이 진 이유를 모른 채 단지 전광석화에 쓰러졌다고 생각할 것이다. 그래도 그는 적이 누군지는 알고 죽었다. 세상에는 적이 누군지 모른 채 죽는 사람이 좀 많은가.

갑자기 자기가 왜 죽었는지 모르는 영혼에 대한 이야기

가 생각난다. 매죽헌 성삼문은 죽기 전에 "황천길에는 주막도 없는데 오늘밤 뉘 집에서 묵을꼬"라고 했지만, 그가 가보기 전이라 몰랐을 뿐, 황천길에도 주막이 있었다. 황천 호프에 두 사람이 거의 동시에 도착했다. 주모가 물었다. "보아하니 아직 창창한데, 어떻게 여기까지 왔수?" "글쎄, 전선주에 오줌 누고 가는데 하늘에서 무엇이 떨어져 깔려 죽었어요. 날벼락을 맞았죠." 조금 늦게 도착한 사람이 말했다. "아, 당신이 그 사람이군. 미안하오. 마누라가 어떤 놈하고 자고 있다는 얘기를 듣고 급습했는데, 놈이 보이지 않아서 두리번거리다 창밖을 봤어요. 마침 당신이 바지 앞춤을 올리면서 가기에 홧김에 냉장고를 집어던졌어요. 그러고 나서 죄책감에 자살했어요. 미안합니다." "그래, 내가 범인이 아닌 것은 알겠어요?" 오줌 누기 전에 죽었다면 해방감도 느끼지 못한 채 더 불행했을 젊은이는 너그럽게 속세의 원한을 씻어버렸다. 잠시 후에 또 한 사람이 왔다. "난, 유부녀와 잠자다가 남편이 온다는 소리를 듣고 급히 냉장고에 숨었어요." 냉장고에 숨었다가 죽는 것과 오줌 누고서 죽는 것은 너무 억울하다. 막상 누가 자기를 죽였는지 모르니까. 그러나 하늘 향해 솟은 오피스텔 창밖으로 발가벗은 채 도망쳐 실외기를 붙잡고 버티다가 추락사한 종교인은 제 손으로 자신을 버렸다. 성경에 그른 말이 없다. 유부녀를 탐하면 반드시 벌 받는다.

온교수는 골리앗이 진 결정적 이유를 다른 데서 찾았다. 골리앗은 할례를 받지 않았다. 바알 신보다 추종자가 훨씬 적었던 여호와가 권능을 드러내는 과정에서 골리앗이 이교도이니 무사할 리가 없지. 성경이 소수민족의 투쟁사이고, 소수민족을 앞세워 여호와의 권능을 증명하는 기록이니 다윗보다 덩치가 열 배도 넘는 괴물이라 해도 쓰러뜨리지 못할 바 없다. 일단 한 놈만 패면 나머지는 알아서 기게 마련이지. 먼 훗날 로마 관헌이었던 사울이 기독교로 개종하고 이름도 바울로 고친 뒤 중요한 규제를 풀어주었다. 할례를 받지 않더라도 기독교도가 될 수 있다. 골리앗이 바울의 규제완화 이후에 태어났다면 기독교도가 되었을 것이며, 로마제국 총독의 폭정에 맞서서 팔레스티나 지방을 독립시켰을 것이다.

온교수는 할례와 연관검색어로 루이 16세가 생각나 예전에 미뤄두었던 얘기를 할 때라고 생각했다. "루이 15세나 그의 아들 루이 드 프랑스가 베리 공작 루이 오귀스트 드 프랑스의 신체에 조금만 일찍 신경을 써주었다면 좋았을 텐데." 학생들은 늘 이름 때문에 서양사를 싫어한다. "족보는 간단한데 이름 때문에 헷갈리죠?" 아무튼 루이 드 프랑스는 1765년에 죽었고, 그의 아들인 루이 오귀스트 드 프랑스가 왕세자가 되었다. 왕세자는 열여섯 살인 1770년에 두 살 아래 신부와 결혼했고 1778년에야 첫딸을 얻었다. 7년 동안 세간에서는 신랑이 성불구라는 소문이 파다했다.

오스트리아 궁궐에서는 마리아 테레지아 황제가 한 달에 한 번씩 편지로 딸의 행동을 원격 조정했는데, 마리 앙투아네트는 달거리를 언제 하는지 보고했다. 황제는 베르사유 궁에 파견한 대사 메르시 아르장토의 보고를 받고, 딸의 편지를 종합해서 예쁜 딸이 아직도 첫날밤을 제대로 치르지 못했다고 안타까워했다. 왕비가 아들을 낳아 왕조를 순조롭게 이어나가는 역할을 해야 할 텐데, 첫날밤도 제대로 치르지 못했으니, 어머니 마음은 어떻겠는지. 모처럼 프랑스와 오스트리아가 적대관계를 청산하고 정략결혼으로 동맹관계를 다졌는데, 왕비가 아기를 낳지 못하다니. 사위의 취미는 열쇠 만들기라던데, 마누라의 몸도 열지 못하다니. 왕세자의 연년생 동생 둘은 진작 결혼했고, 루이 16세의 아들이 태어나지 않는 한 왕위계승권을 다투는 경쟁자였다. 더욱이 둘째 동생 아르투아 백작인 샤를 필리프는 1773년에 결혼하고 1775년에 아들 앙굴렘 공작 루이 앙투안을 보았다.

마리 앙투아네트가 '사랑의 묘약'을 썼는지, 제조법을 몰랐는지, 알 길이 없다. 중세 초 프랑크족은 신혼 시절에 '꿀술'을 마시면 강장효과가 있다고 믿었다. '허니문'의 유래다. 마른 장미꽃에 꿀을 부어 발효시켜 마시는 묘약이 발달했다. 조금 복잡한 향을 내려면 장미·제비꽃·산사나무를 섞기도 했다. 밀가루·오디·무화과 잎을 섞고 짓이겨서 만든 환이나 달인 물을 상대에게 먹이면 마음대로 부릴 수 있었다. 강장 성분이 있는 계피, 만드라고라(맨드레이크) 같은 약초를 써서 남성의 기운을 되살리기도 했다. 12세기에 아일하르트 폰 오베르크의 『트리스탄』에도 부부의 금슬을 좋게 만드는 탕약 얘기가 나오니까 독일계 대공녀로 성장한 마리 앙투아네트가 어떻게든 알았을 가능성이 있다. 직접 찾아봐서 아는 지식이 몇 개나 되는가? 사랑의 묘약이 주술과 엮이면 살인도 일어났다. 머리뼈를 갈아서 만든 약을 가지고 여성을 마음대로 지배하려는 정신병 살인자도 있었다. 한편 애교로 봐줄 만한 민간요법도 있었다. 거웃이나 경혈을 법제한 뒤 만드라고라 같은 식물과 섞어서 상대방에게 몰래 먹이면 사랑의 주문을 걸 수 있다고 믿었다.

1774년 5월 10일 오후 2시, "왕은 죽었다. 왕 만세!"를 공식 선언함으로써 루이 15세가 죽는 즉시 왕세자는 루이 16세로 헌정을 이어갔다. 그가 왕이 된 뒤에도 아기가 생기지 않자 신성로마제국 황제이며 마리 앙투아네트의 오빠인 요제프 2세는 프랑스를 방문해서 동생과 매제를 만나기로 결심했다. 1777년 봄에 그는 번거로운 의전을 피하려고 로렌 지방의 영주인 팔켄슈타인 백작 신분으로 여행했다. 그는 매제와 얘기하다가 신체적 결함을 알고 진지하게 조언했다. 루이 16세는 유대교도로 태어났다면 별문제 없이 마리 앙투아네트와 첫날밤을 즐겁게 보냈을 텐데, 1715년에 왕이 된 할배 루이 15세가 마담 드 퐁파두르를 먼저 보내고 외로움에 몸부림칠 때, 아버지 루이 드 프랑스가 1765년에 죽었기 때문에 루이 오귀스트는 열한 살에 뜻하지 않게 왕세자로 승격했다. 미성년자가 부모를 차례로 여의는 동안 할배 루이 15세는 새로운 여자를 맞이해 그동안 꺼뜨릴 뻔한 욕정을 되살렸다.

루이 15세는 마담 뒤바리의 능란한 기술에 흐물흐물 녹으면서 도끼자루 썩는 줄도 몰랐다. 그는 뒤바리와 황홀한 밤을 보내고 이튿날 아침 시종장 르벨에게 '홍콩 갔다 왔다'고 얘기했다. 르벨은 담담하게 말했다. "전하께옵서 논다니 집에 가보신 적이 없기 때문이겠지요." 가봤다면 더 훌륭한 도구와 기술을 접했을 테니까 뒤바리 정도의 기술에 너무 놀라지 말라는 뜻이다. 어떻게 알았지? 뒤바리는 당대의 가장 유명한 포주인 구르당 부인의 집에서 온갖 기술을 익혔다. 구르당 부인은 보베르니에(훗날 마담 뒤바리)를 특수 세정액으로 씻긴 뒤 어리숙한 손님에게 처녀라고 안겼다. 구르당 부인이 같은 기술을 써서 두세 번이나 부당이득을 챙겼으니 보베르니에의 실력과 순진한 연기력도 인정해줄 만했다. 루이 15세는 마담 뒤바리를 정실로 맞이할까 마음먹을 정도로 푹 빠졌다.

이 무슨 하이퍼텍스트인가. 연관검색어가 줄줄이 나와

서 걷잡을 수 없다. 할례에 집중하자. 그사이 루이 오귀스트는 결혼했고, 왕이 되었으며, 자식을 두지 못해 성불구라는 조롱거리가 되었다. 루이 16세는 진성 포경이었나 보다. 발기하면 아픈데, 어떻게 합을 맞추겠는가. 그는 팔켄슈타인 백작의 권고를 받아들여 간단히 포경수술을 하고 나서 마리 앙투아네트를 기쁘게 해주었다. 마리 앙투아네트는 어머니께 "마침내 결혼을 완전히 성사시켰습니다"라고 편지를 썼다. 황제 마리아 테레지아는 양국의 동맹관계를 유지할 수 있게 만들어준 딸을 칭찬했다. 1778년 12월 19일에 마리 앙투아네트는 당시 관행대로 여러 사람이 지켜보는 앞에서 첫딸을 낳았다. 보지 않고 믿으면 진복자지만, 왕실에서는 출산을 직접 봐야 후계자의 정통성을 믿었다.

의심쟁이 토마가 예수의 오른쪽 옆구리 상처를 헤집고 확인하듯, 그날 마리 앙투아네트가 출산하는 장면을 보려는 사람들이 하도 많아 어떤 이는 창틀에 올라서서 모든 과정을 지켜보았다. 스물세 살의 산모가 아기를 낳는 과정을 함께 숨죽이며 보았고, 산파가 아기를 쳐들자 모두가 환호했다. 루이 16세가 사자성어를 알았다면 내조지공內助之功, 내아내덕(내자지덕內子之德)을 외쳤을 것이다. 그러나 조선에 세종대왕 이도라는 분이 아들만 열여덟에 딸도 넷 이상 얻으시느라 구두수선龜頭修繕을 받을 만큼 고생하시면서도 오늘날 세계인이 칭송하는 훈민정음을 창제하셨다는 말을 들었다면 겨우 딸 하나 얻은 루이는 동쪽을 향해 머리를 숙였으리라.

온교수는 골리앗이 비뇨기과 의사들에게 좋은 사업거리를 제공한다는 사실을 굳이 말하지 않기로 했다. 루이 16세의 가슴 아픈 얘기를 들었는지 어쨌는지는 알 수 없으나, 대한민국의 젊은 부모 가운데 아가들의 짱짱한 미래를 생각해서 본인의 동의를 받지 않고 고추의 표피를 잘라달라고 의사에게 부탁하는 사례가 많은데 무슨 걱정인가. 그러나 아가가 성장한 뒤 독학으로 『효경』을 공부하다가 자기 의지와 상관없이 신체 일부를 감히 훼상한 부모나 의사에게 책임을 물을 수 있는지, 인권의 문제이기 때문에 궁금하다. 부모가 유산을 흡족하게 주지 않을 경우, 신체적·정신적 피해보상을 요구하는 소송을 할지 모른다.

할례 얘기를 길게 하다 보니 미켈란젤로의 〈다비드〉상의 고추가 생각나서 다시 르네상스 시대로 돌아갈 수 있었다. 보티첼리는 미켈란젤로보다 30년, 레오나르도 다빈치보다 7년 먼저 태어났다. 세종대왕께서 정음 스물여덟 자를 만드신 지 이태 뒤에 태어난 그는 메디치 가문과 교회의 주문을 받아 활발히 활동했다. 1475년에 산타마리아 노벨라 바실리카의 예배당에 걸었던 〈동방박사의 경배〉에는 메디치 가문의 인물들을 그려 영원한 영광을 부여했다. 그처럼 그는 후원자의 은혜에 보답하는 방법을 잘 알았다. 자신의 모습도 오른편 구석에 집어넣었다. 마태복음서에 실린 예수 탄생에 관한 이야기를 당대의 피렌체 지배자 가문을 기리는 소재로 써먹었다. 미켈란젤로가 태어난 해에 그린 이 그림은 지금 우피치 미술관에 걸려 있다. 자신을 영원히 기억하게 하는 방법은 여러 가지다. 가장 돋보이는 방법을 쓴 사람은 화가였다. 보티첼리, 다빈치, 미켈란젤로, 벨라스케스, 렘브란트 같은 사람들은 남을 찬미하는 그림에 자기 얼굴을 슬쩍 끼워 넣거나 자화상을 그려서 후세에 남겼다.

재능이 없는 사람으로 영원히 유명해지는 방법은 범죄자가 되는 것이다. 물론 범죄를 예술의 경지로 승화시킨 권력자가 있었고, 들킬 때까지, 들킨 뒤에도 오리발을 내밀어 예술을 완성시킨 자의 얘기는 여기서 꺼내지 말기로 하자. 오리발 이름이 '뼛속까지 정직'이던가? 21세기에 들어서 노무현 정부와 이명박 정부의 교체기에 숭례문에 불을 지른 사람은 토지보상문제를 널리 알리려고 몇 년 전에 창경궁에도 불을 지른 전과자였다. 한 번 했는데 두 번이라고 못할까? 2,400년이나 앞서 터키의 에페소스에서는 방화범이 고대 7대 불가사의에 속한 아르테미스 신전에 불을 질렀다. 헤로스트라토스는 토지보상문제가 아니라 순전히 이름을 영원히 남기고 싶었기 때문에 불을 질렀고, 소원대로 역사책과 여행안내서, 그리고 인터넷 백과사전에 영원히 이름을 박아 넣었다. 우리는 유명해지는 방법으로 창조와 파괴를 분류하고, 특히 파괴로 유명해지는 전쟁광·테러리스트·폭군·방화범·살인자를 되도록 사회에서 격리시킨다.

화가들은 먹고살려고 그림을 그렸지만, 그들에겐 창조의지가 파괴의지보다 더 강했다. 누군가 창조는 기존의 틀을 파괴하는 것이 아니냐, 파괴는 창조와 짝이 아니냐고 되물을지 모른다. 일리 있는 얘기겠으나, 온교수는 한 가지 해석이 기존 해석을 완전히 파괴하는 예를 찾을 수 없었다. 흔히 "이번 토론에서 상대방을 박살냈다"고 말하는 사람이 완벽한 이론의 창시자가 아니듯, 이른바 '박살난' 사람은 자기 약점을 보완해서 더욱 튼튼하게 만든다. 〈밤샘토론〉이나 〈100분토론〉에서 억지를 부리던 사람이 다음 기회에도 거의 같은 말로 상대를 공격하는 사례를 수없이 보았다.

더욱이 오늘날은 허블 망원경이 100억 년 이전의 빛을 모아 사진으로 보여주는 시대다. 다시 말해 우주 생성부터 그 빛이 허블 망원경에 닿을 때까지 100억 년 이상의 기간에 새로 생기거나 사라진 우주의 먼지·행성·항성의 자취까지 모아서 시각화할 수 있다. 그러나 과학적 지식을 동원해서 성경책의 창조설을 증명하려는 사람들이 있다. 이처럼 새로운 의미를 창출한다고 해서 그전의 의미를 일시에 사라지게 만들지는 않는다. 보티첼리가 그 나름대로 신화를 해석해서 그림을 그렸다면, 기존의 해석에 새로운 해석을 덧붙여 의미를 더욱 풍성하게 만들었음을 기뻐할 일이다.

15세기 후반 피렌체를 지배하던 메디치 가문은 무역업과 은행업으로 돈을 많이 벌었고, 도시 발전을 위해 아낌없이 투자했다. 그들은 고대 미술품·돈·문서를 수집해서 발굴을 적극 후원했고, 미술·조각·건축 분야에 돈을 쏟아부었다. 지배자 로렌초 일 마니피코의 사촌동생 로렌초 디 피에르프란체스는 보티첼리에게 〈프리마베라〉를 주문해서 저택에 걸어놓고 그곳을 드나드는 사람들끼리 즐겼다.

보티첼리가 어떻게 봄소식을 전하는지 살펴보자. 오른쪽의 푸르스름한 제피로스는 겨울 동안 추웠는지 푸르뎅뎅하다. 그러나 꽃의 요정 클로리스에게 봄바람을 불어서 입으로 꽃을 피우게 만든다. 보티첼리는 클로리스가 제피로스에게 납치당해 강간당했다는 얘기를 숨결로 표현했고, 뒤에서 공격을 받은 클로리스의 얼굴에 당혹한 기색을 표현했다. 클로리스의 옆에 갸름한 미인이 서서 치마폭에 담은 꽃을 뿌리려고 준비하고 있다. 꽃의 신 플로라이며 꽃의 도시 피렌체를 상징한다. 클로리스와 플로라는 동일한 존재다. 르네상스 시대에는 동일한 존재를 한 장면에 같이 그렸다. 몇 가지 이야기가 한 폭에 공존한다. 클로리스는 제피로스의 품에서 나와 플로라가 되어 봄소식을 전할 준비를 한다. 피렌체는 곧 봄소식, 희소식을 들을 것이다.

한복판에 베누스가 서 있다. 배가 부른 베누스를 보면

아기를 뱄다는 뜻인지 모르겠으나, 그림에서 보는 모든 존재의 배를 보면 둥글기 때문에 보티첼리가 여성의 몸을 표현하는 방식이라고 볼 수 있다. 그 시대의 그림에서 오늘날 배우나 모델처럼 날씬한 여성을 기대하기는 어렵다. 하늘에는 큐피드가 눈을 가린 채 세 여성에게 화살을 겨누고 있다. 세 여성은 미·덕·정절을 상징한다. 클로리스와 세 여성은 훤히 비치는 옷으로 신체를 감싸지만 아슬아슬하게 속살을 노출시킨다. 게다가 세 여성 가운데 왼쪽 여성은 속곳을 입었다. 속곳이 정절을 뜻하는 표시라면, 엉덩이를 보여주는 여성이 미, 오른쪽 여성이 덕이라고 추측해본다. 세 여성이 옷자락을 나부끼면서 손을 모으고 발꿈치를 들고 있는 것으로 봐서 춤을 추고 있다. 왼쪽에는 하늘의 전령傳令인 메르쿠리우스가 오렌지 과수원에서 심심한 듯 하늘을 가리킨다. 어서 명령을 내려달라는 표정일까? 봄은 탄생을 뜻하고, 그림 중앙의 베누스는 예수를 낳기 직전의 성모 마리아로 볼 수 있다. 봄이 왔는데 완전한 봄이 아니듯, 봄이 오기 직전의 정적이 느껴진다. 성령으로 아기를 낳는 순간 메르쿠리우스는 좋은 소식을 세상에 전하러 날개 달린 신발이 닳도록 뛸 것이다. 보티첼리는 고대 다신교의 신화를 기독교의 예수 탄생 이야기와 교묘히 접합시켰다.

보티첼리가 〈베누스의 탄생〉과 거의 같은 시기에 그린 〈베누스와 마르스〉를 보면 자연스럽게 즐거운 상상의 세계로 빠진다. 왼편에 베누스가 새침한 표정으로 앉아 있는데, 옷차림은 조금도 흐트러지지 않았다. 그는 맞은편에서 알몸에 수건으로 치부를 가린 채 깊이 잠든 마르스를 지켜본다. 귀여운 사티로스 하나는 마르스의 투구를 쓰고 두 팔로 창의 손잡이를 잡고 있고, 다른 하나는 창 중간에서 투구 쓴 동무를 돌아보며 웃고, 창끝의 사티로스는 마르스의 귀에 대고 고동을 힘껏 분다. 미동도 하지 않고 자는 마르스의 갑옷에서 장난기 어린 표정의 사티로스가 얼굴을 내밀고 있다. 학자들의 생각대로 신혼부부의 침실에 걸려고 주문한 그림이라면, 신부에게는 달갑지 않은 내용이다. 첫날밤부터 신랑이 신부를 놔둔 채 무장을 해제하자마자 코를 골고 잔다면 신부의 한숨으로 가정사의 첫 장을 메울 것이다. 합환주 한 잔도 못 이긴단 말인가?

금요일 밤인가? 금성 베누스의 밤은 유달리 여성의 기운이 세기 때문에 화성 마르스는 미약하다. 누구를 위한 '불금'인가? 짝이 없는 사람에게는 불금이 '19금禁'이 아니라 '20토土'의 전날일 뿐이다. 남녀가 화끈하게 보내는 불금이어야 성인용 '19금'이겠지만, 바쿠스의 졸개들인 사티로스들만 신나게 노는 밤이다. 사티로스는 음탕한 녀석들인데, 정절을 지키는 베누스 곁에서 노는 사티로스는 아직 음탕을 모르는 장난꾸러기들이다. 어린 사티로스들의 천진한 표정과 베누스의 새침한 얼굴을 보면, 필시 간밤에 마르스

는 "식구끼리 그러는 거 아냐! 집에서는 좀 쉬자!"라고 선언
하고 곯아떨어진 듯. 사티로스는 음탕하게 성장하고 싶은
지 베누스를 대신해서 마르스를 깨운다. 마르스가 깨어나
야 바쿠스 축제처럼 질탕한 밤의 향연을 시작할 테니. 그래
야 신화처럼 베누스가 쿠피도를 낳고, 사티로스도 음탕한
역할을 하게 될 것이다. 마르스가 "밤이 너무너무 무서워~"
라는 잠꼬대만 하지 말기를.

베누스는 태어날 때부터 성숙했고 눈부셨으며 성적으로
많은 얘기를 하고 있었다. 보티첼리는 129인치짜리, 물론
대각선이다, 대형 스크린에 베누스 탄생 신화를 담았다. 대
각선을 강조하는 이유가 있다. 소송을 좋아하는 한 미국인
이 '쌤숭' 텔레비전을 사서 설치한 뒤 물건을 속아서 샀다는
불만을 접수했다. 쌤숭이 포장에 쓴 치수보다 실제 치수가
작다는 내용이었다. 알고 보니 그는 가로 길이를 쟀다. 다시
본류로 돌아가자. 크로노스가 아버지 우라노스의 생식기
를 잘라서 바다에 버렸는데, 피인지 정액인지 바닷물의 미
네랄과 화학반응을 일으켜 베누스를 만들었다는 얘기다.
이러한 얘기를 만드는 사람들도 심심한 줄 몰랐을 테지만,
우리에게 그림까지 그려서 전하는 보티첼리도 심심한 날은
없었으리라.

베누스 탄생 신화를 표현한 그림은 많고, 대체로 베누스
를 조가비에 눕혀놓았는데, 보티첼리는 〈베누스의 탄생〉에

서 베누스를 우뚝 세워놓았다. 서핑계의 원조다. 벤허가 갤리선의 노를 힘껏 젓는 동안 로마사령관이 수상스키를 즐겼다는 설은 들어봤어도, 서핑하는 베누스 얘기를 해준 미술학자는 없었으니 이렇게 산뜻한 해석이 어디 있으랴. 우리나라에는 푸른 하늘 은하수에 하얀 반달이 돛대도 아니달고 삿대도 없이 서쪽 나라로 떠가는데, 지중해에는 돛대도 없고 삿대도 없이 조가비를 탄 베누스가 둥실 떠서 동쪽 끝에 있는 키프로스 섬까지 간다. 키프로스는 거품을 뜻한다. 온교수는 '돛 없는 서핑planche à sans-voile'이라는 말을 만들어내면서 돛(부알voile)이 아니라 털(푸알poil)을 생각하고 씩 웃었다. '베누스와 함께 서핑을'이라는 앱을 개발하는 이는 온세상 교수의 이름으로 저작권의 일부를 헐벗은 사람을 위해 기부해주기 바란다. 늘 꿈꾸는, 꿈꾸려는 자에게 떠오르는 메타버스metaverse적 영감이다.

하루 종일 햇볕을 받아 따뜻한 서쪽 나라에 사는 바람의 이름은 제피로스. 그의 숨은 언제나 따뜻하다. 〈프리마베라〉에서 겨울 동안 체온이 내려간 그는 클로리스의 성감대에 숨을 불어 넣었다. 〈베누스의 탄생〉에서는 그가 클로리스를 옆에 끼고 베누스가 탄생한 바다로 날아갔다. 그는 베누스의 조가비를 동쪽으로 보내려고 힘껏 바람을 분다. 베누스는 서핑의 천재라서 조금도 흐트러지지 않은 채 보는 이의 눈에서 하트가 뿅뿅 나오게 만든다. 심지어 오른발을 살짝 들고 완벽하게 균형을 잡는다. 서핑 시 짝다리 짚으면 가산점! 어머니 자궁에서 태어나지도 않았는데 배꼽도 있다. 갓 태어난 아기가 폭풍 성장하고 성적 암호로 도발하고 있으니 인간으로 치면 '인생 2회차 이상' 인정! 게다가 20세기에 태어날 줄리아 로버츠를 15세기에 벌써 베누스의 모델로 쓴 보티첼리의 예지력에 혀를 내두른다.

제피로스는 베누스를 섬까지 무사히 보내느라고 얼굴이 벌겋다. 이 무슨 헌신인가? 아니 클로리스는 헌신짝인가? 뭍에서는 플로라가 베누스에게 입힐 옷을 들고 기다린다. 베누스의 양손은 정숙하게 가슴과 생식기를 가리고 있지만, 보는 이는 오히려 손으로 가린 두 곳을 더 보고 싶다. 베누스가 왼손으로 말아 쥔 머리칼 모양으로 보아 틀림없이 자궁 입구다. 보티첼리는 자신의 의도를 읽어주길 바랐다. 제피로스의 숨이 향하는 궁극적인 곳을 보려면 자를 대보라. 굳이 자를 대지 않더라도 바둑의 축머리를 계산할 줄 아는 사람은 그의 숨이 살집 많은 베누스의 배를 지나 뭍에 있는 플로라의 자궁으로 들어간다는 사실을 예상하리라.

그것으로 끝이 아니다. 베누스의 머리카락은 바람에 날리면서 플로라가 들고 있는 옷에 닿을 듯하다. 옷 모양은 하필이면 베누스가 생식기를 가린 머리칼 모양과 같다. 베누스는 헤르메스와 사랑해서 헤르마프로디테를 낳았다. 우리는 이런 경우 어지자지(남녀추니)라 부른다. 제기를 차는 방식에는 한쪽 발로 찰 때마다 발을 땅에 대야 하는 땅강아지, 한쪽 발을 땅에 대지 않고 연속해서 차는 헐랭이와 함께 양발로 번갈아 차는 어지자지가 있는데, 무슨 관계가 있는지 모르겠다. 베누스의 머리칼이 플로라가 들고 있는 옷으로 만든 생식기를 간질이는 모습을 보노라면 루브르 박물관에서 푹신한 침대 위에 엎드려 잠든 조각상 〈헤르마프로디테 앙도르미〉가 생각난다.

바람은 생명이다. 바람이 생기는 순간과 장소는 신비하다. 바람이 불면서 바닷물과 민물이 뒤섞이고 생명이 뛴다. 모든 물이 바다로 들어가 하나가 되니 일즉일체다즉일一卽一切多卽一이다. 바람은 어디서 생겨 어디로 가는가. 바람을 맞는 몸뚱이여, 말해보라. 메타버스에 바람이 이는가? 거울 속에 바람이 이는가? 바람을 잡고 있는 것은 무엇인가? 바람과 함께 있다가 홀연히 사라진 것은 무엇인가? 바람이 일기 전부터 있고 바람이 잦은 뒤에도 있는 것, 항상 있는 그것이 알고 싶다.

아카시 꽃향기에
하늘을 보다

예비군 훈련에 가면 옛날에 헤어진 사람들이 조심스럽게 통성명을 하면서 어느 초등학교, 어느 중학교, 어느 부대 출신이냐고 묻는 경우가 많다. 자기의 최종학력과 관련한 질문이 대부분인데, 재미난 것은 어느 유치원 동창은 없다는 점이다. 온교수 세대에는 유치원 출신이 거의 없었고, 초등학교도 국민학교라 불렀다. 온세상은 그렇게 해서 청소년기의 친구를 되찾았다. 국민학생 때 보고 처음 만났지만 따지다 보니 같은 학교 출신이었다. 논산 수용연대, 우스갯소리로 연대 논산 캠퍼스 동문이다.

온세상이 입대하던 날, 베트남에 갔다가 무사히 귀환한 친구, 전방 수색부대 출신의 친구가 그를 배웅했다. 온세상이 왕십리의 한 학교 운동장에 모여 기차를 타러 갈 때까지 친구들은 자신이 겪은 군생활을 그의 미래에 투영하면서 우울한 표정으로 지켜보고 있었다. 외아들이었던 한 친구는 부모님께 동생을 낳아달라고 해도 안 되는 줄 알고 동사무소에 부탁해서 얻은 가상의 동생에게 부모님을 맡기고 거의 막차로 베트남으로 떠났다. 당시 잘나가던 가수가 멀쩡한 동생을 잠시 없애고 독자가 된 뒤에 군복무를 피했다가 물의를 빚은 일이 있었는데, 그 친구는 위험한 곳으로 가고 싶어 동생을 창조했다. 그는 우리나라 군인들이 베트남의 정글을 누비면서 얼마나 용감하고 잔인했는지 암시하는 편지를 가끔 보냈다. 또 당시 미군과 한국군이면 들어봤고 겪어봤을 법한 이야기를 보내주었다. 다만 어디까지가 사실이고 아닌지 확인하기는 어렵다.

온세상을 태운 기차는 느릿느릿 움직였다. 왕십리에서 연무까지 가는 동안 얼마나 많이 섰는지 모르겠다. 서는 곳마다 신병을 태운다는 사실을 당시에 알 만한 신병이 어디 있었을까? 더욱이 옛날 친구들이 군에 갈 때만 해도 열차에 타자마자 '대가리 박아!'라는 구령과 함께 바깥세상과 이별한 뒤, 사방에서 들리는 퍽퍽 소리에 간이 콩알만 해지고 악을 쓰며 노래하면서 수용연대까지 끌려갔다고 들었다. 온세상은 평소에 들은 풍월로 치면 입영 3~4회차 정도로 아는 것이 많았지만 실제로 첫 경험이라서 바지에 오줌을 지릴 만큼 긴장했다. 시계가 없어서 몇 시였는지는 모르겠으나 마침내 종착역에 도착해서 내리니 깜깜해서 방향을 분간하기 어려웠다. 낮에 받은 건빵 봉지와 개인 물건이 든 가방을 들고 몇 줄로 서서 방향도 모른 채 조교들의 구령소리에 발맞추면서 걷고 또 걸었다. 길가에 아이들이 나와서 "아저씨, 건빵"을 외치는 소리를 귀가 아프게 들었지만, 조교들이 함부로 건빵을 주면 안 된다고 열차에서 단속했기 때문에 주고 싶어도 주지 못하고 숙소에 도착했다. 수없이 앉았다 일어섰다를 반복하면서 인원파악을 한 뒤에 내무반을 배정했다. 군대에서는 줄을 잘 서야 한다던데, 수용연대에서는 별로 소용이 없었던 것 같다. 물론 친한 친구와 같이 다닐 확률은 옆으로 나란히보다 앞뒤로 나란히가 높았지만 남보다 늦게 입영하다 보니 딱히 친구도 없었다.

열차에서 지급받은 건빵을 한두 알 입에 넣었지만 물도 없이, 더욱이 점심도 제대로 먹지 않고 물도 마시지 못한 채 몇 시간이 흘렀으니 삼키기 어려웠다. 마침 별사탕이 작은 봉지에 들어 있어서 달달한 맛을 즐겼다. 군생활에 적응하고 건빵 맛을 알게 되었을 때쯤 별사탕이 특별한 임무를 띠고 건빵 사이에 잠입했다는 설을 들었다. 왕성한 장정들의 성욕을 감퇴시키는 처방이라나 뭐라나. 특수하고 희귀한 병으로 병역을 면제받은 국무총리 출신이 "건빵 맛이 여전하다"고 해서 사람들을 놀라게 한 적이 있다. 예전에 국방부 건빵을 먹어봤다는 얘긴지, 도로가 막힐 때 사 먹은 사제 건빵 얘기인지 모르겠지만 별사탕 얘기가 없어서 조금 아쉬웠다. 아무튼 열차에 탔던 장정 대부분이 건빵을 고스란히 남겼다. 연무읍에서 신병이 이동하는 길 주변에 사는 사람들은 그 사실을 훤히 알고 그들을 기다렸다. 길가의 주민

가운데 운 좋게 건빵을 얻어먹은 사람들도 있겠지.

이튿날 신체검사에 다녀와 보니 개인 물품 보관대에 넣어둔 건빵이 사라졌다. 기간병들이 싹 쓸어갔다. 군수물자는 민간인보다 군인이 소비해야 한다. 그리고 아직 사회 물을 완전히 빼지 못한 신병이 목으로 넘기지 못한 건빵을 그들의 선배인 기간병들이 맛있게 먹어준 것은 좋은 교훈이다. 앞으로 장정들도 비상식량인 건빵을 간식거리로 즐길 날이 있으리라. 아무리 그렇대도 훔치면 나쁘지. 자잘한 물건을 훔치는 방법을 배워야 하는 것이 군대의 질서를 유지하는 방법이었다니. 기간병들은 장정들에게 무엇을 분실하면 '딸라'로 사야 한다고 겁주었다. 기껏해야 소모품인데. 잃어버리면 무슨 수를 써서라도 보충해야 한다. 군대에서 '딸라'를 구하려면 부모님 논밭을 팔아야 한다고 겁주니 엉덩이가 로켓 똥구멍처럼 화끈해지지 않으려면 훔쳐야 한다. 분실물은 돌려막기 신공으로 채웠으니, 어차피 입영 후 몸뚱이도 관물이 되었고 인격도 잃었는데 무슨 짓인들 못하랴! 온세상은 문득 1960년대 말에 제대한 친구들이 군에서 부르던 노래가 생각나서 인터넷을 뒤져보았더니, 세상에! 그 노래가 있었다. 인터넷 세상에는 실로 없는 것이 없다. 심지어 영관급 장교부터 병사까지 계급별로 나랏돈 축내는 노래 가사까지 찾을 수 있다니! 장엄한 화엄의 세계가 바로 인터넷 세상이다.

수용연대는 그 나름의 무질서를 질서라고 주장하는 곳이었다. 하룻밤 자고 일어나면 신체검사를 받고 교육대로 넘어가는 날까지 누구에게 붙잡혀 사역을 하러 다닐지 모르며, 용케 어려운 사역을 피했다고 해도 다른 곳으로 끌려가지 않을 방법은 없었다. 그래서 일은 쉽지만 툭하면 얻어터지고 풀려나는 일도 있었다. 사회에서 노래를 부르거나 재주가 있다고 소문난 장정은 일찌감치 따로 불려갔다. 그는 하루 종일 모처에 가서 놀다가 나타났다. 대부분은 신체검사를 받은 뒤 며칠 동안 내무반에서 끌려 나갔다가 내무반으로 무사히 돌아오면 다행이었다. 그럭저럭 일주일을 보낸 뒤에 신병교육대를 배정받고 수용연대를 벗어났다. 신체검사를 끝마친 뒤 귀향 사유가 없으면, 군복을 지급받고 집에서 입고 간 옷과 바꿔 입었다. 집에서 입고 간 옷을 누런 종이봉투에 담아 집주소를 쓸 때, 집에서는 그 소포를 받을 때, 시차를 두고 아들과 부모의 마음은 하나가 된다.

온세상은 훈련병이 되어 내무반에 들어가 침상 끝에 정렬하고 앉았다. 중대장과 내무반장들이 들어왔다. 훈련병들은 바짝 긴장했는데, 온세상은 자기도 모르게 웃다가 중대장 앞에 불려 나갔다. "훈련병이 중대장을 보고 웃음이 나오나?" "아는 분인 줄 알고 그랬습니다, 시정하겠습니다." 우렁차게 이유를 댔는데, 중대장도 온세상의 얼굴을 알아보았는지 지휘봉으로 배를 쿡쿡 찌르면서 들어가라고 했다.

다음 날부터 다른 내무반장들이 온세상에게 어떻게 아는 사이인지 물었고, 온세상은 잘못 보았다고 둘러댔다. 그러나 그들은 속지 않았다. 나이도 많았고, 병적기록부를 보면 대충 견적이 나오기 때문이다. 중대장과 훈병은 대학동창이었다.

어느 날 밤에 누군가 온세상을 깨우더니 한적한 곳으로 데려갔다. 상병인데 자기 사수가 온세상과 대학동창인 아무개라고 하면서, 그를 보듯이 대해주었다. 중대에서는 기간병들 사이에 "어떻게 상병이 훈련병에게 존대하냐"고 볼멘소리를 했다. 그래도 박상병은 아랑곳하지 않고 진심으로 대해주었다. 온교수는 언젠가 그를 만나면 고맙다는 인사를 찐하게 하겠다고 벼른다. 박상병은 매점에서 일했는데, 몰래 면세맥주도 한잔 따라주었고, 밥맛 없을 때 먹으라고 조미료도 주었다. 그리고 중대장이 어느 날 온세상을 따로 불렀다. 둘이 있는 자리에서 그는 어려운 일이 있으면 알려달라고 했다. 그는 온세상이 자대 배치를 받고 떠나면 한 달 안으로 전역할 예정이었다. 온세상은 고맙지만 딱히 부탁할 일은 없다고 말하고 내무반으로 돌아갔다.

온세상의 훈련병 시절은 편했다. 내무반장이나 기간병들이 특별하게 훈련병을 괴롭히는 일은 없었다. 친구들이 겪었던 군생활보다 분명히 인권을 더욱 생각하는 쪽으로 개선되었음이 분명했다. 단 한 명, 제법 악명 높은 일병이 있었다. 화장실 담당인데, 늘 거기서 훈련병에게 고무호스를 휘두르면서 오줌을 흘리지 말라고 위협했지만, 온세상에게는 은밀히 부탁을 할 정도로 절망적인 처지였다. 매점에 갚을 외상값 문제를 하소연했지만, 다시 그 문제를 듣지 못했다. 악명 높은 기간병의 횡포가 겨우 그 정도였다는 말이다.

훈련병도 휴일에는 어디로 끌려가 일하게 될지 몰랐다. 당시에는 훈련소장의 관사를 짓는 공사판에 끌려가는 일이 잦았다. 그곳에는 힘든 일도 많았다. 수용연대에서 하수구 공사판에 끌려갔을 때는 공병장교와 기간병이 배수관을 배치하고 시멘트를 비벼 넣는 일을 시켰다. 그들은 점잖았다. 그런데 훈련병 시절 소장 관사를 짓는 일에 끌려가서 아무나 부르면 달려가 시키는 일을 하다가 또 다른 사람이 부르면 달려가야 했다. 특별한 소속 없이 그냥 부르는 대로 잡혀가 시키는 일을 했다. 상관들은 수틀리면 욕설과 구타를 했다. 관사 짓기 작전을 책임진 장교는 D데이까지 목숨 걸고 완수하려고 병사들을 달달 볶았다. 그날 작업모를 잃어버렸다. 다른 내무반장이 뭐라고 화를 냈다. 온세상은 그를 ○하사님이라고 부르면서 작업모를 잃어버린 경위를 설명했다. 그는 "○하사님이 뭐냐, 내무반장님이라고 해"라면서 손가락으로 눈침을 놓았다.

식당에 끌려가고, 잔디 뽑기에 동원되고, 사역하다 쉬는 동안에는 기간병의 다리를 주무르면서 휴일을 보냈다. 기간병은 야비하게 웃으면서 담 밖에는 서울-논산 고속버스가 지나다니니 담만 넘으면 된다고 놀렸다. 그 따위 소리나 들으면서 하루하루 무사히 죽여 나갔다. 그러다가 어느 날 여럿이 땅 파는 작업에 동원되었다. 일제히 같은 속도로 삽질을 해야 하는데, 온세상은 땅에 삽날을 꽂다가 옆자리 훈병의 엇박자 삽날에 오른손 새끼손가락 근처를 다쳤다. 피가 철철 흐르다가 겨우 멈췄다. 그 후에도 상처가 아물지 않은 상태로 계속 훈련을 받으면서 땅에 굴러야 했기 때문에 고름도 났다. 6주를 보내는 동안 점점 먼 곳으로 학과출장을 다녔다. 조교들은 훈련병들에게 오리걸음으로 걸으면서 "꽥꽥" 하라고 시켰고, 낮은 포복, 높은 포복 다양하게 굴리고 기합소리에 악이 없다고 또 굴리면서 목적지까지 딴생각하지 않게 단속하면서 데리고 다녔다. 모든 훈련과정을 무사히 끝내고 퇴교식을 하기 전날부터 고름이 나던 상처가 아물기 시작했다. 모든 것을 고스란히 반납하고 떠나는 군인정신을 몸이 알아서 실천했다고 믿는다.

3월 말에 입대하면 난방장치를 가동하지 않을 때라 내무반이 춥다. 그런데 하루 종일 구르고 뛰다 보니 낮에는 추운 줄 몰랐고, 점점 잘 견디고 적응했다. 배 둘레 살도 많이 빠졌다. 어느 날 정신없이 구보로 뛰어가는데 아카시 꽃향기를 맡았다. 갑자기 '아, 머리 위에는 하늘이 있고, 어김없이 꽃은 피는구나' 하는 생각이 들었다. 훈병 온세상은 로

빈슨 크루소처럼 또는 유소년기 에밀처럼 "나는 살아야 한다"는 말을 생각했고, 새삼 살아 있음에 감사했다. 그런데 그때는 무엇을 깨쳤는지 깨닫지 못했다. 우리 부모로부터 몸을 받아 태어나기 전, 아니 우리 부모가 태어나기 전, 우주가 생기기 전에 첫 바람 불 때의 소식을 들었음을. 몸을 끌고 다니는 것이 모든 것과 일체가 되는 찰나, "동쪽 울타리 밑에서 국화를 따다가 문득 남산을 본다."(도연명)

온교수는 수용연대부터 훈련소까지 6주를 돌이켜보면서 친구들이 체험한 군생활과 전혀 다른 체험을 했다고 생각했다. 친구들은 서로 군번을 따지면서, '와루바시 군번'임을 과시했다. 젓가락 군번이란 처음 숫자가 11로 시작한다는 뜻이다. 한 친구는 온세상의 군번이 1264로 나간다는 얘기를 듣고 코웃음 치면서 자기 말년에 12에 공 네 마리까지 받았다고 말했다. 12000099번까지가 신참으로 올 때 제대했다는 얘기다. 온세상은 '야코'(기)를 죽이려는 얘기를 들을 때마다 "어디서 못된 놈들이 촌수만 높다더라"라고 맞받았다. 사실 야코를 죽이는 일은 따로 있었다. 온세상이 수용연대에서 첫 아침을 맞은 날, 저쪽에서 군복을 지급받던 사람들은 일주일이라도 먼저 세상으로 나가고, 훈련소로 정식 배치받아 도착할 때 이병을 달고 발맞춰 자대로 떠나는 병사들은 6주 먼저 나가도록 국방부 시계가 정해놓았으니, 비슷한 처지에서나 야코를 죽이고 죽는 것이지, 너 같으면 이미 지난 일을 가지고 야코를 죽인다고 죽겠냐? 아직도 빠른, 늦은에 집착하는 놈들은 오랜만에 만나면 악착같이 "제수씨도 안녕하시지?"라고 묻는다. 유치한 시키들!

친구들은 언제나 온세상에게 너그러웠다. 온세상이 자대에 배치를 받은 뒤, 사제상벌계라는 직책을 맡아 대전에서 육군본부로 자주 출장을 다녔는데, 주말에는 친구들이 가난한 병사를 위해서 소연과 대연을 마련해주었다. 어떤 친구는 종로 4가와 5가 사이 대형약국 뒤에, 옛날 유명한 한일극장이던가, 카바레로 데려가 바닥을 쓸게 해주었다. 일병 달고 사모님 손을 잡으러 갔지만 대부분의 사모님들이 잡아주지 않았다. "나쁜 시키, 지만 놀려구." 친구는 하품하는 병사가 불쌍했는지 한 바퀴 돈 뒤에 나가자고 했다. 복도에서 회장인 듯한 사모님이 다른 사모님들에게 봉지를 하나씩 나눠주면서 "오늘 지은 보약이니 가져가세요"라고 말했다. 사모님들의 외출 핑계를 나눠주는 중이었다. 봉지를 받은 사모님들은 장바구니에 넣어둔 신발을 꺼내 무도화와 바꿔 신고 헤어졌다. 온세상이 제대한 뒤에는 카바레가 강남 쪽에 몰려 있었으나, 요즘에는 어디 있는지도 모른다. 강남 갔던 제비는 언제 돌아오려나.

활석가루를 뿌려 스케이트장 바닥처럼 잘 미끄러지게 만든 무도장에서 물 찬 제비마냥 휘젓고 다니는 상상을 하다 보니, 대학 시절에 사회학 강의를 들을 때 과제물을 제출하던 생각이 난다. 온세상은 신문에서 두 줄짜리 광고의 내용을 분석했다. 첫 글자 '땐'만 다른 활자의 두 배로 강조하고, 세로로 두 줄 안에 필요한 내용을 전하는 광고였다. 5·16군사정변 직후에 퇴폐적인 행위로 강력하게 제재한 '땐스'는 어떤 이유로 신문광고란을 그렇게 많이 차지하게 되었는가? 군사정권은 1950년대에 신문에 연재하고 영화로 제작해서 물의를 빚은 정비석의 『자유부인』을 음란성 소설이라고 낙인찍었는데, 어찌해서 땐스강습, 땐스교습 광고가 유난히 많아졌나? 유신이 필요하다는 징조나 신호였던가? 그 광고가 군사정변의 당위성을 스스로 부정하는 유신의 구실이 되었다고 터무니없이 주장할 수는 없겠지만, 사회적 관심을 알아보기 좋은 주제임은 분명했다. 그렇지만 온세상은 겉핥기식의 보고서를 제출했다. 그럴 수밖에. 당시에는 돈이 부족해서 서울대학병원 옆의 원남카바레를 지나다니면서도 잠입 취재하지 못했기 때문이다. 언제나 돈, 돈이 부족했으니, 성적이 좋을 리가.

군사정변과 유신 얘기가 나왔으니 잊기 전에 기록해두자. '지부지처, 지 딴지 지가 걸기'의 문화다. 자신들이 그렇게 정당성을 외치던 군사정변과 사회정화 사업을 몽땅 부인하면서 더 나은 사회를 약속한 것이 유신이다. 그때부터 온갖 이름을 바꾸면서 명맥을 이은 정당 사람들은 대체로 '지 딴지 지가 걸기'의 달인들이다. 그들이 여당일 때 하던 얘기를 기억했다가 야당일 때 하는 얘기와 비교해보면 단박에 안다. 그래도 시민들이 깨어 있으니 조금씩 제도가 바뀐다. 그들이 자기 딴지를 자신이 걸고넘어지는 것은 자유겠지만, 왜 쇼트트랙 경기에서 다른 사람에게도 피해를 입히는 선수처럼 행동하는 것인지, 그것이 알고 싶다.

온세상은 프랑스 혁명기의 사료를 읽을 때, '역시 사람은 비슷한 구석이 있구나'라고 깨달았다. 1789년부터 프랑스는 1,000년 동안 서서히 구축하고 약 200년 동안 안정된 체제를 무너뜨리는 격변기에 돌입했다. 그동안 전쟁·반란·대역병 같은 크고 작은 사건이 전혀 없었다는 뜻은 아니다. 1788년까지 사회적으로 의무만 있고 권리는 없던 제3신분이 사회변혁의 주역으로 나섰고, 그들이 추진하는 일은 역사적으로 새로운 것이었다는 뜻이다. 폭력을 저질러도 구체제·구악·적폐를 청산하는 일이라는 명분이 있으면 무사했다. 반란자였다면 진압당한 뒤에 목숨을 부지하지 못했다. 파리 몽포콩 언덕의 교수대는 기둥 열여섯 개에 횟대를 가로질러놓은 것이었는데, 15세기에는 반란자들을 줄줄이 걸어놓았다. 강원도의 명태덕장을 상상해보라. 몽포콩 언덕에는 오늘날 파리 10구와 11구 사이의 '플라스 콜로넬 파비엔'(파비엔 대령 광장)이 들어서서 음산한 추억을 감추었다. 혁명은 폭력도 정당한 것으로 만들어주었다. 그러나 하루아침에 모든 생활방식을 청산하고 새로운 방식을 강요하지는 못했다. 1789년과 1790년에도 경찰은 무도장을 급습해서 사람들을 체포했다. 이런 일이 반복된다는 것은 근절할 수 없는 일이라는 뜻이다. 1790년 이후에도 팔레 에갈리테(오늘날 팔레 루아얄)를 드나드는 창녀들의 가격표가 나왔다.

온세상은 부대 행정과에서 근무했다. 어느 날 그는 매점의 방위병들이 하사 후보생들에게 거스름을 제대로 주지 않는 것을 보고 문제 삼았다. 매점 관리관인 상사가 그를 부르더니 애들이 몰라서 그랬다며 면세맥주를 한잔 따라주었다. 그렇게 남는 끝전을 모으면 꽤 많았을 것이다. 온세상은 그런 돈이 어떻게 굴러다니는지 파악하지 못했기 때문에 매점에 가서 존재감만 과시했다. 온세상은 원호관리단에 가서 군 면세물품 교환권을 받아다 배정했다. 당시에는 비싸다는 물건이 전축 정도였는데, 요즘은 품목도 훨씬 다양해졌다고 들었다. 장교들의 상훈문제도 그가 처리했는데, 매년 국군의 날 한두 달 전에 대통령 표창, 국방장관상, 참모총장상 등이 배정되었다. 행정장교는 부대장 명령을 받아 올해는 누구의 공적조서를 작성하라고 온세상에게 지시했다. 온세상은 기초자료를 얻어 그 장교가 상을 반드시 받아야 하는 이유를 나열하고 결재를 받은 뒤 그 내용대로 정성껏 공적조서를 작성해서 발송했다.

갑자기 문서연락병이 생각난다. 그가 끼고 다니는 국방색 천 가방을 '똥가방'이라 불렀지. 오후에 문서연락병이 돌아올 때 똥가방 속에 소주를 가져왔다. 저녁 점호를 끝낸 뒤 불 끄고 내무반 회식에 소주를 돌아가며 '한볼태기' 했다. 안주는 1종 창고에서 얻어온 고추장에 식용유와 멸치였다. 전방부대에서 근무하다 온세상의 부대로 발령받은 뒤 처음 당직사관이 된 장교는 내무반 회식을 적발하자 연병장에 집합시켜놓고 한동안 얼차려를 시켰다. 그러나 그도 한두 달 지나면서 후방부대의 느긋한 생활에 적응했다.

육본에서 상을 받아가라는 공문이 오면, 온세상은 되도록 주말을 끼고 출장을 가고자 잔머리를 굴렸다. 그렇게 가야 임무를 마치고 나서 주말에 친구들에게 잘 얻어먹고 놀다가 일요일 밤에 복귀할 수 있었다. 출장 가기 전에 육본에 전화를 걸면 대체로 영관급 장교가 받았다. 온세상은 "충성, 어디의 아무개 상병입니다. 계원이 있으면 바꿔주십시오"라고 정중하게 말했다. 상대방은 여유 좔좔 흐르는 말투로 "내가 계원이다, 말해라"라고 했다. 만약 병사가 장교 흉내를 냈다면 말투가 달랐을 것이다. "내가 계원이지 말입니다. 말씀하시겠습니까?" 약속을 정하고 금요일에 갈 때도 있었고, 토요일에 갈 때도 있었는데, 영관급 장교들이 일을 처리해주었다. 평일에 가면 별을 단 모자를 겨드랑이 밑에 끼고 천천히 걷는 장성들을 많이 보았다. 역시 본부는 달라, 은하수라니까.

온세상의 내무반원은 행정·경리·군수·작전병들로 구

성되었는데, 육군본부 직할부대라 돌아가면서 서울에 출장을 다녔다. 토요일 저녁 점호시간에 이병이나 일병이 보고하는 때도 있었다. 그들은 내무반에 모이면 "육본은 중령이 사무실 유리창 닦고 내무반 청소한다"고 웃었다. 특히 병력계가 경리단에 자주 다녔다. 병력 이동과 주식·부식의 관계는 민감했다. 토요일에 라면 두 개와 달걀 두 개가 정량인데, 외출·외박이 많으면 남았다. 그러나 평소 창고에 드나드는 병사들이 고추장에 식용유를 붓고 멸치를 얻어다 소주 안주로 먹고, 라면 얻어다 부수어서 스프 뿌려서 안주 삼아 먹고, 그렇게 하다 보면 급식 형태를 바꾸는 일도 생겼다. 넓은 식판에 라면을 두 개씩 쌓아 물을 붓고 수십 명분을 한꺼번에 익혔다. 급식사병은 라면발이 풀어지지 않은 상태로 두 개를 식판에 떠주고 달걀 두 개를 주었다. 그것이 원칙이었다.

평소 쥐와 인ㅅ쥐가 빼먹는 양이 많으면, 또 여느 때와 달리 토요일에도 외출·외박을 극도로 제한해 급식인원이 예상보다 많을 경우, 어쩔 수 없이 라면을 푹 삶아서 나눠줘야 한다. 평소보다 1분을 더 삶으면 양도 불어나고 배탈도 안 난다나 뭐라나. 쌀과 부식도 마찬가지다. 전국의 모든 부대에서 일일보고를 받아 합산하면 병력이 정원을 넘는 경우도 있다는 것이다. 사람이 하는 일이었으니 너무 팍팍하게 따지지 말자. 근래 10년도 안 된 얘기인데 국방장관 입에서 '생계형 비리'라는 말이 나왔으니, 고추장에 식용유와 멸치 또는 생라면과 스프 정도는 쥐한테 준 셈 치자고.

　군대에서는 야근을 야간이라고 말하는 병사가 많았다. 밤에 하는 작업을 뜻하니 '야간'이면 어떠랴. 내무반에 돌아가지 못하고 차트를 준비할 때는 행정실 난로에 주전자를 올려놓고 라면을 끓여 먹었다. 한 되 조금 넘을 주전자에 여덟 개까지 끓였다. 주전자를 들었다 놨다 조절하면서 넘치지 않게 끓여서 라면 봉지에 덜어 먹었다. 군대에서는 젓가락을 구하기 어렵기 때문에 싸리비를 꺾어서 젓가락으로 썼다. 가을에 중대장이 대둔산 자락으로 병사들을 데려가 싸리를 꺾어 싣고 돌아와 싸리비를 만들었는데, 행정과의 싸리비는 겨울을 나면서 몽당비가 되었다. 국방부 건빵 봉지에 들어 있는 별사탕을 먹어서 성욕은 좀 죽었지만 몽당비만 보면 가벼운 농담을 던지는 병사가 있었다. "용달차가 골목을 누비고, 몽당비가 구석구석 쓴다." 행정실에서 '야간'하다 라면 끓여 먹으면서 성적 농담을 하는 일은 행정병이 저지르는 가벼운 반칙이었고, 그 재미에 국방부 시계도 빨리 돌아갔다.

　로마제국은 비리가 없어서 제국이 되었던가? 프랑스 학자 폴 벤Paul Veyne은 고대 역사가 타키투스의 말을 인용해서 로마제국의 공무원들은 높은 사람이 자기보다 낮은 사람을 등쳐먹었고, 로마 군대가 능력 있는 전투조직이었는데도 병사들이 장교에게 뇌물을 주고 복무를 면제받았다고 썼다. 장교는 정기적으로 상납하는 병사들을 놀게 해주었는데, 그 인원이 각 연대의 4분의 1이나 되었으며, 병사들은 상납금을 마련하려고 도둑질, 떼강도질도 서슴지 않았고 노예처럼 일도 했다. 타키투스의 말이 사실이라면, 병사들은 노예처럼 일하는 편이 낫다고 생각했을 것이다. 그만큼 군복무가 고되고 위험했다는 뜻이다. 실제로 백인대가 사기를 북돋는 방법은 잔인했다. 열 명 중 한 명씩 뽑아 동료들이 때려죽였다. 적과 싸워 이기든지 싸우다가 죽든지 해야 한다. 겁쟁이처럼 몸을 사리다가는 동료들에게 맞아 죽으며, 누구나 그런 불행을 겪을 가능성이 있었다. 장교는 부잣집 아들을 파악해 일부러 괴롭혔다. 알아서 상납을 하면 예뻐하겠다는 노골적인 표시였다.

온교수가 여름밤에 연구실에 있을 때, 어떤 사람이 불쑥 찾아왔다. 그는 다른 대학 소속의 대학원생이었다. 대학원생이라면 교사생활을 하다가 2년간 파견근무를 하러 왔다는 뜻이었다. 그는 잠시 시간을 내달라고 하더니 어림잡아 100쪽씩의 보고서 둘을 내놓았다. 그리고 물었다. "이 중에서 어떤 보고서가 A$^+$이고, 어떤 보고서가 F인지 아시겠어요?" "아니, 이걸 어떻게 척 보고 알아요?" "그렇죠? 상식적으로는 알 수 없겠죠? 그런데 이것이 A$^+$이고, 이것이 F란 말입니다." 그는 설명을 마치고 온교수의 표정을 살폈다. 온교수는 도저히 이해할 수 없었다. "아니, 어떻게, 그렇게, 무슨 수로⋯⋯." 말을 잇기 어려웠다. 그는 하도 답답해서 청와대에도 진정서를 넣었다고 말했다. "그랬으면 결과를 기다리시지 왜 여기까지?" 그는 말도 말라는 식으로 고개를 저었다.

온교수는 툭하면 보직 교수들에 대해 비판하고 시비를 걸었다. 예를 들어 아들문제로 부인이 큰돈을 쓴 교수가 있었다. 그는 텔레비전에도 자주 출연해서 가정교육과 도덕에 대해 훌륭한 말씀을 많이 하던 사람이었는데, 그 일이 터지자 한 학기 휴직했다. 그런데 그가 10년 근속상을 받았고, 온교수는 불미스러운 일로 한 학기 휴직한 사람이 어떻게 근속상을 받을 수 있었는지 질의했다. 온교수는 근속상을 받은 여러 사람의 명예를 회복시키기 위해서라도 그의 상을 취소하라고 덤볐다. 본부에서 제대로 일을 처리하지 않자 온교수는 상급기관에 질의서를 보냈다. 그러나 상급기관은 상을 준 본부에 공문을 보내 집안문제는 집에서 처리하라고 했다. 내부고발자가 고난의 길을 걷는 이유다. 미쳐도 할 수 있는 직업, 더욱이 국민이 주인인 국립대학교 교수니까 그나마 신분보장을 받을 수 있었다.

그런 사실을 알고 파견교사가 하소연할 겸 찾아온 것이다. 그리고 설명했다. "A⁺는 타과 학생의 보고서이고, F는 지도제자의 보고서입니다." 온교수는 뒤통수를 맞은 기분이었다. 잘못 들었나? 파견교사는 설명을 덧붙였다. "타과 학생이야 거쳐 가는 학생이니까 너그럽게 해서 수강생을 늘리려는 의도고요, 지도제자는 생사여탈권을 가진 지도교수에게 충성하라는 말입니다." 로마군단의 장교가 현대에 환생하다니.

영화 〈글래디에이터〉를 보면, 주인공이 죽어서 보리밭에 부는 바람처럼 고향의 넓은 뜰을 훑고 지나간다. 반 고흐가 살던 오베르의 밀밭에는 까마귀가 날고 있을까? 까마귀가 일으킨 바람은 어디로 갔을까? 마스카니의 오페라 〈카발레리아 루스티카나〉(시골 기사)에서 불던 바람은 여전히 오렌지 향기를 날리고 있는지. 제피로스의 서풍은 오늘도 불고 있다. 어촌의 바다 내음, 들판의 보리 내음, 과수원마다 무르익은 과일 내음, 산의 아카시 꽃 내음, 농촌의 봄나물 내음, 천년만년의 냄새다. 그라스의 라벤더 밭, 암스테르담의 튤립, 루아르 강변의 해바라기, 모젤 강변 언덕의 포도 꽃, 하동의 매화, 구례 산수유의 소식을 전하는 바람이 그립기만 하다. 단, 황사와 미세먼지는 거부한다.

달을 가리키는
손가락

당나라의 구지화상은 천룡
화상에게 '일지선一指禪'을 배웠고,
법을 묻는 선사에게 전광석화처럼 손가락을 쳐들어 법신法
身을 보여주었다. 그뿐이다. 무슨 설명이 필요한가. 9세기부
터 21세기까지 수많은 구도자는 고승이 쳐드는 검지를 보
는 순간 깊은 뜻을 깨달았다. 일지선이라는 방편을 보면서
자성이 곧 불성임을 깨닫고 계속 그 상태를 유지하려고 정
진하는 사람을 나한羅漢·보살·부처라 존경했다. 그러나 특
별한 신분이나 지위를 가진 사람만 그러한 경지에 도달한
다는 법은 없었다. 출신 성분상 고귀하거나 지력이 높거나
남성이 아니어도 깨달을 수 있다고 하니 참으로 민주적인
신앙이다.

문득 이런 생각이 든다. 지식의 전파속도가 오늘만 같았
어도 '선학의 황금시대'는 쇠퇴하는 일이 없었을 것이다. 수
많은 행자가 구지화상을 직접 만나지 않은 상태에서 일지
선에 대해 들을 수 있었다면, 다른 사람이 보여준 손가락만
보고서도 의도를 파악하고 정답을 말했을 것이다. 출제자

는 이중으로 답을 감췄다. 곧이곧대로 손가락을 보는 초심자에게는 '견월망지見月忘指하라', 즉 '손가락은 잊고 달을 보라'고 말해주지만, 사실 초심자가 달을 본다고 말할 때 제대로 볼 것을 봤다고 인증해줄 마음은 없었다. 달 얘기도 초심자를 위한 방편이었을 뿐이다.

인터넷 시대의 초심자는 출제자가 여느 때처럼 손가락을 보여주리라 예상한다. 그는 기출문제집에서 모범답안을 찾아 충분히 숙지하고 시험장에 나갈 가능성이 높다. 그가 정답을 알고서도 수시로 깜박하는 사람이 아닌 한, 손가락을 보는 순간 또는 손가락을 보기 직전, 그러니까 출제자가 손가락을 들려고 마음먹는 찰나, 즉문즉답의 달인이 되어 손가락이 달을 가리킨다고 섣불리 말하면 안 된다. 그는 알았다는 듯이 빙그레 웃거나, 출제자를 한 대 때리거나 자빠뜨려야 한다. 이론상 손가락을 쳐든 물건과 그 손가락을 본 물건이 하나라는 뜻이다. 그렇다면 '아는 만큼 보인다'는 말을 20세기보다 훨씬 일찍부터 썼으리라.

발바리는 손가락을 쳐드는 찰나 알아차리는 경지의 나한이 모여 사는 세상에서 일어날 법한 일을 겪은 적도 없고, 스승이 보여주는 손가락만 보았을 뿐 그 이상의 소식을 들은 적도 없으니 멋대로 상상해보았다. 그는 대발이 검지를 보여줄 때 무슨 뜻인 줄 알지 못했다. "어리석은 물건, 손가락만 보느냐? 다시 보거라." 발바리가 그 뜻을 몰라 당황하면, 대발은 "달을 가리키면 달을 봐야지"라고 일깨워주었다. 발바리는 대발에게 진지하게 물었다. "스승님, 제가 달을 보았다면 어떻게 하실 건가요? 그러면 그다음 말씀은 뭣인디요?" 대발은 아무 말 없이 여유 있게 씩 웃기만 했다. 그는 늘 자신이 친절하게 제자를 무명의 강 저쪽 언덕으로 보내준다고 믿는 듯했다. 실제로 그는 발바리에게 스승의 소임을 다했다고 생각했다. 깨치느냐 아니냐는 전적으로 발바리의 근기에 달렸다. 의상대사께서도 "중생수기득이익衆生隨器得利益"이라 하셨다. 보배가 우주를 가득 채웠대도 각자 자기 그릇만큼만 가져간다.

발바리는 모든 사람이 책에서 읽은 대로 또는 부모나 스승이 가르친 대로만 생각하고 행동한다면 세상살이가 단조롭고 재미없다고 생각했다. 그는 일지선의 단조로움에서 벗어나고 싶었다. 그는 일지선을 새로운 놀이로 즐겁게 바꾸려고 고심했다. 그는 옛날 고승들의 세계에서 스승과 제자가 동등한 자격으로 치고 박았다고 들었다. 그렇게 해도 큰문제가 불거지지 않은 이유는 그들끼리만 치고 박았기 때문이다. 때로는 사탄의 트림을 받아먹은 타 종교인들이 절집에서 온갖 추악한 만행을 저지를 때도 그들은 인욕바라밀을 행했기 때문에 종교전쟁이 일어나지 않았다. 그들은 스승과 제자가 동등하게 놀았다.

사실 수행자들은 힘들고 때로는 심심하다. 울력은 먹고

사는 필수품 생산 활동이니까 척박한 땅에 심은 식물에게 땀이라도 뿌려줘야 하지만, 솔직히 고되고 재미는 없다. 가장 재미있는 일은 역시 고양이 놀이다. 코를 골며 자는 개를 물끄러미 보다가 갑자기 싸대기 때리고 모른 척하기. 얼마나 쫄깃쫄깃한 놀이인가. 발바리는 머릿속에 스치고 지나가는 한 생각을 잽싸게 붙들고 놀이로 발전시켰다. 흉내 내기 놀이, 세계화를 생각해서 외국인에게도 소개할 이름까지 마련했다. '제스처 게임'이다. 나중에라도 한류로 사랑받으면 당당히 원래 이름을 내세워도 무방하다고 생각했다.

발바리는 문화수용자가 문화창조자임을 깨달았다. 불교는 인도에서 탄생했지만, 불교를 받아들인 나라들에 독실한 신도가 많다. 선학이냐 교학이냐, 어느 나라가 원조냐 따지는 것은 중요한 일이긴 해도, 그것을 받아들여 자기 체질과 성격에 맞게 발전시킨 사람들의 업적을 존중할 필요가 있다. 당나라의 삼장법사 현장이 번역한 『반야심경』도 중요하지만, 의상대사의 「법성게」는 독창적이며 심오하기 그지없다. 더욱이 『반야심경』보다 훨씬 아름다운 노래다. 일곱 자씩 30구의 노래는 우리 입에 착착 붙는다. 일곱 자는 우리의 4·3조 가락과 숨이 맞는다. 뜻도 모르고 따라 하다 한 구절씩 뜻을 알게 되면 기쁨도 곱절이 된다.

발바리는 의상대사를 본받고 싶다고 결심했지만, 단박에 깨칠 수 있는 선정에 들면 성불하리라 생각하니 마음이 달라졌다. 세속의 때를 벗지 못한 그는 일지선을 널리 보급하는 방편을 내고 유명해지고 싶었다. 대발이 늘 허명을 따라다니지 말라고 경계했거늘, 발바리는 자기 행위가 이기적이 아니라 이타적인 행위라고 확신하면서 일을 추진했다. 대발이 늘 분별을 하지 말라고 경계했거늘, 발바리는 이기와 이타를 구별했으니, 속물의 때를 벗으려면 아직 멀었다. 그러나 누구나 고개를 끄덕일 훌륭한 명분을 찾으면 훌륭한 내용을 담을 수 있다. 발바리는 우리 민족의 홍익인간 정신을 담는 놀이를 발명하자고 결심했다. 그리고 마침내 즐거운 놀이를 발명하고 혼자 기뻐했다.

　발바리가 생각한 놀이법은 단순하다. 스승의 몸짓 흉내내기다. 몸짓의 문화적·역사적 의미는 따질 시간이 없다. 네덜란드의 역사가 요한 하위징아Johan Huizinga가 말했듯이 '놀이의 인간'(호모 루덴스Homo ludens)답게 모든 지식을 놀이와 함께, 놀면서 가르치고 배우는 이른바 '에듀테인먼트' 시대다. 번드르르하게 말을 잘하고, 연극처럼 감정을 고조시킬 만한 요소를 잘 배치하면 일류 강사가 되며, 내용의 진위와는 상관없이 몸짓이 유행하는 시대다. 발바리가 개발한 놀이인 '일지선'은 대중매체에서 흔히 하는 '동작 따라하기' 놀이와 같다. 스승이 검지를 치켜세운 모습을 보고 제자가 똑같이 따라 하면 스승이 맞는다고 눈짓으로 인증해 준다. 그러면 그 제자가 돌아서서 자기 제자에게 스승이 가르쳐준 대로 검지를 치켜세운다. 곧장 그의 제자가 따라 하면서 '저 잘했죠?'라는 듯 눈으로 묻고, 스승의 눈짓 인증을 받아 자기 제자에게 '어디 너도 잘하는지 보자꾸나'라는 마음으로 검지를 치켜세운다. 스승과 제자는 그저 순서일 뿐, 여럿이 앞사람의 뒤통수를 보면서 빙 둘러앉으면 놀 준비가 끝난다. 한 명이 돌아앉아 검지를 들면서 놀이를 시작한다.

발바리는 세인이 무작정 일지선을 즐겁게 따라 하기만 해도 충분히 효과가 있으리라고 생각했다. 무작정 형식만 흉내 내다 보면 내용을 채우려는 심리가 발동하는 것이 세상 이치다. 군사독재 정권은 평일 오후 5시에 길 가던 사람까지 멈춰 세우고 '자랑스러운 태극기 앞에' 경례하고 충성 맹세를 시켰는데, 처음에는 형식적으로 애국하는 시늉만 하던 사람들이 진짜 애국자가 되었다. 그것은 기적이었다. 그들은 태극기를 들고 광화문에 모여 독재를 타도하고 민주주의를 회복하자고 외친다. 형식이 내용을 규정하는 대표적 사례다. 국기에 열심히 경례하는 형식을 갖추면 애국심이 생기고, 안으로 애국심이 충만한 사람은 도통한 사람처럼 거침없다. 그들은 태극기·욱일기·성조기·이스라엘기가 함께하는 만국기무애법계萬國旗無碍法界에서 노닌다. 한국인, 일본 전범, 미국인의 애국심은 역사 인식과 사실이라는 장애가 없이 혼연일체가 된다. 그가 태극기를 함부로 버리더라도 그 허상을 보고 분노하는 타인에게 진정한 애국심을 일깨운다. 모두 큰 그림에 속한다.

그래서 발바리는 일지선 놀이를 훌륭한 포교방법으로 생각하고, 대발에게 배우고 들은 풍월로 일지선 놀이의 목적을 "이심전심으로 홍익인간 정신을 두루 퍼뜨리기", 가장 기본적인 방침을 "두 사람이 하나, 한마음 되는 놀이"로 규정했다. 둘이 일지선 놀이를 하다가 인원이 많아지면 한 사람을 뽑고, 다른 사람들이 그를 따라 하면 된다. 수많은 사람이 간단하고 값싸게 놀면서 일체가 되는 놀이다. 발바리처럼 홀로 있을 때는 거울을 보면서 수행할 수 있는데, 굳이 가르치지 않아도 이치를 깨닫고 수행하는 사람이 있으리라. 그렇게 혼자서 노는 사람은 많지 않다. 아무튼 혼자서건 여럿이건 일지선 놀이를 무작정 따라 하다 보면, 어느 순간 몸을 움직이는 물건(이 뭣)이 오온의 무상함을 관조하고 있음을 깨친다.

어느덧 놀이가 유행하면서 동네마다 다른 규칙이 생기고 분란이 일기 시작한다. 손가락은 누구나 들기 쉬우니까 그것만 가지고 승패를 가리면 안 된다, 그래서 표정도 평가해야 한다느니 그렇게 하면 안 된다느니 언쟁을 하고, 독창적인 표정을 지을 때 가산점을 줘야 한다고 거품 물고 덤비는 사람들이 있었다. 발 빠른 사람이 『일지선 두 배 즐기기』라는 책을 써서 떼돈을 벌자, 우후죽순으로 『일지선, 한 시간이면 발바리보다 잘한다』, 『일지선보다 재미있는 이지선』, 『삼지선이면 안 되니?』, 『달의 똥꼬는 왜 헐었나?』 등 그렇고 그런 책이 달걀판 제조업자에게 신선한 재료를 제공했다. 태극기 애국자들이 팔만대장경이나 성경처럼 추앙하는 왜구 신문지로 만드는 달걀판은 곯은 달걀도 싫어하는데, 일지선 서적으로 만든 달걀판은 무정란도 부화시킨다는 말이 나올 지경이었다. 『고금 일지선』은 역사적으로 주제에 접근하는 진지한 책이었지만, 역사의식이 없는 사람들과 왜곡의 달인들이 '고금'을 '고급'으로 읽고서, '손가락에 금테 두르면 고급이냐'라고 비웃으며 거들떠보지 않는 바람에 별로 관심을 끌지 못했다. 역사를 잊은 '백성'에게 뭣을 바라리오. '백성'이 시민 되는 날, 돌장승이 훼를 치고, 일지선은 번창하리니!

일지선 학파가 생기고, 학파마다 새로운 규칙을 추가하면서 강호에 일지풍파가 일었다. 발바리는 사력을 다해 '통일 일지선'을 만들려고 노력했다. 그는 세미나와 공청회를 열면서 최대한 너그럽게 여러 문파의 규칙을 수용했지만, 화해할 수 없는 욕심을 부리는 자들이 나타났다. 너도나도 표정의 독창성에 가산점만 주는 것도 심심하니까 손가락을 펴는 속도와 허공을 가리키는 시간을 모두 평가해야 한다는 문파가 생겼다. 어떤 문파는 손가락을 펴기 전에 다른 손으로 덮어 은밀한 뜻을 전한다는 표현을 맛깔나게 추가해야 한다고 주장했다. 그렇게 해서 명나라 인사법처럼 한 손으로 감싼 주먹을 우아하게 돌리면서 다른 손바닥 사이로 공손하게 내민 뒤에 손가락을 펴는 방법을 개발한 문파도 있었다. 이 문파에서도 찬반토론을 격하게 벌였다. 개중에는 점잖은 욕, 정중한 욕처럼 보인다고 말하는 사람, 천하에 나쁜 몸짓이라고 배척하는 사람, 손이 무슨 죄냐, 좋고 나쁜 의미는 우리 마음이 만든다는 사람도 있었다.

발바리는 일지선이 단순히 한 손가락만 움직이는 놀이가 아니라는 주장에 동의했다. 발바리는 독서를 눈으로 하느냐 몸으로 하느냐는 문제를 놓고 고심해봤는데, 실제로 책을 읽을 때 몸이 뒤틀렸던 경우가 많았다. 누구나 책 앞에서 자세를 가다듬고 나서 첫 글자부터 정독하다 보면 얼마 지나지 않아 허리가 무너지고 거북목이 된다. 책과 눈 사이 거리를 맞춰 최적화해놓은 초점이 흐트러져 몇 번이고 같은 곳을 헤맨다. 그러면 인상파 그림을 감상하듯 눈을 게슴츠레 뜨고 두 줄이 겹치는 곳을 읽는다. 이처럼 본의 아니게 행간을 읽다 보면 뜻밖에 깊은 의미가 튀어나온다.

마치 그림 속에 숨어서 '나 찾아봐라'고 하던 월리가 나투듯이 뜻밖에 숨은 뜻이 스스로 나타나는 경우가 있으니, 건성으로라도 책을 가까이 하면 졸다가도 떡이 생긴다. '월리를 찾아라'보다 찾기 힘든 존재가 대한민국 기자다. "이 기회에 우리나라 실정에 맞게 '기자를 찾아라'라는 책을 만들어볼까? 너무 넓은 곳에서 찾기란 어려우니 한 곳만 집중적으로 수색해보자. '대통령 순방길에 비행기에 동승한 기자를 찾아라.' 순방 기사가 제대로 나오지 않는 것을 보면 대통령기에 기자를 태우지 않는다고 봐야겠지? 그러나 진짜 기자라면 잠입 취재해야 맞잖아. 국민의 알 권리를 위해 짜장면도 취재하는 사람 중에 설마 기자가 없겠어?" 발바리는 기자보다 더 어려운 과정도 생각했다. '결점 있는 판검사를 찾아라.' 그러나 이내 그 생각도 떨쳐버렸다. '불가능하다. 여느 사람의 비리도 그들에겐 무결점이니까.'

발바리는 무슨 생각을 하다가 월리, 기자, 판검사 결점을 찾는 일로 동분서주했는지 되짚었다. 아, 일지선이 손가락 하나만 움직이는 행위가 아니듯 독서도 눈만 움직이는 행위가 아니라는 얘기를 하고 있었지. 책 읽다가 연상작용이 일어나면 글씨가 보이지 않는다. 더욱이 발바리는 단정히 앉아 책을 읽다가 눈이 아프기 전에 몸부터 뒤틀다가 기지개를 켜고 다시 정좌하기 일쑤였다. 그는 독서가 기본적으로 육체노동임을 절실히 깨달았다. 독서가 정신노동이라고 주장하는 사람도 몸이 아파 잠들지 못할 때 책을 읽으려다만 적이 있으리라. 따라서 몸짓·행동·자세가 독서의 하위구조라는 사실을 부인하는 자와는 말도 섞지 않겠다.

발바리는 일지선이 단순히 손가락 펴기에 그치지 않고, 다양한 표정과 몸짓을 수반하는 놀이가 되어야 한다고 생각했다. 그는 이 순간이 흥부 박을 탈 만큼 대박의 사업으로 발전할 수 있는 순간임을 아직 몰랐다. 그는 모든 놀이가 성공하는 경우 후속편이 나오고, 연관상품을 개발해서 소비자의 취향을 관리해야 한다는 사실을 아직 깨닫지 못했지만, 놀이에 다양한 표정을 추가하는 규칙을 정식으로 채택함으로써 중요한 단계로 한 걸음 나아갔다. 그는 놀이의 창시자로서 남보다 먼저 모든 가능성을 검토해야 한다고 생각하니 마음이 급했다. 그는 표정 연구에 돌입했다.

거울 앞에 앉아보니 오랫동안 거울도 보지 않고 지낸 이유가 하나도 생각나지 않는 것이 신기했다. 별로 바쁜 일도 없었는데, 특별히 중요한 일을 하지 않으면서도, 거울 한 번 제대로 보지 않고 여태껏 무엇을 했던가. 발바리는 능화경을 들여다보다가 온교수가 자기를 보고 있음을 보고 깜짝 놀랐고, 온교수도 발바리가 자기를 보면서 놀라는 모습에 깜짝 놀랐다. 순간적으로 온교수는 군생활을 떠올렸다. "오줌 누고 털어버릴 시간도 없다"고 엄살을 부리던 때가 있었다. 과연 그만큼 바쁘게 보냈는가, 그렇다면 거기서 보람을 느꼈던가? 누가 거울을 보고 있는지 헷갈리는 순간이었다. 예전에는 발바리가 거울에서 온교수를 보았는데, 지금은 온교수가 발바리를 보고 있다. 거울 속의 발바리가 손가락을 들면서 씩 웃는다. 일지선인데 새로운 양식이다. 은근히 중독성 있는 놀이가 생기는 찰나였다.

역시 발바리는 재미를 아는 놈이다. 그는 일지선에 참여한 사람들을 꾸준히 관찰했다. 가끔 손가락을 어정쩡하게 편다든지, 검지를 펴다 만다든지, 다른 손가락을 펴는 사람이 있었다. 발바리는 검지를 깔끔하게 펴지 않거나 다른 손가락을 펴는 사람에게 벌을 주는 규칙을 정했다. 노래를 시키거나 술을 세 잔 마시는 벌이었다. 벌칙의 변형도 충분히 예상할 수 있었다. 코끼리 코로 땅 짚고 세 바퀴 돌고 한 잔씩 마시기, 이것은 공짜 술을 마시려고 일부러 걸리는 자들을 어떻게든 막아보려고 나중에 붙인 시행세칙이었다.

검지도 제대로 펴지 못하는 사람이 있겠느냐고 묻지 말라. 규칙에서 '펴지 못하는 사람'이라고 하지 않고 '펴지 않는 사람'이라고 했다. 자발적으로 참여하는 놀이의 규정에 맞지 않게 행동하는 것은 의지의 문제다. 몇 년 전 여러 나라 정상들이 모여 손가락 하트를 쏠 때, 그렇게 간단한 동작도 따라 하지 않으려고 애쓰던 지도자가 있었음을 많은 시민이 기억할 것이다. 그는 양팔을 교차시켜 옆 사람과 손을 잡을 때 홀로 양팔을 벌린 우리의 지도자였다. 더욱이 정상들의 기념사진에도 빠져서 빈자리의 크기를 세계에 인식시켰다. 그를 존경하기 때문인지 알 수 없으나, 술 마시는 벌을 받으려고 일부러 걸리는 사람이 있다. 그는 틀리기로 작정하고 검지 대신 중지를 편다. 발바리는 그 방법도 재미있겠다 싶어 능화경을 들여다보는 온교수와 눈이 마주쳤을 때 중지를 들고 인증을 받으려 했다.

온교수는 논문을 지도하면서 자극을 받았고, 새 논문거리를 얻었다. 대학원생이 제출한 보고서에 자기 이름을 넣어서 발표하는 교수, 그것이 최소의 노력으로 최대 성과 얻기라는 좌우명대로 자기 노력의 가치를 극대화하는 방법이라고 자랑하는 교수가 있지만, 온교수는 아무리 절박해도 그런 식으로 먹고살지는 않겠다고 다짐하고 또 다짐했다. 그러나 온교수는 제자의 독창성을 인정해주고 칭찬해주면서 외국에서도 통할 만한 논문이므로 잘 연구해서 약점을 보완해보라고 과제를 안겨주었다. 제자는 마지막 고개에 올라선 줄 알았는데, 외국에서도 인정받도록 노력하라는 말을 듣고 좌절하게 마련이다. 무릇 현명한 제자는 칭찬 한 번 받으면 논문을 빨리 인증받은 뒤, 자기 나름의 절정에서 박수받고 떠나려고 생각한다. 야단을 맞고 스스로 만족하지 못해야 공부를 계속할 텐데, 만족 한 번에 평생 공부를 졸업한다. 온교수는 그러한 습성을 잘 알기 때문에 잠재적 경쟁자를 죽이려 할 때 역설적으로 칭찬 따발총을 쏘고, 술도 한잔 권한다. 제자는 거기까지 가는 동안 고생했다는 생각만 나고, 앞으로 새 논문을 쓸 때의 고생을 미리 상상한 다음 졸업장만 받고 떠난다. 온교수는 남의 보고서 가로채기와 표절 신공으로 먹고사는 자들을 비웃으면서 잠재적 경쟁자를 물리치는 비법을 개발했다.

발바리는 온교수가 성공한 비법을 공유했다. 어느 날 일지선 놀이를 하는 동안 검지가 마비되어 펴지 못하게 될 정도로 용맹정진한 그의 제자가 조심스럽게 중지를 폈다. 발바리는 색다른 맛을 느끼고 그를 칭찬해주었다. "옳거니, 모든 것이 방편이다. 달 똥꼬를 쑤시는 손가락이 어째서 검지여야 하느냐? 중지는 더 깊이 찌를 수 있다. 손가락을 펴지 않으면 무엇인가? 손이다. 주머니에 손을 넣고 편 손가락은 무엇인가? 손이다. 손을 펴고 쥐게 만드는 물건은 무엇인가?" 그날 밤, 발바리는 능화경을 들여다보면서 검지가 아니라 중지를 폈다. 일지선 놀이의 변형이 탄생하는 순간이었다. 그는 '일지선 2'를 세계화를 위해 '제스처 게임 II'라 부르기로 했다. 곧 그는 능화경을 보면서 온갖 표정을 지었다. 대발의 표정연기가 생각났다. "아, 스승님은 일지선을 개발하고 계셨구나." 발바리는 비로소 대발이 얼마나 앞서가는 스승이었는지 새삼 깨달았다.

발바리는 '일지선 2'의 영감을 준 제자를 불러 여러 사람 앞에서 독창성을 인증해준 뒤 미국으로 가서 일지선을 널리 퍼뜨리라고 격려했다. 제자는 한껏 들떠서 당장 여권사진을 찍었다. 그는 며칠 안에 여권을 받고 왕복 비행기 표를 산 다음 미국 대사관에 비자를 신청했다. 면접일을 기다리는 동안 그는 악습을 고치느라 애먹었다. 가위바위보를 할 때 가위를 내는 방법은 두 가지다. 큰 가위를 시원하게 내는 사람은 검지와 중지로 가위를 내고, 테러리스트 흉내 좀 내본 사람은 엄지와 검지·중지로 가위를 낸다. 그는 '일지 선 2'를 연습하기 전에 무조건 검지와 중지로 가위를 내면서 손을 풀었다. 처음부터 권총 모양으로 비자 심사관에게 나쁜 인상을 주지 않으려는 뜻이었다. 마침내 면접일이 되어 미 대사관 직원이 미국에 가려는 의도를 물어보자, 그는 일지선을 보급하려고 간다고 자랑스럽게 말했다. 일지선이 뭐냐고 묻는 관리에게 그는 집에서 거울을 보며 수없이 연습한 대로 큰 가위를 낸 다음 검지를 슬슬 접은 채 중지를 빳빳이 쳐들고 평화로운 표정으로 씩 웃었다.

비자를 발급받지 못한 그는 대발과 발바리에게 중지를 쳐든 채 "이것이 왜 문제입니까? 스승님들이 인증해주었으니 끝까지 책임지고 비자를 발급받게 해주십시오"라고 졸랐다. 아무리 좋은 뜻을 품은 행위라 해도 계속해서 성난 얼굴로 중지를 쳐들고 따지면 나쁜 의미가 생긴다. 제자는 손가락을 스승과 스승의 스승 앞에서 계속 흔들었다. 대발과 발바리도 처음에는 "미국인이 왜 비자를 발급하지 않는지 모르겠다"고 이구동성으로 제자를 달래다가, 발바리가 먼저 깨닫고 스승 대발에게 속삭였다. "아무래도 그가 화를 내는 모습이 테러분자처럼 보였기 때문이겠지요." 제자가 그 말을 들었는지 권총형 가위를 불쑥 내밀면서 "이렇게 하지 않았다구요. 나쁜 인상을 주지 않으려고 얼마나 노력했는데"라고 말하다가 설움이 북받쳐서 흐느꼈다. 대발은 발바리에게 맡기려다 직접 제자의 제자를 바라보며 온화하게 말했다. "화를 내지 말고 웃는 낯으로 손가락을 펴야지, 화난 표정을 보이면 누가 우호적으로 대하겠는가." 대발이 말을 마치자마자 그는 자기가 거울 앞에서 상냥하게 웃으며 중지를 쳐드는 동작을 얼마나 성심껏 연구하고 또 연습해서 보여주었는지 아느냐면서 참고 참았던 곡소리를 냈다. 미국에 가고 싶은 마음을 절절히 쏟아내는 곡소리였다.

　대발과 발바리는 미국 대사관에 편지를 썼지만 답장을 받지 못했다. 발바리는 자기 페르소나인 온교수의 힘을 빌려 SNS에 "부당하게 종교를 탄압하는 미국"이라는 글을 올렸다. 수많은 사람이 '좋아요'를 눌렀다. 금세 부수적인 효과가 나타났다. 세계인이 일지선에 대해 관심을 갖기 시작했다. 그들은 자기 나라에 온 미국 대사에게 편지를 보내 일지선이 역사적으로 중국의 당송 시대부터 수많은 부처를 인증한 몸짓이지만, 현대에 선의 맥을 가장 잘 잇고 꽃피우고 있는 대한민국의 대발과 발바리가 대중화의 길을 열었다는 사실을 설명했다. 세계인의 집단지성은 무엇이나 자기네 것이라고 주장하는 중국의 문화 패권주의를 부추겨서, 사회주의로 정서가 메마른 중국에 일지선과 불교를 되살려주고, 더 나아가 티베트를 존중해주는 효과를 노리는 한편, 일지선 포교사에게 비자를 내주라고 미국을 압박했다.

그러고 나서 세계 지성인들은 일지선의 역사와 문화를 연구하려면 두껍디두꺼운 층위를 한 켜씩 벗겨내야 하겠지만, 미국에 그처럼 막중한 업무를 맡기려는 뜻은 없다고 설명했다. 미국은 중지를 욕으로 쓰는 문화가 발달했기 때문에 일지선의 문화적 배경을 알아보기 전에 편견부터 가지며, 더욱이 명문 하버드 대학교의 법학교수도 일본 돈을 받고 전범의 논리를 대변하는 실정이므로 공정한 분석을 기대할 수 없다는 뜻이다. 세계 지성인들이 미국의 편협한 문화정책에 항의하는 동안에도 온교수는 화가 나서 견딜 수 없었다. 그는 라스베이거스 관광객에게도 내주듯이 비자만이라도 내달라는 부탁을 왜 들어주지 않느냐고 분개했다. 포교자가 미국인 앞에서 직접 일지선을 진솔하게 시연하면서 그 정신을 설명하도록 해달라는 요구를 왜 들어주지 않는가? 그는 인종차별주의자나 편협한 원리주의자처럼 타국민의 종교와 문화를 잠자리 눈곱만큼도 이해하려 들지 않고 무조건 탄압하는 미국의 각성을 촉구했다.

　　발바리는 일지선을 자세히 다루는 영상을 제작해서 퍼뜨렸다. 조회 수는 날마다 폭등했고 계속 새로운 기록을 달성했다. 영상은 대대적 성공을 거두었고, 발바리는 내친김에 '일지선 2'도 영상으로 제작했다. 그는 자기가 직접 능화경을 들고 씩 웃으면서 중지를 수줍게 펴는 모습을 다각도로 찍었다. 그의 중지는 우아하게 피어나고, 신심이 깊은 사람들은 그 끝에 주렁주렁 달린 다양한 꽃과 씨방들을 보았으며, 꽃망울과 씨방이 툭 터져 멀리멀리 날아가는 모습과 함께 '씨방 새처럼'이라는 자막을 읽으면서 따라 하고 싶은 욕구에 저도 모르게 씩 웃으며 중지를 폈다. 일지선의 씨앗이여, 새처럼 먼 곳으로 퍼지렴. 황새가 아가를 물어다주듯이, 씨방 새는 세계 평화의 씨앗을 널리 퍼뜨려주렴.

그러나 문화적 차이를 실감하는 일이 벌어졌다. 미국에서는 손가락을 쳐들고 웃거나, 웃으면서 손가락을 쳐들거나, 인상을 쓰면서 쳐들거나, 쳐든 뒤에 인상을 쓰거나, 어느 것이 먼저인지 세미나를 하다가 토론이 언쟁이 되고 총부림으로까지 발전했다는 소식이 들려왔다. 아무튼 일지선은 세계적으로 참뜻을 받아들인 자와 그렇지 못한 자의 세계를 나누는 지표가 되었으니, 무엇이든 선하고 악한 의미는 행위 속에 있지 않고 행위를 받아들이는 마음에 있음이 교훈이다. 그래서 일지선을 밥 먹듯, 차 마시듯 행하는 우리나라에서는 중지를 쳐들면 별로 술 석 잔을 처먹이지만, 미국에서는 중지를 쳐들면 그것을 본 사람들이 돌림빵을 처먹이거나 일대일 맞장을 떠야 했다. 그래서 '중지를 편 손등을 반드시 자기가 본다'는 규칙을 정했다.

온교수의 이메일과 SNS에는 뜻하지 않은 질문이 쏟아져 들어왔다. 능화경을 어디서 살 수 있느냐는 질문이었다. 일지선의 필수템이 능화경이었다. 발 빠른 사람들이 벌써 마데made제를 다량으로 주문하고, 텔레비전 광고를 때렸다. '하나 사면 얼마짜리 할인해서 마이너스 얼마, 만 원 추가하면 하나 더'를 주야장천 떠들어댔다. 온교수는 발바리에게 주물공장을 알아보든지 3D 프린터를 구입해 능화경을 제작해서 팔자고 제안했다. 발바리는 능화경 모델을 선정하다가 말 그대로 선정에 들었는데, 예쁜 동생들이 번갈아가면서 능화경을 들고 중지를 쳐든 뒤에 씩 웃거나, 씩 웃으면서 중지를 쳐들거나, 씩 웃되 중지를 과격하게 펴거나, 온화하게 펴거나, 펴는 듯 마는 듯 망설이다 펴거나 하는 모습을 보면서 깨어나지 못하고 있었다. 꿈속에서도 좋은 것은 좋았다. "나는요, 일지선 제일 좋아~"라는 동생, 여럿이 칼 군무로 중지척 하는 동생들, 말 타는 듯 흔들면서 "일지선, 세계 스타~일" 하는 동생, 모두 탐나는 모델이었다.

일지선 놀이의 변형을 간단히 정리하자. 마주 앉은 두 사람이 검지척 또는 중지척과 표정 짓기를 동시에 얼마나 똑같이 하느냐를 평가하기, 이것은 '일지선 거울편'이다. 이 놀이의 변형이 '일지선 눈치 게임'이다. 긴 설명이 필요 없으니 넘어가고, 다음은 '일지선 애인편'인 새끼손가락 펴기다. 다중이 모인 장소에서 마음에 드는 사람을 보면 새끼손가락을 올리고 눈썹을 크게 움직여 신호를 보낸다. 누군가 그 행동을 따라 하면 그때부터 1일이다. 다음은 '일지선 약혼편'이며, 가장 어려운 약지 펴기다. 모든 사람은 다섯 손가락 중에서 약지만 펴기를 어려워한다. 그만큼 어려운 일을 쉽게 할 때가 있다. 이 놀이를 즐기려면 반지를 준비해야 한다. 마음에 드는 상대 앞에서 반지를 슬쩍 보여주고, 상대가 약지를 펴면 식만 하지 않은 약혼이 성사된다. 이렇듯 일지선은 무궁무진한 방식으로 즐길 수 있는 놀이다. 그 궁극적인 목적은 한마음이 되는 것이다. 일체중생이 오온의 무상함을 깨닫고 하나로 돌아가는 것이 손가락으로 달을 가리키는 뜻이다.

대발은 가끔 발바리 앞에서 검지를 세웠다. 발바리는 정보화 시대를 맞이했는데 스승이 아직도 상투적이고 식상한 행위로 자기를 시험한다고 생각하니 은근히 화가 났다. 그리고 마음속으로 비웃었다. '지가 무슨 비로자나불이라고.' 그러나 그는 매사에는 이유가 있다고 생각할 만큼 성숙했으며 상대방의 마음을 읽으려고 노력했다. 검지를 꼿꼿이 세우는 것이 그의 검지 근육과 뼈인가, 아니면 나머지 손가락인가, 간단한 문제가 아니었다. 남에게 삿대질을 일삼는 자가 있다면, 그는 남의 허물을 탓하려고 검지로 가리키지만, 자세히 보면 엄지도 상대를 향하고 있다. 손가락 다섯 개 가운데 기껏해야 두 개로 상대의 허물을 지적할 때, 자기를 향한 손가락이 세 개다. 대발이 발바리에게 다른 뜻을 전수하고자 그러는 것일까?

발바리는 '굳이 가르치려고 가리킬 것까지 있을까'라고

속으로 생각했다. "그래, 선수끼리 눈빛만 봐도 알지요. 전문가끼리 굳이 비싼 밥 먹고 왜 그딴 일 하는 데 힘을 쓰냐고요." 대발의 콧구멍에서 피가 흘렀다. 대발이 코를 파다 재채기가 나서 잠시 멈추고 있는 사이에 발바리가 들어간 것이다. 담 밖으로 황소 뿔이 지나가면 황소가 지나가는 줄 알고, 도장을 종이에 세워놓으면 도장을 찍은 줄 알듯이, 검지를 쳐든 사람이 콧구멍에서 피를 흘리면 코를 후벼 팠음을 알 수 있다. 발바리는 스승이 배꼽을 파서 냄새를 맡다가 내친김에 코를 파서 상처를 냈다고 추론할 수 있었다. 대발은 명민한 제자를 두었으니 세상에 강림한 보람을 충분히 느낄 만했다.

발바리는 가끔 대발을 불러놓고 자기 생각을 투영했다. 온교수는 발바리를 소환할 때 발바리가 가끔 대발도 데리고 다닌다는 사실을 언제부터인지 눈치 챘다. 온교수는 머릿속인지 마음속인지 모를 곳에 아파트 한 채를 가지고 있었다. 그는 자기 침실·공부방·화장실을 마련해놓고, 발바리에게 작은 방 하나를 내주었다. 발바리는 스승이랍시고 대발을 데려다가 함께 살았다. 물론 온교수는 발바리가 대발을 데려와 동거했는지, 아니면 대발이 발바리 방에 숨어들었는지 잘 알지 못했다. 대발이 발바리 방에 먼저 들어가 살았다면, 온교수가 아파트를 마련하기 전부터 대발이 살던 집이라는 뜻이다. 정체를 알 수 없는 동거인이 주인과 공간을 공유하는 내용을 영화에서 보았으니, 그럴 수도 있겠다고 생각했다. 그러나 곰곰이 생각해보니, 발바리가 대발을 창조했음이 분명하다. 온교수가 아파트를 마련하고 대대적인 공사를 했기 때문에 다른 거주자가 들어올 틈은 없었기 때문이다.

온교수는 노래를 흥얼거리면서 출근했다. "나는요, 일지선 제일 좋아~." 그는 1학년 학생들에게 인간의 특성에 대해 생각나는 대로 말해보라고 했다. "불을 일으켜요", "옷을 지어 입어요", "돈을 만들어요", "외계로 가요", "수능시험 봐요", "먹방 해요", "등록금 내요", 배가 점점 산으로 가고 있었다. "팬티 입어요", "타이즈 위에 팬티 입어요", "박쥐 가면에 망토요." 온교수는 적당히 끊고 강의를 시작하려고 했지만, 학생들은 뒤돌아 앉아 협찬 어쩌고 하면서 깔깔댔다. 온교수가 "같이 웃지"라고 말하니, 학생들이 서로 눈치를 보았다. "아까 누군가 돈 얘기를 했죠? 여러분이 제일 갖고 싶은 것이니 한번 얘기해봅시다."

온교수는 돈의 유래부터 얘기했다. 모든 사람이 평등할 때였다. 이틀이나 사흘 동안 죽기 살기로 사냥감을 쫓아다니다가 어쩌다 토끼라도 한 마리 잡으면 둘러앉아 나눠 먹었다. 불을 피울 줄 아는 사람 덕에 불고기 파티를 열었고, 구성원들이 점점 다양한 능력을 발휘하면서 차츰 생활방식이 바뀜에 따라 구성원들 간에 차이가 생겼다. 토끼만 잡아서는 늘어나는 식구가 굶어 죽기 십상이었기 때문에 큰 동물을 잡아먹기 시작했다.

학자들은 인류의 도구가 발달하는 과정을 파악해 석기 시대가 가장 오래되었다고 하지만, 그전에 이미 목기 시대가 있었다. 침팬지나 고릴라가 몽둥이를 들고 동료나 적을 위협하는 모습을 보고서도 모른다면 목기 시대에 대해 알려줄 길이 없다. 석기 시대 이전에 쓰던 목기가 남아 있지 않기 때문에 목기 시대는 언급하지 않았을 뿐이다. 옛날 빠지는 사람을 마구 씹어대는 이치를 생각하면 된다. 하나님처럼 우리가 볼 수 없는 존재는 언제나 약자다. 사기꾼이 멋대로 팔아도 자신을 스스로 방어할 기회가 없기 때문이다. 목기 시대도 마찬가지. 나무 칼·창의 화석만 나와주면 인류의 역사를 다시 쓰고도 남는다.

이제부터 역사를 올바로 세분하면 구목기 시대가 석기 시대 앞에 있었다. 뾰족한 나무 끝을 지지면 단단해진다. 그것이 구목기 시대의 도구였다. 신목기 시대는 오히려 철기 시대에 나타나서 오늘날까지 지속한다. 운동부에서 선후배 관계를 정리하는 도구가 주로 매끈하게 깎고 잘 부러지지 않게 처리한 목기임을 맞아보지 않은 사람도 잘 안다. 군에서는 5파운드 곡괭이 자루가 있고, 김구 선생 암살범을 때린 정의봉도 신목기 시대의 도구다.

예로부터 힘센 사람이 자연히 우두머리가 되었다. 그의

곁에는 눈치 빠른 사람이 붙어서 지배원리를 이론화한다. 둘은 서로 자기가 우두머리라고 생각한다. 눈치 빠른 사람을 모사꾼이라 하는데, 그가 실질적인 우두머리인 양 행세하지만, 힘센 우두머리가 화가 나서 "내 밑으로 집합!"을 선언하면 그도 빠져나갈 방법이 없다. 머리가 조금 나쁘고 우직하더라도 사람을 부리는 한두 가지 요령은 알기 마련이므로 모사꾼을 존중하는 척하면서 딴마음 먹지 못하도록 가지고 놀게 된다. 우두머리가 때로는 진심으로 화내는 척하고, 모사꾼이 어정쩡하게 서서 비굴하게 웃으며 '나도?'라고 묻는 표정을 지을 때 한 단계 더 화를 내면 모사꾼도 벌받는 자리에 선다.

그러나 힘센 사람이 언제까지나 우두머리로 있기는 어렵다. 모사꾼이 뺨을 맞는 일에 이를 갈고 언젠가 복수할 날을 벼르기 시작하면 새로운 지도자를 뽑는다는 신호다. 깡패국가에서 지도자를 뽑는 방법은 빤하지 않은가? 뒤통수를 치거나, 정면에서 총알을 박아 넣거나, 한 놈 죽어야 새로워진다. 옛날 미국 만화에서 본 내용이 생각난다. 여행자가 남미의 어느 나라 술집에 들러 한잔 마시는데 밖에서 총소리가 났다. 바텐더와 다른 손님들은 침착한데, 불안한 여행자가 무슨 일이냐고 물었다. "새 지도자를 뽑는 중이오." 불문헌법의 조직보다 성문헌법의 조직이 나은 까닭이다. 아무리 단순해도 글로 적은 것만은 지켜야 하기 때문이다. 그러나 성문헌법을 자기 뜻대로 만들고 멋대로 놀다가 총 맞은 지도자도 있었다. 그리고 어김없이 새 지도자를 뽑았음을 온 세계가 다 안다.

역사적 사례를 증거로 들이대면서 원칙과 실제가 많이 다르다고 반박하는 사람이 있겠지만, 재반박하고 싶은 마음도 없으니, 힘센 자가 이끄는 세상 얘기를 이어나가자. 동물의 세계에서도 힘센 놈이 우두머리기 때문에 인간의 특성은 다른 데서 찾아야 한다. 인간 세계에서는 관상이라는 기술이 발달했다. 그래서 사업과 사기를 혼동하는 장모는 힘 있는 사람을 만나기 좋은 업종에 딸·수양딸들을 두고 '왕이 될 상'을 골라 사위 삼는다. 그러한 얘기는 쉽게 퍼진다. 신문과 잡지에서도 '그는 왕이 될 상'이라고 다뤄주면, 그는 작은 조직의 보스 노릇을 당장 집어치우고 왕이 되겠다고 부지런히 돌아다니고, 자기보다 먼저 왕이 되려다 꿈을 이루지 못한 이무기를 만나 간을 본다. 대다수 사람은 민주주의 국가를 왕국으로 만들려는 그들을 비웃는다. 그러나 '상相'을 믿는 사람들이 꾸준히 조작하면 때로는 왕을 만들기도 한다.

영악한 10대 사이에서도 관상술을 응용하기 시작했다. 동급생이나 후배를 때리는 일진에게 누군가 '너는 연예인이 될 상'이라거나, '너는 국대급 선수가 될 상'이라고 말하면, 때리기만 하던 애가 갑자기 자신의 미래를 위해 예절바른 인간으로 급변한다. 땅 투기꾼이 맹지를 사서 형질을 변경하듯이, 일진은 때리는 손의 저렴하고 비열한 용도를 잘못을 비는 예절바른 손으로 완전히 바꾼다. 몸짓이 내용을 갖추어 입으로도 공손하게 사과한다. 이처럼 관상은 조폭을 와해시키는 힘을 발휘한다.

아직 관상술이 발달하지 않은 원시사 시대에도 루소의 자연상태처럼 공동체의 평등한 질서가 존재한 적은 없었다. 어느 날 모사꾼이 두목에게 속삭인다. "돈을 만듭시다." "어떻게?" "평소에 봐둔 녀석이 있습니다. 그를 불러다가 돈 만드는 일을 시키죠." "알아서 하게." 그렇게 해서 조폐관이 생겼다. 옛날에는 조개껍질을 돈으로 썼는데, 부산에 조폐창이 있었다. 동삼동에서 발굴한 패총이 그 자리였다. 조폐관은 출근해서 퇴근할 때까지 하루 종일, 1년 내내, 조개만 까먹었다. 껍질을 많이 만들어야 하니까 할 수 없이 개구린지 두꺼빈지 '쐬주'도 많이 깠다. 그래서 "두꺼비 조개 까먹듯 한다"라는 말이 생겼다.

연중무휴. 온교수는 명동에서 왕만두집을 하던 친구가 생각났다. 하루도 쉬지 않고 장사하는 그에게 "쉬는 날이 언제냐?"고 묻자, 그는 조금도 뜸 들이지 않고 "명동파출소 쉬는 날"이라고 대답했다. 옛날 조폐관도 명동파출소가 쉬어야 쉴 수 있었으니 참으로 고되게 살았다. 그는 날마다 조개를 쌓아놓고 구워 먹었다. 팔을 비틀면 쐬주 냄새 섞인

타우린이 흐를 정도로 열심히 돈을 만들었다.

두목은 모사꾼에게 조폐관이 만든 돈을 가지고 무엇을 하느냐고 물었다. "돈은 써야 맛이죠." 모사꾼은 법을 제정해서 통용시키면 된다고 말했다. 돈이 생기자 법이 생겼음을 알 수 있다. 엄밀히 말해서 돈과 법은 쌍둥이였다. 쌍둥이도 시차를 두고 태어난다. 더 안쪽에 있다가 세상에 조금 늦게 나오는 사람을 동생이라고 부르는 것은 부당하다. 부지런한 정자 둘이 열심히 헤엄쳐 난자에 동시에 꽂혔는데, 어머니가 좀더 소중한 자식을 안쪽에 품었다. 어머니가 푸대접해서 먼저 밀어낸 자식을 형이라고 불러야 옳은가? 사랑스러운 자식에게 먼저 세상을 경험하게 해주려는 깊은 뜻을 푸대접으로 해석한다고? 논란거리다. 여성주의 관점을 반영해서 검토해볼 만하다.

아무튼 돈과 법은 언제나 함께 다닌다. 전관예우가 얼마나 알기 쉬운 사례인가? 평민도 돈과 법의 관계를 잘 안다. 함무라비 법전에 술에 물을 타서 팔면 사형이라고 못 박았다. 이처럼 부당이익을 얻고자 하는 자에게 법의 준엄한 심판을 내렸다. 옛날 우리나라에서도 비슷한 사례가 있었다. 객주에서 "주모, 술이 너무 싱거워"라고 손님이 툴툴대니, 주모가 손님상의 막걸리 사발을 들고 찔끔 맛본 뒤에 말했다. "아차, 술 타는 걸 잊어뿌따." 손님은 허리춤에서 사전私錢을 꺼내 상에 던지고 가버렸다.

눈에는 눈, 이에는 이. 이 원칙을 지키면 만날천날 발전하긴 글렀다. 만일 누군가 일대일 원칙으로는 사회문제를 해결할 수 없으니 "악당에겐 악당의 한 배 반" 원칙으로 가야 한다고 말했다면 역사는 달라졌을 것이다. 법관들은 사회지도층이 법을 어기면 너그럽게 처분하지만, 평범한 사람이 작은 죄를 지어도 엄하게 처분한다. 평범한 사람들이 참다못해 들고일어나 평화적인 촛불시위로 정권을 바꾼 뒤에도, 저울을 든 아줌마는 여전히 잉어를 놔주고 송사리를 잡는다. 연약한 아줌마는 저울 들고 있기도 버거운데 펄떡거리는 잉어를 어떻게 잡을 수 있겠는가? 그나마 송사리만이라도 잡아서 질서를 유지하니 얼마나 눈물겨운 일인가? 아니, 잉어찜보다 도리뱅뱅이를 더 좋아한다던가? 아줌마에게 보양식을 먹여 잉어의 한 배 반 정도 강력한 힘을 길러야 민주주의가 한 단계 더 발전하겠지. 400년 전에 햄릿 왕자는 "법은 꾸물대고, 관리들은 무례하다"고 툴툴댔는데, 영국의 법치주의는 그 덕을 보았다. 우리도 계속 툴툴대야 발전한다.

두목은 모사꾼과 조폐관을 거느리고 떵떵거리며 산다. 다른 지역의 특산물을 사다 팔아 수백 배 이익을 남긴다. 모사꾼은 어디서 신관을 데려와 자연현상을 그럴듯하게 해석하고, 보이지 않는 힘을 마음껏 부린다고 소개한다. 신관의 능력은 한이 없다. 북쪽 오랑캐가 강성하니 방비하려면 북풍을 막아야 한다고 예언하면서 동남풍을 초청한다. 하늘을 보고 몇 번 고개를 끄덕이고, 나무 아래에 정화수 떠놓고 기도한다. 몰래 구경하면 벌을 받아 자손이 끊긴다고 겁주어 영업비밀을 유지한다. 더욱이 그 능력에 겁먹은 사람들이 그의 말을 거역할 리 없다. 그들이 관상술을 발달시켰다. 양심적으로 보이는 인간의 위장술을 폭로하려고 비오는 날에도 먼지가 나올 때까지 탈탈 털었다. 그렇게 해서 자신들을 닮은 사람들만 자기네 울타리로 삼았다.

다스리는 자, 그 곁에서 붙어먹는 자, 그들이 직접 고용한 자, 이렇게 지배계급이 형성되었고, 나머지는 피지배계급인데, 이들 사이에서도 경쟁체제가 생겼다. 이들 중에 관찰과 연구에 능력을 발휘하는 자들이 조금씩 두각을 나타냈다. 어떤 연구자는 파리를 연구하다가 이미 누가 연구를 마쳤다는 얘기를 듣고 실망했다. 관찰자가 파리를 가둬놓고 오랫동안 관찰하다 보니 자기가 무슨 잘못을 저질렀다는 것인지 늘 앞발로 싹싹 빌었다. 그래서 다리를 잘라버리니 더는 빌지 않았다. 관찰자는 "파리의 겸손은 앞발을 가진 덕이며, 겁을 없애려면 앞발을 제거해야 한다"는 이론을 정립했다. 그러나 용감한 파리를 길러서 어디에 쓰겠는가 하는 질문에 딱히 적절한 대답을 하지 못했기 때문에 이론은 사장되었다.

파리 연구에 선구자가 있었기 때문에 다른 연구자는 인

간에게 이바지할 수 있을 만큼 덩치 큰 동물을 물색했다. 당시 사람들은 이미 매머드를 몽땅 외상으로 잡아먹은 뒤였기 때문에 연구자는 소에 관심을 가지기 시작했다. 소는 늘 엎드린 채 침을 질질 흘리며 게으름만 피웠기 때문에 가까이 다가가서 안전하게 관찰할 수 있었다. 연구자는 어떻게 하면 소를 부지런히 움직이게 할 수 있을까 골똘히 생각하다가 멍에를 만들어 소의 등에 씌워보았다. 소는 겨우 일어섰다. 그런데 멍에는 너무 무겁기 때문에 소의 고통을 줄여주려고 다른 방법을 찾기로 했다. 결국 코뚜레를 찾았다. 결과는 상상을 초월했다. 아르키메데스는 훗날 "유레카!"를 외쳤겠지만, 소를 연구한 사람은 "대박!"이라고 외쳤다. 소에게 코뚜레를 거니 소가 벌떡 일어나 주인을 따라다녔고, 멍에를 씌우고 짐차를 달아주어도 무거운 기색 없이 더욱 힘을 내서 일했다. "코뚜레가 소에게 힘을 준다. 코뚜레와 멍에는 금상첨화다. 소에게 군이 세발낙지를 먹일 필요가 없다. 사람이나 먹어라." 그는 이 이론으로 소박사가 되어 훈장까지 받았다.

혁신은 생산으로 연결해야 가치가 있다. 성공하는 기업은 연구실에 투자하고, 연구성과를 곧바로 생산에 적용한다. 소박사는 재빨리 창업해서 '소박사 코뚜레', '소박사 멍에'를 생산했다. 전 세계 농부가 앞다퉈서 그 물건을 구입했다. 소박사는 부자가 되었고 그 나라 지배층에 이름을 올렸다. 세계의 모든 소가 그의 코뚜레와 멍에를 걸어야 자부심을 느끼는 듯이 뻐기면서 힘을 냈다. 그런데 베껴 먹기 달인이 '짝퉁'을 만들어 지적재산권을 침해하기 시작했다. 또 인간과 동물이 아직 교감하는 통로를 유지하고 있던 시절이었으므로, 영리하기로 사람 뺨 때리는 소는 신비한 힘으로 인간 정신을 지배하면서 자신을 신성한 존재로 모시게 만들었다. 조상 소가 영리했던 덕에 인도의 소는 비록 사람들과 먹이를 나눠 먹어야 하는 처지에 있어도 길에서 자기 수양에 정진할 수 있다. 그곳 사람들은 소의 여물 값을 벌려고 자기 일생을 세 등분해서 열심히 일하고 자식을 기르다가 겨우 짬을 내서 그들처럼 거리의 생활을 즐긴다.

한국의 농촌에도 창의적인 소가 있다. 그 소는 입을 교묘히 움직이며 특별한 소리를 만들어냈다. 주인이 깜짝 놀라서 그 소를 관찰했다. 소는 입으로 목탁소리를 냈다. 그리고 주인의 사랑을 듬뿍 받았다. 소는 계속해서 목탁소리를 냈고, 그 소문이 전국으로 퍼졌다. 불자들이 소를 찾아가 불전을 놓고 합장했다. 소는 신이 나서 더 열심히 목탁소리를 냈다. 소와 불자들은 '세상에 이런 일도 있다'는 방송에 출연했다. 소가 스스로 자성을 찾아 생로병사의 고뇌를 벗어난 사례다. 소부처님은 주인에게 돈을 벌어주고 수많은 보살의 절을 받으면서 하루 종일 목탁소리만 내며 염불한다. 그 소는 오늘도 고기를 나눠주고 떠나거나 떠나갈 여느 소의 극락왕생을 빈다. 그는 스스로 멍에를 짊어지지 않는 방법을 터득했으니, 소박사의 힘이 미치지 않는 영역에서 자신의 행복을 구가한다.

소박사의 성공담을 읽은 사람들은 너도나도 효율적인 노동력을 얻는 방안을 연구하는 데 매진했다. 문헌을 뒤지다가 가축보다 사람을 노예로 부리는 경우가 가장 효율적이라는 사실을 알아냈다. 그러나 학구적인 인간보다 망나니들이 사람을 노예로 부린다. 어쩌다 집에서 쫓겨나거나 제 발로 가출한 녀석들이 표류해 낯선 곳에 도착했다. 그들은 자신들을 흔쾌히 받아주고 먹여준 사람들에게 더 좋은 곳에 일자리를 마련해준다고 속인 뒤 배에 싣고 다른 곳으로 데려가 중노동을 시켰다. 가출한 놈들은 자기 고향과 표류지와 새로운 농장의 삼각무역망을 개척했다. 그들은 자신들에게 선의를 베풀고 고귀한 인류애를 실천한 사람들을 노예라고 불렀다.

노예의 노동력을 이용해 생산한 사탕수수와 럼주는 세계무역에서 큰 역할을 했다. 따지고 보면 술 안 마시고 맨정신으로 어떻게 노예를 부리겠는가. 마르크스는 세계의 역사발전 단계를 '원시 공동체 사회-고대 노예제 사회-중세 봉건제 사회-자본주의 사회-사회주의/공산주의 사회'로 보았지만, 아무리 생각해도 수긍하기 어렵다. 그가 자본주의 사회로 부르는 단계야말로 노예제 사회다. 사회주의로 나아가고 결국 공산주의를 이룩해야 한다는 말은 이해하겠지만, 마르크스는 비겁하게도 노예제 사회를 감추는 가면으로 자본주의 사회라는 허명을 내세웠다. 19세기 미국의 목화밭은 노예 노동으로 번성했다. 경제학자들은 19세기 수준에서 노예 노동이 공장제 노동보다 훨씬 경제적이었다고 분석했다. 그러나 공장제 노동도 노예 노동이라는 말은 감췄다. 농장 노예제와 공장 노예제는 일터의 차이일 뿐, 노예가 노동력을 제공한다는 점에서 같다.

온교수는 순간적으로 검지를 입에 댔다가 허공에 들어 보이면서 "여러분, 이것이 무엇입니까?"라고 물었다. "검지죠? 당연히 검지죠. 그런데 검지를 모르는 사람이 있을까 봐 물었겠어요? 이렇게 하는 의미가 뭔지 아는 사람이 있나 알아보려는 수작이지요. 수작酬酌 말입니다. 원래 술잔을 주고받는다는 '알흠다운' 말이지만, 음흉한 의도를 갖춘 행위 정도로 변질되었어요. 일 시킨 사람이 일꾼에게 술을 한잔 따라주면서 '수고했네'라고 할 때, 돈을 기대하던 일꾼은 속으로 '개수작 부리지 마'라고 하죠. 아무튼 부르고 쓰고 다 해야겠네요. 내가 검지를 든 것은 책장을 넘길 때 미끄러지지 말라고 하는 동작이지요. 아까 잘 보셨겠지만, 침을 바르고 책장을 넘기는 시늉을 했어요. 요즘은 어때요? 엄지와 검지 끝을 맞대다가 대각선이나 상하로 벌리는 시늉을 하죠? 모든 불행은 손가락을 자유롭게 쓰는 데서 시작되었어요. 인류의 불행만이 아니라 자연의 불행 말입니다. 인간이 엄지와 검지, 엄지와 중지, 엄지와 약지, 엄지와 소지를 자유롭게 맞닿게 하는 능력을 갖추면서 차이와 차별이 시작되었단 말입니다."

온교수는 단동십훈檀童十訓의 정신을 설명한 뒤, 그렇게 좋은 뜻을 왜곡하는 사례를 들었다. 극성맞은 부모들이 아이들에게 잼잼, 짝짜꿍을 부지런히 연습시키는 이유는 자식의 성공을 기원하기 때문이다. 잼잼의 원뜻은 손에 잡으면 놓을 줄도 알라는 것인데, 그들은 아가들에게 잼잼을 가르치면서 '돈을 쥐락펴락, 세상을 쥐락펴락' 하고 노래를 부른다. 암암리에 아가에게 손에 잡히는 대로 잡아서 집에다 갖다 쌓아놓으라고 가르친다. 재물운을 얘기하기 전에 재물을 잡을 준비부터 해놓으라는 뜻이다. 지나가는 재물을 빤히 보면서도 잡지 않으면 남이 채간다. 피구 경기에서 소극적인 선수는 큰 공도 잡지 않고 피해버리지만, 적극적인 선수는 공을 낚아채서 점수를 올린다. 잼잼을 열심히 하고 칭찬받은 아기는 짝짜꿍으로 화답한다. 짝짜꿍은 음양이 조화롭게 사는 이치를 깨치라는 뜻의 행동이며 부수적으로 혈액순환을 원활하게 해주는 효과도 있다. 그러나 아기의 성공에 집착하는 부모는 일상생활에서 짝짜꿍의 개방적 행위를 은밀한 짬짜미로 변질시킨다. '으른'이 되어서도 '도리도리'는 필요하다. 시선을 '골고루', '공정하게' 처리하려면 고개가 끊임없이 좌우로 돌아가게 마련이다. 양심에 찔려서 정면을 똑바로 보지 못하는 사람은 예외다.

아기는 자라면서 부모가 타인에게 은밀히 손을 내밀고 이익을 얻으려고 협조하는 모습을 본다. 그들이 은밀히 협조할 때, 사람들은 그들이 짝짜꿍 또는 쎄쎄쎄를 하면서 논다고 평가한다. 온교수는 두 사람이 한마음이 되어 양손바닥을 맞부딪치는 '하이파이브' 정신을 널리 퍼뜨려야 한다고 말하면서도, 고개를 갸우뚱하며 속으로 생각했다. '내가 무슨 말을 하는 거야, 시방? 말이 많으면 수습하기도 힘들군.' 온교수는 포스트모더니즘 정신으로 버티기로 했다. 논리는 듣는 사람이 세우게 되어 있다. 법정에서 검사의 논고가 비논리적인데도 판사가 찰떡같이 알아듣고 검사의 구형대로 유죄를 선고하는 사례는 언론이 제대로 보도하지 않는지 거의 '없다'. 교수의 강의를 듣는 사람이 이해하려고 노력해도 이해하지 못하면, 자기가 뭔가 다른 생각을 하다가 놓쳤다고 생각할 것이다. '이 맛에 교수하지.'

온교수는 본래의 이야기로 겨우 되돌아갈 수 있었다. "손재주가 노예제 사회를 만들었다는 얘기인데, 질문 있나요?" 그는 자신의 내면에서 혼란을 겪다가 순발력을 발동해서 평화 메시지로 강의를 마무리하기로 했다. 그는 검지를 세우다가 엄지까지 세워 가위를 불쑥 내밀고는 검지를 접으면서 총을 쏜 뒤의 반동과 검지 끝을 호~ 하고 불어서 연기를 흩어버리는 동작까지 묘사했다. "세상의 모든 불행은 이 동작 때문에 사라지지 않습니다. 돈을 빼앗고, 인격을 파탄내고, 사람들을 학살하고, 노예제도를 유지합니다." 그러다가 그는 뜬금없이 마르크스의 역사발전에 대한 개념을 수정하겠다고 선언했다. '원시 공동체 사회-고대 노예제 사회-중세 봉건제 사회-자본주의 사회-사회주의/공산주의 사회'는 생산수단을 누가 가지느냐의 관점이라고 하지만 인간의 능력과 한계를 고려해서 다시 검토할 여지가 있는 이론이다. 역사발전을 잘 설명하려면 인간 중심의 원리를 세워야 하고, 역사적으로 지배자보다 피지배자가 훨씬 많았으며, 인권의 발달로 시민사회의 주역이 '깨어 있는 시민들'이라 해도 역시 그들보다는 '깨어나지 못한 시민들'이 훨씬 많다는 점을 고려해야 한다. 따라서 인류의 역사를 노예제라는 관점에서 규정할 필요가 있다.

온교수는 '원시 노예제 발아 시대-농업 노예제 시대-공업 노예제 시대-지식·정보 노예제 시대'에 대해 설명했다. 태초에 노예제가 생겼다. 힘과 지력의 차이로 생긴 노예제는 좀더 조직적 생산단계인 농경 시대의 노예제로 발전했다. 이때 노예무역이 성행했다. 종래의 로마제국 시대와 근대의 대농장제는 모두 노예 노동으로 생산력을 증가시켰다. 가내수공업에서 공장제 공업으로 발달함에 따라 농업 노예가 공장 노예로 바뀌었다. 농촌에서 일거리가 없는 노동자들이 공장이 있는 곳으로 쏠리면서 공업도시가 생겼다. 공업도시는 노예들의 생활터전이 되었다. 마지막 단계는 지식과 정보 산업이 발달하면서 자발적인 노예들을 양산했다.

"뜬금없는 얘기처럼 들리겠지만, 우리 조상들의 무덤 얘기를 해볼까요? 고구려 무용총의 벽화를 보셨죠? 〈수렵도〉에서 무엇이 인상적이던가요?" 온교수의 질문에 학생들이 저마다 한마디씩 했다. "그렇죠, 말을 달리면서 뒤를 향해 활을 쏘는 무사의 모습이 멋있죠? 자칫 단조로울 수 있는 그림을 역동적으로 만들었어요. 더욱이 무사와 말이 한 몸처럼, 한마음으로 움직인다는 뜻이죠? 현대인이 아무리 자율주행 차량을 만들어 굴린다 해도, 우리 조상이 말을 기르고 가르친 것처럼 정서적 교감까지 할 수 있을까요? 고대인은 이미 자율주행을 하는 동물을 길렀습니다. 백미러가 없기 때문에 말에게 주행을 맡기고 뒤를 향해 활을 쏴야했지만, 멋지지 않아요? 여러분도 김유신 장군이 술에 취해 잠든 사이에 말이 천관녀 집까지 간 얘기, 잘 알죠?"

역사 속에서 자율주행의 사례를 찾는다면, 오늘날 지식과 정보 산업에서 자율주행 차량을 개발하는 바람도 신선하지 않다. 단지 대리운전 기사라는 직업은 큰 타격을 받을 것이다. 아무튼 온교수가 학생들에게 말하는 요점은 다른데 있었다. 인간이 새로운 물질문명을 발달시켜서 생활을 더욱 안전하고 편안하게 만들어주었지만, 동물의 힘을 기계의 힘으로 바꾸어 활용하는 방식을 비교해보면 비슷한 구석이 있음을 알 수 있다. 말과 자동차가 사람과 맺은 관계를 보자. 말은 주인에게 신뢰를 느끼고 충성할 의지가 있지만, 차는 오히려 인간의 일방적인 자존심과 애정과 충성심의 대상일 뿐이다. 그러나 인간은 일방적으로 말과 차를 버릴 수 있다. 김유신이 자기 잘못을 애마에게 뒤집어씌워 무참히 죽인 것처럼 차 주인은 실컷 타고 다니던 '애마'를 한 푼이라도 더 주는 사람에게 넘기거나 폐차시킨다. 물론 아직도 사람과 가축 사이에 가족애를 지키며 사는 사람이 존재하기도 하지만.

영화 〈워낭소리〉를 본 사람은 007시리즈에 등장하는 슈퍼카가 불타거나 망가지는 모습을 본 사람과 전혀 다른 감정과 여운을 느낄 것이다. 누구보다 빨리 문명의 이기를 활용해서 성공하는 것, 옛날처럼 스스로 일해서 먹고살면서 행복하다고 만족하는 것, 이는 사는 방식의 선택문제일 뿐, 더 낫거나 못한 문제는 아닐 것이다. 물질의 풍요를 찬양하는 것은 그럴 수 있다 쳐도 물질의 노예는 되지 않겠다고 결심하고, 물질을 이용하되 이기심과 이타심의 균형을 잡으면서 이용하면 좋겠다. 한 단계에서 다음 단계로 넘어간다고 해서 이전 단계가 완전히 소멸하지는 않는다. 이것은 '비공시성이 공존'하는 현상이다. 유신정권을 찬양하는 사람,

일제강점기를 그리워하는 사람, 정치에는 무관심하면서도 수입과 명성을 노리고 악담만 하는 사람이 함께 사는 가정을 상상하면 된다.

　지식과 정보 산업이 발달하면 좋은 점이 많다. 누구나 자기가 있는 곳에서 알고 싶은 지식이 있는 곳에 접속하면 알아낼 수 있다. 절대로 남에게 휘둘리지 않을 기회가 생겼지만, 게으른 사람들은 남이 보내주는 정보에 의존하면서 조종을 받는다. 대체로 생명의 위협을 받아 어쩔 수 없이 노예가 되는 시대와 달리, 지식·정보 노예제 시대의 노예는 자발적 노예다. 모두 손가락으로 노동하면서 살아간다. 이 단계는 민주주의가 발달한 단계이기 때문에 '투표 노예제 사회'라 부르기도 한다. 비공시성이 공존하기 때문에 손가락으로 달을 가리키는 사람들이 사는 사회가 어딘가 있을 것이다. 그곳으로 가고 싶다. 그곳으로 간 사람에게 이곳에 남은 사람은 "아제 아제 바라아제, 바라승아제, 모지사바하"라고 축하의 주문을 외운다.

옛 거울 깨뜨리고
새 거울 갖기

대발은 가부좌를 튼 채 반쯤 눈을 감고 있다. 발바리는 어린 시절에는 쉽게 가부좌를 틀었는데, 다리 근육을 강화한 뒤로 한쪽 발을 다른 쪽 무릎에 올리기만 해도 숨이 찼다. 허벅지 근육을 강화하면 뱃살도 붙는 모양이다. 무릎 위에 겨우 올린 발을 잡아 고관절 쪽으로 잡아당기려 해도 볼록 솟은 근육에 뒤꿈치가 걸렸다. 그래서 발바리는 스승 앞에서 앉은 채로 닭싸움을 하자고 덤비는 꼴이 되었다. 스승은 제자의 닭싸움 도발을 보는지, 보고도 안 보는 척하는지, 실눈 뜨고 자는지, 도대체 속을 드러내지 않았다. 대발은 잘 때 무호흡증으로 발바리를 걱정하게 만들고, 선 수행을 할 때는 숨을 쉬는지, 아니면 몸만 남기고 어디로 가셨는지 모를 만큼 고요히 앉아 있었다. 발바리는 스승의 단전을 유심히 관찰했다. 그는 대발이 단전에 모은 손만 미세하게 앞뒤로 움직이는 것을 보고 아직 살아 있다고 안심했다. 발바리는 여유롭게 스승을 관찰하면서 생각했다. '내가 스승님의 살을 빼앗고 있는가? 내 배가 나오는 만큼 스승님은 야위기만

하는군. 이러다 스승님이 생불로 추앙받는 거 아냐? 대방광大方廣이 아니고 대발광大跋廣.'

온교수는 능화경 속에서 세계를 들여다보았다. 그의 일행은 인도의 보팔에서 하룻밤을 자고 산치탑을 보러 갔다. 가는 내내 유니언 카바이드 독가스 유출사건의 희생자 1만 5,000명 이상의 가슴 아픈 죽음이 안타까워 맘껏 숨 쉬기도 힘들었다. 도중에 막대기로 길을 막고 통행료를 받던 노인을 보고서 돈이 굴러다니니 분명히 사람이 살고 있음을 비로소 느꼈다. 길옆을 보니 새들이 하늘에서 빙빙 돌다가 피 묻은 손으로 던져주는 살점을 물고 날아갔다. 한 사람이 커다란 칼로 시신을 잘라 던져주고 있었다. 말로만 듣던 조장鳥葬을 보았다. 어느 새가 망자의 혼을 받아먹었을까?

인도에서 엘로라·아잔타·뭄바이를 둘러본 뒤 조그만 프로펠러 비행기를 타고 파키스탄으로 갔다. 비행장에 내릴 때까지 긴장했지만, 무사히 내리니 작은 버스가 기다리고 있었다. 유럽에서는 사람들이 띄엄띄엄 앉고 짐을 잔뜩 싣고서도 넉넉한 버스를 탔는데, 파키스탄에서는 통로에 짐을 싣고 옆 사람과 체온을 나눠야 할 정도였다. 승객들을 친하게 만드는 버스가 그럭저럭 고대 유적지 모헨조다로에 도착했다. 벽돌로 쌓은 성벽 안의 도시를 오르내리면서 흥미롭게 구경했다. 거의 6,000년 전에 도시를 건설할 때, 벽돌을 굽느라 나무를 남벌했다. 그러나 그 도시는 삼림훼손이 아니라 기후변화로 멸망했다. 염분이 지표면으로 올라와 농사를 지을 수 없게 되었기 때문에 결정적으로 쇠퇴했다. 온교수는 안내인의 설명에 만족했다. 그는 여행 다니면서 만난 안내인 가운데 가장 지적이었다. 그는 카라치 아니면 라호르에서 태어나 고등교육을 받은 뒤 중국에 유학한 덕에 영어보다 중국어를 더 잘한다고 했다. 그는 무역업을 하면서 가끔 관광안내도 했다. 그는 온교수 일행에게 영어로 설명했다.

'죽은 자의 언덕'을 뜻하는 모헨조다로 유적에 한국인들이 들이닥쳐 박물관 책과 유물의 재현품을 싹싹 쓸어버리면서 잠시나마 4,000여 년 전의 활력을 되찾게 해주었다. 처음에는 경비하는 군인들이 조금 까다롭게 굴었지만, 안내인은 열심히 설명한 뒤 그들과 멀어졌을 때, "멍청한 인간들 같으니"라고 화를 냈다. 그 멍청한 인간들은 아마도 안내인에게 공연한 트집을 잡았던 것 같다. 그들은 온교수가 들고 있는 비디오카메라를 보고 싶어 했다. 이미 인도에서도 뭄바이 근처에 사는 아이들의 호기심을 충족시켜준 카메라는 이번에도 파키스탄 군인들을 기쁘게 해주었다. 영국 식민지였다가 해방되면서 종교 갈등으로 갈라진 인도와 파키스탄, 방글라데시가 본디 한 나라였음을 비디오카메라가 증명해주었다.

모헨조다로에서 다음 목적지인 라호르로 가는 동안 부

토 여사가 연금상태에 있다는 집도 돌아보고 난 뒤, 버스가 시장통을 가다 서다 반복하며 움직이는 동안 잊지 못할 장면도 보았다. 도축업자가 야윈 소를 끌고 와서 도살한 뒤 부위별로 잘라서 파는 장면이 눈에 선하다. 한국 전통시장에서 개나 닭을 잡는 모습과 크게 다르지 않았다. 문명이 발달했다고 해도 약육강식의 고리를 끊지는 못했다. 오늘날에야 비로소 공장에서 고기와 생선을 제조한다는 말이 나오기 시작했으니 억울한 죽음은 많이 줄어들 테지. 온교수는 라호르 시장의 피비린내 나는 추억을 떠올리며 급히 고개를 흔들고 다음 장면을 생각하려고 애쓰다가 라호르 박물관의 '부처 고행상'을 생각해냈다.

대발이 좌선하는 모습을 보면서 부처님 모습을 생각하다 보니 옛날 파키스탄의 펀자브 지방에서 조그만 버스로 북쪽의 라호르까지 달려가 마침내 부처상을 친견한 일이 불쑥 떠올랐다. 부처가 생로병사의 고뇌를 여의는 해답을 찾으려고 밥을 굶은 채 고행에 매진한 모습을 얼마나 생생하게 묘사했는지. 살가죽은 뼈에 걸려서 더 들어갈 곳이 없을 만큼 말랐다. 살갗 위로 드러난 핏줄은 부처의 생명을 몸속에 가두고 윤회시키는 듯한데, 퀭한 눈에 피골이 상접한 상태에서도 고귀한 자태를 조금도 흐트러뜨리지 않는 부처가 고행으로 해탈하지 않았다는 사실에 온교수는 안심했다. 굳이 굶지 않아도 부처가 될 수 있다고 위안받으면서도 어느 정도까지 고행하면 그러한 경지에 이를지 가늠하기 어려웠다. 간다라 양식의 부처상은 대개 우견편단右肩偏袒인데, 고행상의 부처는 왼쪽 어깨에 걸쳤던 옷까지 흘러내린 모습이다. 오온이 모두 공한 것임을 적나라하게 표현했다. 쇄골과 승모근이 마름모꼴인 것으로 보아 운동을 한 몸이 아니었을까 잠시 즐거운 추측이나마 해보았다.

온교수는 대발의 야윈 몸을 보고 생불을 생각했다. 너무 후한 점수였다. 파키스탄의 부처상을 생각하면 대발은 피둥피둥 말랐다. 그렇지만 대발이 정진하는 모습에 감동해서 코끝이 찡했으니, '이렇게 해서 신화가 생기는군'이라고 냉정하게 생각했다. 온교수는 대발에게 승복을 하나 맞춰줘야겠다고 생각했다. 고대 그리스인들이 입었던 것처럼 품이 넉넉한 옷을 지어 입히면 좋겠다. 간다라 양식이 뭐 별 거더냐, 한복이 훨씬 아름답다. 한복 입은 생불이라. 고대인들은 길가메시, 헤라클레스를 반신반인으로 생각했지.

그러고 보니 우리나라에서는 박정희를 반신반인으로 추앙하는 사람들이 있다. 은진미륵 앞의 법당 안에서 그의 사진을 본 것 같은데, 기억이 가물가물하다. 그 절의 주지가 그를 반신반인으로 생각하는지, 또는 비명에 간 영가가 극락왕생하기 바라는 마음인지 알 수 없지만, 예전의 구미시장은 분명히 그렇게 생각했다. 그들의 마음이 되어 박정희에 대해 상상해본다. 남북이 적대관계를 유지하는 상황에서 그가 독재를 하지 않았다면 대한민국의 국론은 분분하고 경제성장이라고는 꿈도 꾸지 못했을 것이다, 그러므로 독재는 필요했고, 그가 독재자로서 저지른 과오보다 지도자로서 세운 공이 훨씬 크다. 그의 추종자들은 그렇게 생각할 수 있겠지.

그렇다고 해서 사람이 되다 만 신, 아니지, 순서가 달라지면 뜻도 미묘하게 달라지지. 신이 되다 만 사람으로 추앙하는 것은 지나치다. 공은 신의 영역인데, 과가 인간의 영역이라는 뜻인가? 그가 일본군으로 세운 공도 신의 영역인가? 인간의 영역에서 저지른 과오는 살해당하는 것으로 갚았으니, 신으로 추앙받는 일만 남았다는 뜻인가? 그들이 생각하는 신은 얼마나 많으며 수많은 신 중에서 그의 지위는 크게 상중하의 어디에 속하는가? 어쨌든 그의 신도가 여전히 많기 때문에 역사적으로 그 현상을 이해할 필요가 있다. 그리고 그의 공보다 과에 방점을 찍는 논리도 함께 고려해야 한다. 설사 그의 공을 인정한다 할지라도 혼자서는 절대 이룰 수 없다. 누구도 홀로 장군 노릇을 할 수는 없다獨不將軍.

경제성장은 수준 높은 국민이 적극 협조하고 합심해서 이루었으므로 공의 절반 이상을 국민에게 돌려야 한다. 전쟁통에 피난 가서도 학교를 열었고, 어머니는 시장에서 콩나물을 팔고 아버지는 지게를 지면서도 자식들을 공부시켰다. 이런 국민이 없었다면 어떻게 십수 년 만에 경제수준을 높일 수 있었을까? 오늘날에도 사기꾼이 자식을 사칭해서 빨리 송금해달라고 부탁하면, 먹을 것과 입을 것 아끼고 아껴 모아둔 돈을 선뜻 보내는 어른이 얼마나 많은가? 더욱이 우리나라가 국제정세와 관계없이 단독으로 살아갈 수 있는 나라였던가?

제2차 세계대전이 끝나고 1970년대 초까지 제1세계에 속한 미국과 동맹국들은 '영광의 30년'이라는 번영기를 맞았다. 우리나라는 제3세계로 분류할 만큼 빈곤한 나라였지만 제1세계에 속했고, 북한은 소련과 중공의 제2세계에 속했다. 남북한 체제경쟁에서 대한민국은 제1세계에 속한 덕에 70년대 초에는 북한보다 경제적으로 앞서기 시작했다. 그렇게 경제를 성장시킨 과정에서 노동력의 착취가 한몫했다. 전태일 열사의 울부짖는 소리가 들리는 듯하다. 제주도 어승생 댐 공사에 동원된 '깡패들'은 모두 범법자들이었던가? 전두환 정권이 만든 삼청교육대에서 교육받은 사람은 모두 반사회적인 사람들이었던가? 억울하게 잡혀가고, 두 번이나 잡혀간 사람도 있었다. 할당량을 채우라고 명령하는 사람들이야 명령하면 그만인데, 그걸 채워야 하는 사람들은 얼마나 힘들었을까? 행상인이 물건 사라고 외치면 시끄럽다고 잡아갈 정도였다. 그렇게 해서 '정의사회 구현'한다고 자부했다. 80년대에도 그랬는데, 5·16군사정변 직후에 체제의 정당성과 우월성을 인정받으려고 애쓰던 박정희와 그 수족들은 하지 못할 일이 없을 정도였다. 모든 사람을 숨 막히게 만드는 정권이 수준 높은 국민의 힘을 한데 모아서 그 정도의 발전을 이룩한 것이 과연 그들만의 업적인가? 더욱이 18년 동안이나 정권을 유지하면서 쌓은 업적이다. 그런데 그 후에 나타난 부작용은 얼마나 큰가?

온교수는 학생들의 보고서를 나눠주면서 말했다. "여러분은 확실히 첫 보고서를 낼 때보다 성장했습니다. 축하합니다." 학생들이 뜻밖에 칭찬 같은 말을 들으니 쑥스러운지 고개를 숙이고 웃거나 서로 보면서 웃었는데, 신중하게 표정관리를 하면서 진의를 파악하려는 학생도 있었다. "분명히 성장했어요. 한 쪽짜리 보고서를 내는 데도 쩔쩔맨 듯하더니, 이제는 제법 여러 군데서 긁어다 분량을 늘리는 '가위와 풀의 역사가' 노릇을 할 만큼 성장했습니다." 학생들의 표정이 점점 굳었다. "가위로 자료를 썰어다 풀로 이어 붙이는 저술가가 많아요. 여러분은 그들과 어깨를 나란히 할 만큼 성장했단 말입니다. 단지……." 온교수는 차마 말을 잇지 못했다. 자기 얼굴에 침 뱉는 격임을 깨달았기 때문이다. 그렇지만 그런 얘기를 일찍 들었다면 가위질을 덜하고 풀도 아꼈을 것이라 생각하면서 말을 이었다. "사실 나도 여러분처럼 가위질과 풀질에 익숙했던 적이 있었죠. 옛날 아날로그 시절에 효과적 글쓰기를 익힌 교수는 가위로 저술을 했어요. 여러 책과 논문을 오려서 자기 생각대로 짜깁기해 붙인 뒤에 제자에게 베껴 쓰라고 했지요. 우리도 학창 시절에는 200자 원고지를 메워서 보고서를 냈어요. 선생님이 중간에 빨간 줄이라도 그으면, 그곳부터 수정해서 나머지를 모두 새로 써서 냈습니다. 원고지 칸이 밀리면 안 되니까요. 그러니까 자료를 많이 붙이면 붙일수록 힘이 몇 배나 들었어요. 그래서 요약해서 정리하는 요령을 터득했고, 그 덕에 원고지와 힘을 함께 아낄 수 있었죠. 요즘은 컴퓨터가 가위질과 풀질을 쉽게 해주기 때문에, 자신이 찾은 소중한 자료를 버리기 아까워서 줄줄이 이어 붙인 뒤 한 번도 꼼꼼히 읽어보지 않고 제출하지요. 글의 분량이 늘었으니 폭풍성장을 했다는 말입니다. 축하합니다. 그러나 질적인 면에서 여러분의 사고를 깊게 만들어준 글을 썼습니까? 성장은 양적 증가를 뜻하지만, 발전은 질적 향상을 뜻합니다. 술 마실 때마다 집에 돌아가 냉장고나 장롱 문을 열고 시원하게 오줌을 누면서도 버릇을 고치지 못한다면 성인이라 할 수 없죠. 한 번 실수했더라도 더는 실수하지 않으려고 원인을 분석하고 해결방법을 찾아야 진정한 성인으로 인정해줄 수 있습니다."

경제성장은 발전과 연결되어야 진정한 근대화를 이룬다. 아이가 어른으로 성장하는 것은 자연스러운 과정이지 미덕이 아니다. 누구나 사춘기를 거쳐 어른이 된다. 그러나 몸이 어른으로 성장했다고 해서 반드시 정신적으로도 성숙하는

가? 오죽하면 애어른이라는 말이 있을까. 덩치는 커도 정신연령이 낮은 사람이 있듯이 국민총생산GNP, 국내총생산GDP 지표는 예전보다 월등히 높아졌지만, 소수가 그 혜택을 누리고 나머지는 여전히 노예상태로 있다면 발전을 논하기 어렵다. 성장은 양적 증가이며 발전은 질적 향상이다. 경제성장에 이바지한 사람들은 물론 사회적 약자까지 모두가 삶의 질을 높일 수 있어야 경제발전을 말할 수 있고, 더 나아가 근대화를 이룩했다고 할 수 있다. 1970년 11월에 전태일 열사가 스스로 온몸에 불을 붙인 채 노동조건을 개선하라고 외쳤지만 1979년 8월에 YH무역의 가발공들이 김영삼 신민당 총재와 면담을 할 때도 노동환경은 나아지지 않았다. 군사정변과 유신으로 경제를 성장시켰음에도 그 성장에 한몫한 노동자들은 정작 혜택을 받지 못했다. 그야말로 공장 노예제 시대의 단면을 보여주었다.

사회적 약자를 배려하는 경향을 보여주는 오늘날에도 번영의 그늘에 있는 사람들이 있는데, 하물며 인권탄압을 일삼고, 수틀리면 야당 당수의 국회의원직도 박탈하던 독재정권 시기를 어떻게 평가할 것인가? 그 시절에 나온 고스톱의 규칙만 봐도 폭력성이 여실히 드러난다. 희극인 이름의 고스톱은 "뭔가 한 장씩 보여주고" 시작하지만, 한남동 언덕 국방부 장관 관사에서 총격전을 벌이고 실권을 잡은 자의 이름을 딴 고스톱은 한 사람을 지목해서 죽이고 시작하거나, 점수가 날 만한 패를 치고 나면 상대들이 모은 점수에서 아무것이나 뺏어다가 자기 점수에 보태는 방식이었다. 또는 아예 방석 끝을 붙잡고 있다가 수틀리면 판을 엎어버리는 경우도 있었다. 고스톱은 죽어가는 사람 철저히 죽이는 놀이다. 사회적 약자, 자연환경을 배려하지 않는 개발독재의 모습을 반영한다.

온교수는 한국 경제성장의 밝은 면과 어두운 면을 함께 검토하면서 프랑스 혁명을 이해하는 데 많은 도움을 받았다. 그리고 프랑스 혁명과 한국 현대사를 비교하면서 역사학이란 변화의 과정을 규명하고 이해하는 학문임을 학생들에게 설명했다. 혁명은 체제의 급격한 변화를 가져온다. 따라서 혁명은 장기간의 변화와 급격한 변화의 변증법이다. 변화를 시작하는 시점부터 사람들은 옛날/오늘을 확연히 구분하고자 노력한다. 그래서 옛날은 나쁜 것이고 오늘은 좋은 것이라고 강조한다. 옛날을 구체제라 부르며 나쁘다고 생각하는 것을 모두 거기에 갖다 붙였다. 그래서 구체제는 마땅히 없애야 하고 지워야 할 과거가 되었다. 단답형 문제만 출제하던 시대의 얘기다. "나는 새사람으로 태어났다." 과연 가능한 일인가? 담배, 술을 끊는다고 새사람이 되는가? 담배를 끊었다가 다시 피우는 사람은 어떤 사람인가?

옛날 같으면 구체제는 혁명의 산물이었다. 혁명가는 자신들의 행위가 정당하다는 점을 강조하려고 구습을 악습으로 규정하고 마땅히 폐기처분해야 한다고 강조했다. 그러므로 혁명이 시작되면서 '나쁜 구체제'가 생겼다. 구체제 시기에는 좋은 점과 나쁜 점이 공존했는데, 혁명이 보는 구체제는 나쁜 점만 가진 체제였다. 그러나 역사학이 발달하면서 새로운 관점으로 구체제와 혁명의 관계를 재설정했다. 새로운 역사는 구체제를 '있는 그대로' 보려고 노력했고, 역사적 순서를 바로잡아 구체제의 사람들이 혁명의 불씨를 키우고, 혁명의 불길을 살리는 데 성공했다고 보았다.

구체제를 나쁘게만 보는 시각은 20세기의 고등학교 세계사 교과서에서 "프랑스 혁명은 구체제의 모순" 때문에 발발했다고 쓴 구절로 나타났다. 모순만 강조하는 관점으로 프랑스 혁명을 보면 프랑스 혁명의 혁혁한 성과만 부각하기 마련이지만, 실은 혁명기에도 수많은 모순이 개혁을 방해했다. 그러므로 구체제의 모순을 강조하는 시각으로는 프랑스 혁명과 그전의 구체제를 모두 올바로 파악하기 어렵다. 그 대신, 새로운 역사는 무엇보다도 역사를 시간순으로 파악했다. 그렇게 해서 르네상스 시대를 지나면서 종교개혁이 일어나 기독교 세계가 분열하는 가운데 새로운 우주관과 인간관을 바탕으로 인간의 경험론을 중시하는 과학혁명이 일어나고, 인간 사회에도 과학이론을 적용하는 계몽주의가 발달하는 과정을 추적하면서 인쇄술의 발달과 문해율의 향상이 지식인의 수와 독자의 수를 늘려놓는 문화적 변화를 프랑스 혁명의 전제조건으로 제시할 수 있었다. 온교수는 이 대목에서 언제나 학생들에게 불쑥 묻는다. "세종대왕상을 아는 사람?" 학생들은 프랑스의 문해율 얘기를 듣다가, 문해율도 생소한 말이라서 이해하려고 애쓰는데 갑자기 세종대왕 얘기를 듣고 어쩔 줄 몰랐다.

"우리나라에 문맹이 있나요?" 마침 야학교사로 활약하는 학생이 자신 있게 고개를 끄덕였다. 젊은 세대보다는 노년층이 야학에서 한글을 배웠다. 그분들은 한글을 배운 뒤 자유로워졌다. 어떤 분은 지하철을 타고 다닐 때 정거장 수를 세다가 내릴 곳을 놓치는 경우가 있었는데, 한글을 읽을 줄 알게 된 후로 굳이 정거장 수를 세지 않고서도 내릴 곳을 놓치지 않는다고 좋아했다. 프랑스 유학생 집에 아기를 봐주러 다니는 중국 동포가 어느 날 한 시간 이상 늦었다. 파리에서 지역고속철도를 타고 다니는데, 어떤 경우 급행은 한두 정거장을 건너뛰었다. 정거장 수를 세면서 다니는 사람이었으니 엉뚱한 곳에 내렸다. 그는 다시 출발역까지 되돌아갔다가 오느라 늦었다고 했다. 문해율은 행동의 자유와 직결되는 문제다. 세종대왕은 배우기 쉽고 과학적인 문자를 직접 만들어 문해율을 높이는 데 이바지한 공을 세계적으로 인정받았다. 한국 정부가 1989년에 제정하고 유네스코가 주관하는 세종대왕 문해상은 1990년부터 문해율 향상에 공을 세운 개인과 단체에 주는 상이다.

한글을 기계화하는 일은 몹시 어려웠다. 공병우 박사가 세벌식 타자기를 개발한 뒤로 컴퓨터로 문서를 작성할 때까지 상당히 시간이 걸렸고 능률도 지금보다 떨어졌지만, 타자기를 발명한 공병우 박사의 공을 잊어서는 안 된다. 뜻글자인 한자보다 소리글자인 한글이 기계화에 유리하다고 하지만, 받침 때문에 로마자보다 기계화에서 뒤졌다. 그러나 상상하는 것을 무엇이든지 표현할 수 있는 컴퓨터가 발달한 덕택에 초성·중성·종성을 순서대로 치기만 하면 글자로 조합해주니 그동안 아쉬웠던 문제를 모두 해결했다. 더욱이 프린터가 발달한 뒤로 아름다운 서체를 개발해서 온갖 상품에 적절한 문양으로 활용하게 되었으니 여느 소리글자보다 훨씬 우수한 한글의 장점이 더욱 두드러졌다. 로마자의 발음은 나라마다 다르지만, 한글의 음가는 일정하기 때문에 세계의 모든 언어를 표기하는 기준으로 삼을 수 있다. 지금은 쓰지 않는 글자를 되살려 모든 언어를 정확하게 기록할 수 있는 날이 오기만을 고대한다. 손가락을 부지런히 놀려 댓글을 달면서 용돈을 버는 사람들이여, 제발 세종대왕께 감사한 뒤에, 아니 증오의 언어를 한글로 기록해서 죄송하다고 사죄한 뒤에, 일을 시작하시기 바란다.

18세기에 프랑스에서는 남녀 문해율이 증가했지만, 인구의 절반 이상이 글을 읽지 못했다. 파리의 경우만 특별히 문해율이 높았다. 이러한 조건을 파악한 뒤 계몽주의에 대한 신화도 깨졌다. 구체제의 모순을 얘기할 때, 반드시 "계몽사상에 물든 부르주아 계층은 사회적 모순을 낱낱이 비판"했다고 말한다. 그러나 사회적 모순을 비판한 부르주아 계층은 과연 누구인가? 당시 전체 인구에서 도시민은 15퍼센트에서 20퍼센트로 증가했고, 숫자상으로 300만 명에서 약 두 배로 증가했지만, 부르주아 계층이라 해도 은행가·도매업자·군납업자 같은 상층 부르주아, 소규모 작업장을 운영하거나 상점을 가진 소부르주아, 교수·변호사·약사 같은 자유직업인이 한결같이 구체제의 모순을 비판했을 리 없다. 물론 계몽사상가 가운데 부르주아 계층이 많았지만, 그들이 1만 명이라도 되는지 모르겠다. 더욱이 전국에 흩어져 사는 사람들이 한목소리를 낼 가능성은 없었다. 문화사의 권위자는 계몽주의 시대에 가장 많이 팔린 책은 철학·사상서가 아니라 종교서적이었고, 자기 돈으로 책을 사서 읽는 적극적인 독자는 인구의 2퍼센트에 불과했다고 지적했다. 18세기 중엽의 인구 2,500만 명 가운데 적극적인 독자는 기껏해야 50만에서 60만 명 정도였다는 말이다.

그러나 책을 사지 않는다고 해서 내용을 접할 수 없다고 말하기는 어렵다. 오늘날의 식자층도 신문을 직접 읽지 않고 라디오나 텔레비전에서 읽어주는 뉴스를 듣고 세상 돌아가는 정보를 얻는다. 지식은 노래로 전파되기도 한다. 그러므로 계몽사상의 영향력을 과대평가하지 말자. 18세기는 계몽주의 시대라고 부르긴 해도, 계몽주의가 전부였다고 말할 수는 없다. 어느 시대나 비공시성이 공존하며, 18세기 프랑스보다 과학이 훨씬 발전하고 생활수준도 훨씬 높은 21세기의 우리나라에서도 사익을 위해 분열을 조장하고 자신을 하나님과 동격이라고 떠드는 종교인을 무조건 추종하는 사람들이 많은데, 하물며 문해율이 훨씬 낮은 250여 년 전의 프랑스 구체제 시대에 부르주아 계층이 구체제의 모순을 낱낱이 고발하고 비판하고 혁명을 일으켰다고 말하기란 어렵다.

"신화가 무엇인가요?" 온교수가 갑자기 묻는 말에 학생들은 다시금 조용해졌다. 몰라서 묻는 것도 아니고, 몰라서 대답하지 않는 것도 아니겠지만, 불안하고 미안한 축은 언제나 학생들이었다. "내가 말하는 신화는 하늘에 주민등록이 되어 있거나 자연현상을 지배하는 존재, 인간보다 능력이 월등한 존재의 이야기가 아닙니다." 온교수는 학생들이 고대 그리스·로마 신화, 단군신화에 대해 얘기하기 전에 질문의 범위를 한정했다. "그러나 그러한 존재들의 얘기와 인간사에서 신화라고 말하는 얘기에는 공통점이 있습니다. 그래서 신화는 사실보다 허구의 요소를 더 많이 갖추고 특정인을 미화하거나 폄훼하는 얘기를 뜻합니다." 사람들은 신화를 창조하고 쉽게 믿는 경향이 있다. 좋아하는 사람에게서 긍정적인 면만 보고, 싫어하는 사람에게서 부정적인 면만 본다. 교훈을 강조하고 싶은 역사는 미화하고, 그 반대의 역사는 저주한다. 신화를 깨야 역사가 산다. 아니면 역사를 올바로 연구해서 신화를 깨야 한다.

"프랑스 혁명은 민주주의 혁명이었으니, 당연히 절대주의 왕정의 신화를 깨뜨려야 성공할 수 있었습니다." 온교수는 혁명의 모든 과정을 '신화 깨뜨리기'로 규정한다는 뜻은 아니라고 강조했다. 단지 절대주의 체제의 문화에서 왕의 신성성에 관한 신화를 깨야 구성원이 자유롭고 평등한 인간임을 인정하는 새로운 체제를 안정시킬 수 있다는 점을 강조했다. 혁명기에 어떤 신문발행인은 "상대방이 거인으로 보이는가? 당신이 무릎을 꿇고 있기 때문이다"라고 평등을 일깨웠다. 무릎을 꿇은 것은 머릿속에서 상대를 자기보다 높은 존재로 인정하는 표시다. 정신적으로 대등한 존재라고 생각하면 절대 자발적으로 무릎을 꿇지 않는다. 억지로 무릎을 꿇은 사람도 틈만 나면 갑자기 일어서면서 상대의 가슴이나 턱을 받아버리려고 생각한다.

절대주의 왕정의 신화는 무엇인가? 왕권신수설이다. 궁중에서는 왕이 오욕칠정五慾七情을 제멋대로 푸는 존재임을 알면서도, 마치 하늘이 낸 신성한 존재인 것처럼 온갖 격식을 만들어냈다. 우리 조상도 왕을 용에 비유했다. 왕의 얼굴은 용안이고, 왕이 입는 옷은 용포요, 왕이 누는 똥은 용분, 아니 매화? 더욱이 가톨릭교가 국교인 프랑스의 왕은 교회의 장남이었다. 그는 아침에 일어나서 밤에 자리에 누울 때까지 측근들의 인사를 받았다. 아침에 시종장이 깨워 잠자리에서 일어날 때 내밀한 소통이 가능한 최측근 인사 몇 명과 의사·유모가 들어가 건강을 점검한다. 왕의 배변 활동을 도와주고 옷을 갈아입히고 나면 작은 기상의식이 끝난다. 그다음은 좀더 많은 사람이 문안인사를 드리는데, 거기에 한번 끼고 싶다며 돈을 내는 경우도 있었다. 고대 로마의 귀족이 그의 보호를 받는 군소귀족과 해방노예들의 문안인사를 받던 전통을 유럽의 궁궐에서도 도입했고, 프랑스에서는 이를 큰 기상의식이라고 불렀다. 왕이 밥을 먹을 때도 참관하는 사람들이 있었다. 그래서 왕이 혼자 어디로 납셨다고 해도, 실은 그의 주변에는 항상 시종과 경호대가 있었다.

"루이 14세의 별명을 아는 사람?" 학생들은 대부분 답을 알고 있었다. "태양왕이요." "그리스·로마 신화에서 태양은?" "아폴로요." 여기까지는 그런대로 끊기지 않았지만, 다음 질문부터 답이 제때 나오지 않았다. "아폴로의 누이는?" 잇달아 물었다. "사냥과 달의 여신은?" 대답이 없으니 출제자가 답해줄 차례다. "디아나는 아폴로와 쌍둥이였어요. 고대 그리스인들의 제우스, 로마인들의 유피테르가 아버지였고, 어머니는 라토나였어요." 루이 14세는 총리대신 마자랭이 죽은 뒤에 자기가 직접 통치하겠다고 선언하고, 툭하

면 자신에게 반대하고 반란을 일으키던 파리에서 떠나려
고 결심했다. 그는 베르사유에 궁전을 새로 짓기 위해 당시
최고의 건축가·실내장식가·정원사를 고용해서 자신이 생
각하는 궁전의 모습을 자세히 설명했다. 신하들은 왕의 요
구를 받들어 그리스·로마 신화의 주제들로 궁전 안과 밖을
꾸몄다.

베르사유 궁을 방문하는 사람은 곳곳에서 루이 14세가
보여주는 신화를 읽을 수 있다. 궁전 바깥에 운하를 파고,
궁전을 향해 못 한가운데서 아폴로가 마차를 몰고 물 밖으
로 나오게 만들었다. 아폴로 못과 궁전 중간에 라토나 못이
있다. 침실에서 거울의 복도로 나온 루이 14세가 복도 한가
운데 창을 열고 서북향의 층계 아래서 어머니 라토나와 멀
리 자신의 상징인 아폴로를 보았다. 베누스 숲 근처에 왕의
길이 있는데, 봄(꽃의 신 플로라)·여름(풍요의 신 케레스)·가을
(술의 신 바쿠스)·겨울(갈등과 타락의 신 사투르누스)의 4계절
분수를 숲 사이에 감추고 있다. 넓은 숲 사이를 거닐다 보
면 신화의 요소들로 꾸민 동굴·분수·무도장·주악당을 만
나게 된다. 현대의 여행자가 숲에 널린 신화를 일일이 찾기
란 어렵다. 옛사람들처럼 운하에 배를 띄우고 연극을 감상
하거나 불꽃놀이를 하기도 어렵다.

온교수는 넵투누스 못Bassin Neptune 가까운 풀밭에 앉
아서 여름밤 하늘을 환하고 아름답게 밝히는 불꽃놀이와

함께 음악을 연주하고 시나 연극을 낭독하는 '소리와 빛Son et Lumière'의 잔치를 잊을 수 없었다. 궁전 안에 있는 헤르쿨레스 살롱, 저녁에 간식거리를 제공하던 풍요의 살롱, 사랑의 신이자 금성의 상징인 베누스 살롱, 달·사냥의 신이며 아폴로의 누이인 디아나 살롱, 전쟁의 신 마르스 살롱, 목축·상업과 사자使者의 신 메르쿠리우스 살롱, 태양의 신 아폴로 살롱은 저마다 걸맞은 그림과 장식을 갖추었다. 루이 14세의 옥좌를 설치했던 아폴로 살롱에는 1701년에 리고 Hyacinthe Rigaud가 그린 루이 14세의 초상화 사본이 걸려 있고, 원본은 루브르 박물관에 있다. 그림에서 루이 14세의 미끈한 다리를 보면 그가 실제로 괴저壞疽로 죽었다는 사실도 잊어버린다. 신화의 힘이다.

18세기에 평민은 부부가 함께 벌어서 겨우 가정을 꾸렸다. 여성 노동이 남성 노동의 반값이었고, 운이 좋아 둘이 벌 때 하루 1.5~3리브르 정도 벌었는데, 1년에 휴일을 빼고 계절제 노동자가 아니더라도 300일 정도 일해서 365일 동안 살아야 했으니 늘 허덕였다. 그래서 아기를 낳으면 유모에게 맡기고 어떻게든 일자리를 잃지 않으려고 노력했다. 아내가 버는 돈으로 유모의 젖 값을 내더라도, 여성이 일을 쉬었다가 다시 찾기란 어려웠으므로 맞벌이를 포기할 수 없었다. 인구가 늘면서 젖어미에게 아기를 배달하는 짐꾼은 대도시 근처에서 더 먼 농촌까지 활동범위를 넓혔고, 돈이 농촌으로 도는 범위가 이런 식으로 확장되었다. 젖 삯을 내지 못해 감옥에 가는 노동자도 많았다. 왕실에 결혼이나 출산 같은 경사가 생기면 그들을 제일 먼저 석방해주었다. 돈을 마련하지 못해 아기를 몇 년씩 찾아가지 못하다가 영영 잃는 경우도 있었다.

당시에는 많이 낳고 많이 죽었다. 아기가 네 명 태어나면 한 명이 그해에 사망하고, 절반이 유년기에 죽었다. 나머지가 성인이 된다 해도, 노동자의 평균수명은 40세를 넘기지 못했다. 백성의 대다수가 가난했고, 설사에도 생명을 잃는 아기가 많은 시대였다. 아기가 태어나 세례를 받기 전에 죽을까 봐 비바람과 눈보라를 헤치고 산길이나 벌판을 지나 본당신부를 찾아가는 부모의 심정은 절박했다. 아니면 아기를 찬바람에 노출해서 수명을 단축시키려는 술수였을까? 아무도 모른다. 상층 부르주아나 귀족은 건강한 유모를 고용해서 아기를 길렀다. 왕실에서는 왕조를 안정시킬 만큼 아들을 많이 두어야 했고, 왕자나 공주는 태어나자마자 건강한 유모를 스물네 명씩 고용했다.

프랑스 혁명기에 전쟁이 일어났을 때, 총각과 홀아비부터 전방에 보내자 병역을 피하려고 결혼율이 치솟았지만, 그 결과는 달랐다. 예전보다 결혼율이 급격히 늘어도 출산율은 낮았으니, 어떤 기술이 들어갔음을 추측할 수 있다. 18세기에는 피임을 '자연을 속이는 기술'이라고 불렀다. 혁명기에 두드러진 현상을 보면서 한두 해 사이에 사람들이 그 기술을 터득했다고 말할 수 있을까? 상류층과 매춘업계에서 통하는 기술이 알게 모르게 널리 퍼졌다고 생각하는 편이 합리적이다. 과학과 의학이 발전한 덕택에 자연의 원리를 거스르지 못하는 생물학적 구체제가 저물었다. 성적 쾌락주의가 널리 퍼지고 있었다. 당시에는 "아이 서는 여자는 죽음과 가까이 한다"라는 말이 있었듯이, 산욕열로 아기와 생명을 바꾸는 여성이 많았기 때문에 피임법을 알면 더욱 안심하고 즐길 수 있었다.

계몽주의 시대답게 남녀관계의 비밀을 가르치는 소설이 나왔다. 비록 익명이긴 해도 남성 작가가 썼음이 분명한 작품들을 보면 주인공을 여성으로 설정해서 스스로 자기 몸에 대한 지식을 얻어가는 과정을 묘사한 경우가 많다. 주인공이 남성이든 여성이든 지식을 얻는 방법은 '엿보기'였다. 부모의 방사房事를 엿보면서 성장하거나, 수도원에서 상급자들끼리 노는 질탕한 연회에 참석했다 첫 경험을 하거나, 동성연애를 배웠다. 때로는 고해실에 들어갔다 고해신부가 밤꽃 냄새나는 끈적끈적한 액체가 묻은 손으로 성호를 그려주어 기겁하는 장면도 있다.

엿보기로 성에 눈뜨는 설정은 설득력 있다. 우리는 비자발적 엿보기와 의도적 엿보기를 구별할 수 있다. 그리고 전자에서 후자로 넘어갈 수 있었다. 농촌 사회의 초가집, 도시 빈민층의 주거환경은 어른과 아이들에게 개별공간을 허용하지 않았다. 도시 빈민은 다른 가족의 방을 거쳐서 자기 가족의 방으로 갔으니, 성욕을 주체하지 못하는 어른들의 행위를 아이들이 자연스럽게 접할 가능성이 높았다. 아이는 어쩌다가 목격한 행위에 흥미를 느끼면, 적당한 때를 기다릴 수 있었다. 어디 아이뿐이랴.

또한 의도적인 엿보기에 통달한 사람들이 활동했다. 피에르 쇼데를로 드 라클로Pierre Choderlos de Laclos는 『위험한 관계』에서 하인들이 주인의 은밀한 동향을 타인에게 폭로하는 존재임을 잘 보여주었다. 난봉꾼이 관심 있는 여성을 무너뜨리기 위해서 그가 무엇을 하는지 알고자 하면 하인과 하녀를 매수하면 된다. 침대 머리맡에 놓고 읽는 책이 무엇이고, 누구를 만나서 무슨 얘기를 했는지 훤히 알 수 있다.

특히 경찰과 관계있는 사람들이 엿보기의 달인이었다. 1667년부터 파리의 치안과 편의를 책임지는 파리치안총감은 1국 종교, 2국 풍기, 3국 건강, 4국 생활필수품, 5국 도로, 6국 치안, 7국 학문과 예술, 8국 수공예와 기술, 9국 하인, 10국 일용직 노동자, 11국 가난한 사람들을 관리하면서 수많은 경찰과 *끄*나풀을 부렸다. 1750년대 도서출판업계를 감독하던 감찰관 데므리d'Hemery는 500명 정도의 문인을 감시하고 보고서를 남겼다. 그를 돕는 *끄*나풀은 감시대상자가 타인과 만나서 나눈 대화를 기록하고, 때로는 "더는 들을 수 없었다"고 보고서에 썼다. 어느 날 파리치안총감이 루이 15세에게 말했다. "전하, 길에서 세 사람이 얘기를 하고 있으면 그중 한 명은 제 부하입니다." 파리치안총감은 절대주의 왕정 시대의 금기사항에 대한 위반을 엄하게 다스렸다. 그러나 세 가지 금기사항인 신(종교)·왕·풍기(성)를 다루면서 위선을 공격하는 글이 늘었다.

이처럼 일상생활 속의 엿보기는 상류 사회와 종교계의 비밀을 폭로했다. 특히 포르노그래피 소설은 종교인들이 속인들보다 더 노골적으로 동성애와 양성애를 즐기는 얘기를 들려주면서, 절대주의 왕정의 신성성을 보장하는 가톨릭교의 가치관을 불신하게 만들었다. 가톨릭교는 16세기 종교개혁 이후 계속해서 권위를 잃어갔다. 더욱이 루이 14세는 종교인들이 전적으로 맡았던 검열의 권리를 관리들에게 나눠주었다. 그리고 왕립검열관의 수는 한 손으로 꼽을 수준에서 18세기에는 100명을 훌쩍 넘었다. 파리 소르본 대학의 신학부 교수들은 여전히 검열을 하면서 금기를 위반하는 사람들을 비판했지만, 파리치안총감의 부하들은 더욱 열심히 실적을 올렸다. 그만큼 인쇄물의 종류와 발행부수는 계몽주의 시대답게 제목도 훑어보기 어려울 만큼 증가했다. 그와 함께 종교인들의 위선을 고발하고 놀리는 인쇄물이 증가했다. 그렇게 해서 절대주의 왕정의 지지기반이나 바깥 껍질을 깨부수는 효과가 나타났다. 1750년대까지 종교적 금서가 다수라면, 그 뒤에는 왕권과 직접 관련한 인물들에 관한 금서가 늘었다. 특히 루이 15세가 1774년에 사망한 이후에는 그와 마담 뒤바리의 일화가 나오면서 왕의 성생활과 그에 따른 국기문란이 식자층 사이에서 입방아에 올랐고, 루이 16세와 마리 앙투아네트의 성생활을 놀리는 포르노그래피 소설과 시가 많이 늘었다.

풍기감찰관 마레Louis Marais는 두툼한 보고서를 남겼다. 그는 논다니집에서 직접 체포하거나 부하와 끄나풀을 통해 들은 내용을 파리치안총감과 루이 15세의 애첩인 마담 퐁파두르에게 보고했다. 그는 55세의 수도사 오노레 레냐르를 창녀의 집에서 현행범으로 체포했다. 성 아우구스티누스 교단의 수도 참사회원이고, 성 카테리나 수녀원 경리계인 그는 펠릭스·쥘리와 셋이서 놀았다. 두 아가씨는 수도사의 옷을 벗기고 여자 옷을 입힌 뒤 연지를 찍고 애교 점을 붙여주었다. 바로 그때 마레가 들이닥쳐서 그를 체포했다. 그는 펠릭스의 옷을 벗기긴 했지만, 외투를 손에 감싼 채 만졌다고 진술했다. 우리나라의 유명인이 "술 마시고 운전대는 잡았지만 음주운전은 하지 않았습니다"라고 말하면, 너그러운 판사님은 정상참작을 해주겠지만, 18세기의 경찰인 마레는 용서하지 않았다. 여장 수도사가 애교 점까지 찍고 놀다가 경찰에 풍기문란 현행범으로 붙잡힌 얘기는 엿보기 소설에나 나올 법하지만 실화다. 이런 종류의 이야기는 종교인이나 왕이나 평민이나 모두 같은 물질로 이루어졌으며, 쾌락에서는 능력이 신분보다 중요한 요소라는 사실을 암암리에 퍼뜨렸다.

당시 파리에는 물지게를 지는 사람이 2만 명 정도 있었다. 센 강이나 시내 수도에서 물을 길어 7, 8층 아파트까지 공급하고 한 번에 1.5~2수를 받았다. 부지런하면 하루 30번을 오르내렸다. 체력만큼은 누구에게도 지지 않을 터. 하루는 물장수 자크가 물을 동이에 퍼붓다가 옆집 아가씨의 한숨 섞인 소리를 들었다. 아가씨는 잃어버린 앵무새를 찾아주는 사람에게 원하는 대로 해주겠다고 상을 걸었다. 자크는 앵무새를 찾아주고 상을 요구했다. 아가씨는 공작·주교·재판장을 모시던 침대에 물장수를 들이려니 내키지 않아서 큰돈을 주겠다고 제안했다. "내가 돈이나 받자고 앵무새를 잡아온 줄 아슈? 당신 같은 예쁜 아가씨와 한번 해보는 영광을 누리고 싶을 뿐이오. 이 자크란 놈이 비록 나리들보다 천하지만 사랑에는 남 못지않다우." 아가씨는 할 수 없이 상을 주었다. 그러나 일을 끝내자 아주 즐겁게 말했다. "그리 성가신 일은 아니군. 자크도 다른 분들과 똑같은 남자였단 말이야." 쾌락의 세계는 평등했다.

한편 '화류계 명심보감'이 실린 책이 물의를 빚었다. 작가가 상상해서 만든 지침이든 실제로 유명 포주의 운영지침이든 상관없다. 명심보감은 실천을 전제로 작성하는 것이니까.

1. 입 냄새를 풍기지 않도록 하고 항상 청결하라. 사랑의 신은 자기 창을 시궁창에 찌르고 싶어 하지 않는다.

2. 당신을 보살펴주는 사람을 연구해서 그가 원하는 것을 미리 챙겨줘라.

3. 사랑의 행위에서 마치 큰 쾌감을 느낀 듯이 행동하라.

4. 이상한 행위를 요구하더라도 잠시 빼다가 못 이기는 척하고 응해줘라.

5. 재치를 기르고 음악이나 춤 같은 재능을 개발하라. 예쁜 얼굴만 보고 오랫동안 지낼 수 없다.

6. 사랑을 한 뒤에도 상대가 열정을 유지한다면 당신을 사랑한다는 뜻이다. 만족하는 척하면서도 당신을 홀로 내버려둔다면 육체적 쾌락만을 위해 당신을 찾는 사람이다.

7. 남자를 취향대로 고르지 말고 오직 돈을 보고 잡아라. 그리고 될수록 많이 뽑아내려고 노력하라. 거짓 눈물, 감상적인 말, 거짓말, 잔인한 말도 적절히 해야 한다.

8. 낭비벽이 있는 척하라. 그래야 남자가 돈을 많이 준다. 그러나 진짜로 낭비하지는 마라.

9. 늙은 벼락부자 한둘쯤 알아두라. 그들에게 가끔 친절하게 굴라. 필요할 때 경비를 지불하게 만들고, 진짜 애인이 집에 없을 때 놀러오게 만들라.

10. 남자와 헤어지고 나서도 일정한 관계를 유지해야 악담을 피할 수 있다.

11. 자주 연극을 보고 원한·결별·화해의 장면을 연구하라.

12. 신분이 낮은 남자의 첩은 되지 말라. 다음 남자의 자존심을 생각해야 한다. 사람들은 "난 아무개 공작, 아무개 후작의 첩이었던 여자를 차지했지"라고 말하기를 좋아한다.

신분사회에서 매매춘 세계의 여성은 상대를 잘 만나야 생활비를 두둑이, 노후 생활자금까지 넉넉히 마련할 수 있었고, 그렇지 않고 성병이라도 걸리면 병원에 수용되어 눈물로 신세만 한탄하다가 쓸쓸히 죽었다. 계몽사상가 루소가 『인간불평등 기원론』에서 "존재한 적도 없고, 존재하지도 않으며, 존재하지도 않을 자연상태"에서만 존재했을 평등이 사유재산이 생기면서 사라지고 빈부귀천의 불행이 시작되었다고 아무리 논리적으로 설파해도, 실생활에서 추구하는 쾌락주의(헤도니즘)만큼 평등을 잘 가르치지는 못했다.

1777년 봄에 마리 앙투아네트의 오빠인 신성로마제국 황제 요제프 2세는 팔켄슈타인 백작으로 신분을 위장하고 베르사유 궁에 다녀갔다. 루이 16세는 그의 충고대로 간단한 수술을 받았다. 그해 8월 30일, 마리 앙투아네트는 오스트리아 황제인 어머니에게 편지를 써서 기쁜 소식을 알렸다. "저는 일생 이렇게 행복한 적은 없었습니다. 일주일 전에 제 결혼은 사실상 완전히 성립했기 때문입니다. 어제 다시 한번, 그러나 처음보다 더욱 완전히 그 증거를 얻었습니다."

그리고 1778년에 왕비가 임신했다는 소문이 퍼졌고, 드디어 12월에 공주가 태어났다. 그러나 사람들은 왕비의 임신을 두고 쑤군댔고, 루이 16세의 능력을 계속 의심했다. 왕비가 아기를 낳는 장면을 직접 본 사람이 많았지만, 이듬해에 「샤를로와 투아네트의 사랑」이라는 시가 나왔다. 샤를 필리프Charles-Philippe, 애칭으로 샤를로는 왕비와 친하게 지내는 작은 시동생 아르투아 백작이며 나중에 샤를 10세(재위 1824~1830)가 된다. 왕비와 아르투아 백작은 함께 마차를 타고 파리에 가서 놀다가 밤늦게 베르사유 궁으로 돌아갔다. 너그러운 루이 16세는 마차소리에 잠을 방해받는 사람이 많으니 제발 조용히 다니라고 부탁했다. 왕비는 파리의 노름판에서 놀다가 마음에 드는 사람들을 태우고 궁으로 돌아가서도 밤새 노름을 계속했다. 파리와 베르사유 궁의 거리는 20킬로미터이며, 마차를 빨리 몰아도 한 시간 반 정도 걸렸다. 왕비가 낳은 공주에 대해서도 이러쿵저러쿵 말이 많았다. 공주가 실은 마담 폴리냑의 자식이라면서 왕비를 동성애자로 놀리기도 했다. 「샤를로와 투아네트의 사랑」은 왕조의 정통성을 의심하는 구절투성이였다. "월계수에 장미꽃이 싹트는" 형국으로 왕비는 문란하고, 왕은 무능하다고 거침없이 놀렸다.

전하[루이 16세]께서는 너무 물렁해서

투아농[마리 앙투아네트]의 눈길과 오른손 기술을 가지고도

제대로 살릴 수가 없다

힘은 힘대로 탕진한 뒤

교회에서 합주단을 불러와

가장 음탕한 곡을 연주하라 했다

아름다운 음악을 연주하라 했다

손, 젖가슴, 넓적다리, 옥문, 이렇게

가장 강력한 주제를 한데 모아

연주했으나 헛일일 뿐

그 무엇도 왕의 보배를 되살리지 못했다.

루이는 죽었어. 투아농은

"난 오늘 한 번도 안 할 거야

왕이 남긴 것 위에, 우리의 전승 기념비나 세우자"

이렇게 말하면서 루이를 웃음거리로 만들고

현대의 오르페우스들[교회 합주단]을 내보냈다

"루이는 무기력해. 그러나 아르투아는 그렇지 않아

아르투아는 씩씩한 나르시스처럼 아름답지

헤르쿨레스처럼 강하지

그는 내 가슴을 가질 거야

그만이 내 오욕을 씻어주겠지."

말을 마치자마자

그는 그 자존심 강한 사람의 침대로 날아간다

사랑만이 침대에 들고, 싸움을 시작한다

사랑이 이기고 분비물이 넘친다

아르투아의 분비물, 투아농의 분비물

끝도 없이 샘솟아

가슴, 불알과 음문을 적시고

쾌락의 연못에서 헤어나지 못한다

그들은 황홀하다. 오르페우스는 사랑의 도움으로

그들의 아름다운 눈 위에 양귀비꽃과 꿈을 뿌려놓는다.

둘은 뒤엉킨 채 이튿날 해 뜰 때까지 잔다

가장 달콤한 꿈에 취해서

사랑이 그들을 잠재우고, 사랑이 그들을 깨웠다

우리 연인들은 언제나 서로 열렬히 사랑한다

물론 살도 섞으면서, 밤에는 공원에 나가리

그리고 한 번 한 뒤 헤어진다

진짜 사랑의 영웅으로 아르투아는 행세한다

멋쟁이 난봉꾼은 투아네트 곁에서 무엇을 했나?

강자는 열 번 다시 하고, 열 번 이겼다

그는 정복자가 되면 될수록, 더욱 정복자가 되려고 했다

곧 그의 가치가 어떻다는 소문이 자자해진다

모든 여자가 그와 자고 싶어 한다

그러나 아르투아는 믿쁘다

모든 사람이 왕을 헐뜯지만
아르투아는 그를 옹호한다
비록 자기 연인에 대한 사랑을 주체할 길 없었지만
투아네트는 모른 척하면서, 오쟁이진 남편을 환대한다
그는 남들 앞에서는 남편을 친절하게 보살핀다.

이 시는 계속 세 사람의 관계를 놀린다. 왕은 동생이 왕비와 불륜을 저지르는데 눈길도 돌리지 않는다. 그사이 왕비의 배가 불러오고, 마침내 아르투아의 아기를 낳는다. 사람들은 바보 같은 왕에게 아버지가 되었음을 축하한다. 아르투아가 형수 위에 올라탄 첫 순간부터 모든 사람이 마리 앙투아네트에게 눈길을 주었지만, 왕만 그 사실을 모르고 있었다. 왕비는 아기를 낳는 고통이 너무 심했기 때문에 다시는 남자와 자지 않겠다고 맹세했지만, 아르투아 말고 쿠아니 공작을 상대했다. 색기가 넘쳤기 때문이다. 게다가 왕비의 임무는 어떻게든 왕자를 많이 낳아서 왕조를 튼튼히 이어나가게 만들어야 했다. 그래서 로앙 공과 잤다. 왕의 성불능과 남녀 귀족들을 가리지 않는 왕비의 색욕, 누구의 자식인지 모르는 아기에게 왕위계승권이 돌아간다는 내용은 사실과 거리가 멀었지만, 절대군주제의 신성성을 여지없이 무너뜨렸다. 18세기 중엽, 루이 15세가 귀족 넬 자매들을 차례로 애첩으로 삼아 근친상간이라는 비난을 받았고,

부르주아 계층의 마담 퐁파두르를 거쳐 거리의 여자였던 마담 뒤바리로 애첩을 바꾸는 과정에서 스스로 신성성을 깎아내리더니 마침내 베르사유 마을의 아가씨를 데리고 잔 뒤에 천연두에 걸려 숨졌을 때 절대주의의 신화는 무너질 만큼 무너졌다. 오래전부터 진행된 문화적 변화는 혁명기에 급격한 변화와 함께 작용해 새로운 제도와 문화를 만들었다. 새로운 제도는 민주주의였고, 그 실험이 당장 성공하지 못했다 해도 장기적으로는 성공해서 앞으로는 왕정복고처럼 옛날로 돌아가기란 힘들 것이다. 그러나 오해는 하지 말자. 민주주의 시대에도 신화는 생기고 사라진다. 짜장면 신화, 표창장 신화, 왕의 상衤 신화, 전문적 학술용어로 '내로남불' 신화가 있으니, 신화의 형식과 내용이 바뀐 것은 틀림없다.

무슨 거울을 봐도
마찬가지

한밤중에 대발이 발바리에게 능화경을 불쑥 내밀면서 들여다보라고 말했다. 그는 발바리가 능화경을 공손히 받들고 들여다보는 순간 불을 꺼버렸다. 발바리는 눈앞이 캄캄했다. "무엇을 보느냐?" "스승님, 불을 끄고 무엇을 보라고 하십니까?" "잘 들여다보거라, 무엇을 보느냐?" "참으로 너무하십니다. 무엇을 볼 수 있단 말입니까?" "볼 수 없다면, 무엇이 보이는지 말해보거라." 발바리는 조금씩 짜증이 났다. 언제까지 자기를 장난감처럼 가지고 놀려는지. 그런데 갑자기 왼뺨이 얼얼했다. 발바리가 자해하지 않았다면 대발이 발바리의 뺨을 때린 것이다. "무엇이 보이느냐?" 발바리는 화가 나서 대답하지 않고, 어둠 속에서 주먹을 휘둘렀다. 헛손질을 하고 씩씩거리는데, 대발이 웃었다. 발바리는 웃음소리를 듣고 거리를 잰 다음 손바닥을 펴고 휘둘렀다. 주먹질보다는 조금 더 길게 뻗었는데 이번에도 헛손질했다.

대발이 불을 켰다가 곧 끄고 물었다. "무엇을 보느냐? 무엇이 보이느냐?" "스승님, 제발 그만하십쇼. 깜깜한 어둠 속에서 무엇을 본다고, 무엇이 보인다고. 더욱이 뺨까지 맞아 눈앞도 캄캄한데." 대발은 화를 내는 발바리를 놀리듯이 말했다. "깜깜하냐? 캄캄하냐? 아무것도 볼 수 없다고? 아무 것도 안 보인다고? 아악, 누구냐?" 발바리가 어둠 속에서 찰싹하는 소리를 듣자마자 대발이 흥분해서 다그쳤다. "너냐? 내 뺨을 때린 놈이?" 발바리는 손을 뻗어서 스승을 때리려고 했는데도 닿지 않았는데, 분명히 뺨을 찰싹 때리는 소리를 들었다. 방 안에 단둘이 있는데, 누가 두 사람의 뺨을 번갈아 때렸다는 말인가? 발바리는 등이 오싹했다. '귀신인가?'

발바리가 노회한 대발을 어찌 이길 수 있겠는가. 대발이 잠깐 불을 켰다가 끈 것은 자신과 발바리 사이의 거리와 방향을 재려는 뜻이었다. 대발은 방금 자기 뺨을 때리고 아픈 척하면서 말했다. "깜깜하기에 네 눈에 불을 켜주려고 누군가 한 대 때린 줄만 알았는데, 이번에는 내 뺨을 때렸으렷다! 누구냐? 어서 불을 켜봐라." 말은 그렇게 하면서도 대발은 불을 켜지 않았다. 진실을 감추려면 어둠을 지배해야 한다는 사실을 잘 알기 때문이다.

발바리는 무슨 일이 벌어지는지 이해하려고 애썼다. 대발은 옛날 얘기를 꺼냈다. "너와 내가 한 방에서 지낸 지 꽤 됐지? 내가 잘 때 누군가 내 뺨을 때려서 화들짝 놀라 깼는데, 네 녀석은 아무 일 없다는 듯이 자고 있거나 책을 읽었지. 난 네가 시치미를 뗀다고 생각했지만, 아무 말도 하지 않았어. 넌 분명히 내게 따졌을 테니까. '증거 있어요? 증인 있어요?' 난 지금 깨달았다. 네가 뺨을 맞는 소리를 듣고, 나도 한 대 맞았으니, 이 방에 분명히 도깨비가 있나 보다. 우리 둘 다 도깨비한테 한 방씩 맞은 모양이다. 나를 의심하지 말거라, 알았지?" 발바리는 뺨을 어루만지면서 분을 삭이는데, 대발이 한마디 덧붙였다. "아무것도 못 보고 아무것도 보이지 않는다고 말했으렸다, 그렇지? 그게 네 미래다."

발바리는 또 속았고, 또 놀림감이 되었다고 생각하자 분해서 손을 휘둘렀다. "야, 손바람이 세구나. 얼마나 화가 났는지 알겠다. 무모하게 바람만 일으키고 아무것도 잡지 못한다면, 도대체 너는 내게서 무엇을 배웠단 말이냐? 미래가 깜깜하구나. 암중모색도 실패라니. 연인은 암중모색에 설왕설래도 잘한다더라. 너와 나 사이에 침소봉대는 곤란하다만, 실망이다, 실망이야. 더는 너 같은 제자 필요 없다." 갑자기 발바리의 머리에 대발의 손날이 떨어졌다. 발바리는 "어이쿠" 하면서 머리를 감싸 쥐었다. "어떠냐? 암중모색이라도 이 정도 정확해야지. 그러나 빈손에 뭔가 얻으러 갔다가 빈손으로 왔구나, 공수거공수래空手去空手來로세. 두즉시공頭卽是空이라, 머리에 든 게 없으니 얻을 것도 없네. 이번에도 깜깜하냐?" "불이 번쩍했어요." "불빛을 보았다니 눈을 떴구나. 그렇다면 한 줄기 희망은 있다. 거울 속에 나타나는 것은 모두 네 마음이 보는 것이다. 대낮에 눈앞이 캄캄할 때도 있고, 깜깜한 어둠 속에서도 불이 번쩍하듯이, 아무것도 없는 허공에서 네가 보고 싶은 것을 보거라. 모든 것은 인연 따라 가느니라."

대발은 노래처럼 흥얼거렸다.

"그대를 찾아 세상 끝까지 가보았어요. 수많은 사람을 만나고 / 날마다 여기 이 자리에 오는데 그대 어딜 보시나요? / 내가 보이지 않나요? 항상 그대를 바라보고, 그대를 따르고, 그대만 생각하는 나, / 지금 그대 곁에 있는데, 항상 그댈 보고 있는데. 그대 곁을 떠난 적이 없는데. / 그대, 정녕 내가 보이지 않나요? 나 차라리 어둠이 되겠어요. / 어둠으로 내려앉아 그대를 감싸리. / 그대 눈에는 나만 보이겠지요. 내가 그대를 가장 빛나게 만들어드릴게요, 어둠이 되어."

발바리가 대발의 말투를 흉내 냈다. 그러나 진지하게 말했다.

"눈 쌓이는 소리 그쳤다, 이 골 저 골 산새 둥지에 포근히 내려앉은 적막 / 홀로 산기슭을 오른다, 뽀득뽀득 눈 밟는 소리에 산이 깨날까 봐 살금살금, 구름 위에 솟은 바위 그대를 찾아가네 / 가지마다 눈꽃 눈부시게 흐드러져, 길 없는 길 찬란한 햇살 구름 뚫고 비추니 / 텅, 산이 웃는 소리에 눈꽃 눈물 뚝뚝 흘리고, 둥지 속 어미 새 깊은 잠 깨운다. / 그윽한 종소리 숲과 계곡 적시면, 그대 바람 되어 세상으로 내려갔다 / 생명 깨어나 어미 새 날개 타고 그대 뒤를 따라간다. / 소식은 벌써 산 아래 마을을 떠났다. 또다시 적막한 산 / 내 발이 뿌리 되어 숲을 이룬다."

대발은 발바리에게 명령했다. "내가 지금까지 너에게 이런 명령을 한 적이 없다. 그러나 네가 세상에 나가서 성공하길 바라는 마음에서 명령한다. 지금부터 밖에 나가서 못을 열 개 주워가지고 돌아오거라." 발바리는 어이가 없어서 대발을 물끄러미 보았다. 대발은 발바리의 시선을 피하려는 듯 눈을 감더니 다시 말했다. "네가 방에 앉아 명상만 하면 입으로 밥이 들어가겠니? 세상 속에서 사는 방법을 찾아야지." 발바리는 숨 막히는 정적이 흐르는 방에서 빨리 벗어나고 싶었다. 방문을 소리 나게 닫고 나오면서 자기가 너무 예민하게 굴었나 반성도 해보았다. 그는 무작정 거리를 쏘다니면서 바닥을 살펴보았다. 종일 바닥만 보면서 걷는 모습을 상상하니 벌써 다리도 아프고 발도 아프고 가슴이 미어지는 것처럼 답답했다. 그의 고질병이다.

개나 짐승은 언덕을 만나도 아무 생각 하지 않고 그냥 오르는데, 그는 언덕을 보면서 미리 숨이 차고 힘들어 땀을 흘리는 모습부터 상상한다. 언제나 생각을 앞세우는 고질병이 도져서 종일 걸어보기도 전에 가슴부터 답답했다. 그는 어느 집 담장에 몸을 기대고 하늘을 보았다. 곧 하늘에서 못이 둥둥 떠다닌다고 상상했다. 정신을 집중하니 허공에 못을 만들어냈다. 색즉시공, 공즉시색. 그러나 그 못을 집으로 가져갈 방법은 없었다. 발바리는 궁리를 하다가 집으로 돌아갔다. 대발은 발바리를 들이지 않고 손바닥부터 벌렸다. "못을 내놓아라." 발바리는 두 눈을 뽑는 시늉을 하더니 스승의 손바닥에 올려놓았다. 스승은 손바닥을 보고 씩 웃더니 발바리의 뺨을 철썩 때렸다. "이 녀석이, 무슨 엉터리 수작을 하느냐. 아차, 니 눈알 터졌다." 발바리는 서러워 눈물을 흘렸다. "아니, 눈물이 뚝뚝 흐르는 것을 보니 눈이 멀쩡하구나. 어서 나가!" 발바리는 그 길로 쫓겨났다.

발바리는 길을 쏘다니다가 공사장을 보고 다가갔다. 철근 콘크리트 건물을 올리는 현장이었다. 발바리가 근처로 다가서도 마치 그림자처럼 움직이는 일꾼들은 부지런히 자재를 옮겼다. 발바리는 그들 사이로 돌아다니면서 땅바닥을 훑어보았다. 그러나 못은 없었다. 철근을 엮는 철사를 하나 찾아 얼른 주웠다. 한 일꾼이 그에게 뭐 하냐고 물었다. 발바리는 무서워서 도망쳤다. 그는 공사장이 보이지 않는 곳에 도착해서 한숨 돌렸다. "그렇지. 목공소를 찾아보자." 그는 사람들을 만날 때마다 근처에 목공소가 있는지 물었다. 행인들은 대부분 모른다고 대답했고, 그중에는 그의 말을 들어보지도 않고 잰걸음으로 사라지는 사람도 있었다. 그는 구멍가게를 찾아가 물어보았지만 역시 허탕만 쳤다. 저쪽에 시장이 있었다. 그는 시장통에 들어서다 농기구와 철물을 파는 상점을 보고 얼른 달려갔다. 그러나 그는 철물점 앞에서 맥이 풀렸다. 주머니에 돈 한 푼 없는 녀석이 무슨 수로 못을 구한단 말인가.

그가 가게 앞에서 바장이는데 안에서 주인이 나왔다. "뭐 사러 왔수?" "아주머니, 못을 좀 구하려는데요." "무슨 못?" "네?" "못도 여러 종류가 있어요. 유두못." 발바리 얼굴이 빨개졌다. "유두요?" "뭘 생각하는겨?" "아, 아뇨." "총각 얼굴이 빨개졌네. 유두못, 대가리 볼록한 못이야, 무두못, 민자못, 민자는 여자 아니야. 민짜야. 꽈배기못, 먹는 꽈배기 말고. 무슨 못이 필요해?" 이젠 노골적으로 반말이 나왔다. "큰 거, 작은 거, 굵은 거, 가는 거, 긴 거, 짧은 거, 어떤 거? 아유, 안 살 거면 저리 비켜." 발바리는 세상 물정을 너무 모르고 살았다. 대발 밑에서 배운 것이라고는 밥 먹고, 방이나 마당 치우고, 개밥 주고, 대발이 하는 몸짓 따라 하면서 노는 일이 전부였다. "아주머니, 저 돈도 없는데, 스승님이 아무 못이나 열 개만 가져오라고 하셔서 주우러 다니다 여기까지 왔어요." 열 개 정도면 적선하는 셈 치고 선뜻 내줄 것이라는 기대는 말이 끝나기 무섭게 허공에 사라졌다. 아주머니는 깔깔 웃더니 매정하게 말했다. "별꼴 다 보겠네. 어서 가. 장사 방해하지 말고." 발바리는 그렇게 쫓겨났다.

발바리는 거리를 헤매고 다니다가 문득 생각했다. '내가 왜 이러고 있지? 내가 이처럼 비참하게 살아야 하나? 아니지, 난 발바리가 아니지. 이 시점에서 눈을 뜰까?' 꿈에서 깨어났다. 각성을 하는 순간 다르게 살 수 있다. 눈을 뜨니 어느덧 해가 지는데 바닷바람 냄새가 코끝을 스쳤다. 그는 눈을 의심했다. 멀리서 몽생미셸이 그가 찾아오기를 1,000년 이상 기다리고 있었다. 아침부터 파리 몽파르나스 역으로 갔다. 기차로 세 시간쯤 달린 뒤에 버스를 타고 몽생미셸 입구에서 내려 한참 걸었던 기억을 되살렸다. 옛날 몽생미셸이 섬이었을 때, 배가 생필품을 가져다주지 못하면 수도사들은 고립된 수도원에서 굶주린 채 필사적으로 버텨야 했다. 바다를 매립하고 육지와 연결한 뒤로 섬은 고립되지 않았다. 멀리서 보면 섬이 곧 '대서양의 진주'이며 몽생미셸이다. 싱그러운 바닷바람을 맞으며 입구에 도착하니 좁은 언덕길이 보였다. 양쪽에 기념품 가게와 식당, 호텔이 있었다. 오르막을 오르니 곧 숨이 차고 배도 고팠다.

아침을 제대로 먹지 못하고 파리를 떠났는데 벌써 점심때가 되었으니 밥이라도 먹어야겠다. 못 하나 살 돈도 없던 발바리가 어느새 온세상이 되어 식당을 찾았다. 밖에서 보는 것보다 안이 훨씬 넓은 식당에 들어서니 벌써 창가에는 빈자리가 없었다. 식당 중간쯤에 앉아서도 창밖으로 바다를 볼 수 있었다. 차를 직접 몰고 다녀야 남보다 먼저 도착해서 많이 보고 많이 쉴 수 있다는 평범한 사실을 확인한다. 가난한 유학생은 차를 굴릴 여유가 없었다. 그러나 지방 대학이 아니라 파리 대학에 적을 둔 온세상은 굳이 차를 살 필요도 없었다. 매달 초 지하철과 버스의 통합승차권을 사면 한 달 동안 원 없이 대중교통을 이용할 수 있었으니.

온세상은 식당에 들어갈 때부터 바깥에서 메뉴를 결정했다. 망설이지 않고 갈레트를 주문했다. 혼자서 밥을 먹어도 알코올 음료를 곁들이는데, 한 병을 주문하면 너무 많기 때문에 시드르를 작은 피셰pichet로 주문했다. 곧 홍합을 시키지 않은 것을 후회했지만, 그렇게 시키면 포도주를 시키게 되고, 다리가 풀리면 연녹색 이끼가 낀 거무스름한 돌담을 만지면서 층계를 올라가 성당 바깥 아득한 꼭대기에 있는 대천사 미카엘을 보지 못하고 퍼질러 앉게 된다. 점심은 마음에 점만 찍자. 관광객을 많이 상대하는 집이라서 그런지 음식을 빨리 내왔다. 시장이 반찬이라고, 찝찔한 갈레트를 한 입 씹으면서 시드르를 한 모금 마시니 벌써 알코올 기운이 올라왔다. '처음부터 한 병을 주문해서 마실 걸.' 잠시 후회하다가 작은 피셰 하나만 주문하길 잘했다고 스스로 칭찬했다. 식후에 아쉬우면 칼바도스 한잔 마셔도 되고, 무엇보다 에스프레소가 남았기 때문이다. 여기까지 와서 음식점에 주저앉으면 아무것도 아니다.

지난번에 왔을 때는 호텔에서 하룻밤 자면서 성당을 보았으니까 여유가 있었지만, 이번에는 서둘러야 한다. 정 아쉽다면 파리의 생미셸 광장 근처 생탕드레 데자르 골목길 초입에 있는 크레프리에서 마무리하면 된다. 저녁에는 달달한 크레프로 당을 보충하겠다. 그리고 소화도 시킬 겸 정겨운 골목길을 천천히 걸어다니겠다. 고서점과 러시아 호떡집을 구경하고 생제르맹 성당 쪽으로 나가 길가의 라 뤼므리 La Rhumerie에 앉아 럼주 한잔을 마시면서 길 건너 아베이 감옥에서 200여 년 전에 벌어진 학살사건이나 구경할까, 아니면 레 되 마고까지 가서 광장 안쪽에 있는 르 보나파르트에서 포도주나 마시면서 여유 있게 하루를 마무리할까. 온세상은 한 끼 한 끼 잘 먹어야 한다고 생각하는 진정한 한끼주의자였기 때문에 먹으면서 먹을 계획을 세우는 일이 많았다. 그렇다고 비싼 음식을 찾는다는 뜻은 아니다. 입이 짧고 까다로워 많이 먹지도 못하지만, 중저가 식당이라도 기분 좋은 분위기라면 행복하다.

온세상은 대성당 안으로 들어가 층계를 오르면서 한 가지만 생각했다. '도대체 어디쯤에 있었단 말인가?' 몽생미셸에 지하감옥이 있었는데, 그것으로 부족했는지 층계참에 골방을 설치하고 사람을 가뒀다고 들었다. 도대체 어디에 골방을 설치했고, 어떤 중죄인을 가뒀는지. 아니, 지하감옥에 넣은 사람보다 얼마나 더 괘씸한 죄를 지었다고 그렇게까지 가두었는지. 온세상은 알량한 자존심 때문에 누구를 붙잡고 물어보지도 못하고, 결국은 층계만 오르내리면서 여기 어디쯤이 아닐까 상상만 하고 돌아갔다. 이번까지 삼세 번이면 끝이지. 더는 정확한 지점을 알려고 하지 말자.

데포르주Esprit Desforges가 그렇게 죽을죄를 지었나? 물론 그가 처음은 아니었다. 온세상은 아르스날 도서관에서 바스티유 문서를 읽다가 데포르주에 대해 알게 되었다. 그는 1748년에 루이 15세가 오스트리아 황위계승전쟁을 끝내며 서둘러 맺은 조약 때문에 식민지를 반환해야 하는 실정을 비판하면서 "그렇게도 당당하던 국민이 이처럼 비참해지다니 / 불행한 왕족들은 더는 당신들을 보호해주지 못하리"라고 한탄하는 시를 짓고 친구에게 보여주었다가 배신당했다. 자기가 읽어도 부끄러운 내용은 일기에도 남기려 하지 않는다. 일기도 남이 읽을 가능성을 생각하면서 쓴다. 그는 시를 일기장에 쓰지 않았을 것이다. 그는 1749년에 파리 팔레 루아얄의 오페라 극장에서 붙잡혔다. 그는 파리에서 거의 360킬로미터 떨어진 몽생미셸로 압송되었다. 그는 층계 밑에 바위를 파고 만든 골방에 갇혔다. 골방에는 층계의 틈으로만 빛이 들어왔다. 골방에 비하면 지하감옥은 천당이었다.

골방의 너비는 8제곱피에(0.7제곱미터)였으니, 몸을 제대로 펴기도 어려웠다. 쇠창살을 달아놓았기 때문에 이 골방을 새장(또는 닭장cage)이라 불렀다. 거기서 미치지 않고 견디기란 어려웠으리라. 몽생미셸 수도원장 신부 브로이가 그의 재능을 인정하고 불쌍히 여겨 왕에게 은전을 호소했다. 그렇게 해서 그는 3년 만에 골방을 벗어났다. 브로이 원장 신부는 골방에서 나온 그를 2년 동안 잘 보살펴주었고 마침내 1755년에 석방될 때 자기 동생인 브로이 원수에게 부탁했다. 브로이 원수는 프랑스 혁명 초기에 루이 16세의 명령을 받아 전방의 군대 2만 명을 파리로 집결시킨 사람이다. 루이 16세의 동생 아르투아 백작이 몽생미셸을 방문했을 때 데포르주가 갇혔던 골방을 보고 왕에게 건의해서 폐쇄했다고 한다.

온교수는 18세기 금서에 흥미를 느끼고 프랑스 혁명 전에 그것이 사회에 끼친 영향을 조사했다. 처음에는 금서가 사회병리 현상이기 때문에 반체제 사상을 퍼뜨리고, 그렇게 해서 혁명을 준비하는 무기고 역할을 했다고 생각했다. 그러나 공부하면 할수록 유치한 선입견을 가지고 공부했다는 생각이 들어 가끔 자다가 이불을 찼다. 금서는 신(종교)·왕·풍기(성)라는 세 가지 금기를 함부로 다룬 것이기 때문에 반체제라고 등식화한 것이 단순하고 유치했다는 말이다. 실제로 세 가지 금기를 다루었다고 분류할 수 있는 작품도 반체제를 선전한다기보다, 개인들의 명예를 훼손하거나 아주 비논리적으로 횡설수설하는 수준이 많았다. 18세기 계몽주의자들을 150명 이상 동원해서 쓴 백과사전 『앙시클로페디』 같은 저작은 극히 일부였으니, 선입견을 가지고 달려들었음을 더 늦기 전에 깨달아서 다행이었다.

그동안 열심히 베끼고 정리해놓은 사료를 다 버릴 필요 없이, 혁명 전/후의 구별을 단순히 이분법으로 파악하는 관점에서 벗어났으니 천만다행이라는 뜻이다. 사료는 해석을 기다리지 폐기처분을 기다리지 않는다. 금서는 도서출판의 역사와 읽기의 역사가 만나는 지점에 있었기 때문에, 양적 연구와 함께 문화수용의 방식도 고려해야 더 잘 이해할 수 있는 주제였다. 18세기의 문화비평가 루이 세바스티엥 메르시에Louis-Sébastien Mercier는 예전에 비해 책이 너무 많이 쏟아져 나오기 때문에 제목을 추적하는 일도 불가능하다고 말했다. 사실이다. 그래서 18세기의 독자가 읽은 책보다 읽지 못한 책이 무엇인지 연구하는 편이 논리적으로 더 쉽다. 그러나 금서의 세계도 만만치 않았다. 인쇄출판물의 지하세계에서 책을 생산·유통·소비하는 방식은 치안담당관들이 지하세계의 일꾼을 붙잡았을 때 비로소 조금씩 드러났기 때문이다.

가끔 온교수는 학생들을 격려해주자고 결심했다. 학생들은 강의를 열심히 듣고 필기하는 것 같은데, 시험답안지에는 "죄송합니다", "다음에 더 열심히 하겠습니다"라는 반성문과 함께 해석의 자유를 맘껏 누리는 글을 써놓는 학생이 많다. 온교수는 답안지를 채점할 때 "일기는 일기장에, 편지는 다른 종이에"라고 쓰면서 자신을 돌아보았다. 학생의 문제는 곧 자신의 문제임을 깨달았다. 강의한 사람이 내용을 제대로 전달했다면 이 같은 참사가 일어났을까? 온교수의 마음속에서 대발이와 발바리가 불쑥 나타나 한마디씩 했다. "가끔 뒤돌아보면서 살라고 했거늘.""역사 공부가 뒤돌아보는 공부인데 뭘 또 돌아봐요?""네 말을 들어보면, 역시 듣는 사람의 마음이 문제로구나.""모처럼 스승님과 제 의견이 일치하는군요. 학생이 문제죠." 온교수는 누구보다 명쾌하게 설명하고 더 나아가 학생들에게 깊이 있게 사고하는 힘을 길러주었다고 자부했다. "그렇다, 그만큼 자세하게 알려주었는데, 모르겠으면 그 자리에서 질문을 했어야지." 그러나 학생이 그 말을 들었다면 당장 반박했을 것이다. "언제 질문할 틈을 주셨나요? 이 얘기로 시작하다가, 어떤 낱말에 대해 한참 다른 길로 들어가고, 무슨 얘기를 하시는지 몰라 맥락을 찾으려고 또 다른 얘기를 꺼내고, 듣는 사람은 얼마나 피곤한 줄 아세요? 교수님은 세 시간을 아무렇게나 재단해서 쉬자고 하시는데, 누가 감히 새삼스럽게 질문을 해서 학우들의 눈총을 받으려 하겠습니까?"

학생들은 굳이 말하지 않아도 온교수의 얄팍한 수작을 다 파악하고 있었다. 그렇지만 그에게 그런 식으로 되바라지게 따지는 학생은 없었다. 온교수는 그 나름대로 유리한 논리를 개발할 만큼 시간도 많았다. "듣는 사람이 제멋대로 해석하기 때문에 양자 사이에 오해가 생긴다. 표현의 자유를 보장하는 나라에서 누구나 자기가 하고 싶은 말을 한다. 그 말을 듣는 사람도 곧이곧대로 듣지 않는다. 듣고 싶은 대로 듣는다. 표현의 자유가 없을 때도 해석의 자유는 있다. 해석한 내용을 마음대로 표현하지 못하는 것일 뿐. 교수가 강의 자료를 열심히 준비하고 가장 논리적인 원고를 써서 읽어도, 듣는 사람은 알아듣지 못하거나, 알아들으려 노력하지 않거나, 제멋대로 해석한다." 그래서 온교수는 적당히 해도 좋다고 판단했다. 학생들은 온교수의 강의를 마음대로 해석하고 뜻을 부풀리기 때문이다.

"여러분 중에 부모님이 농사짓는 사람이 있지요? 겨울에 무엇을 하시는지 보셨죠?" 학생들이 서로 얼굴을 보다가 누군가 "야, 의성, 너 봤지?"라고 하자 의성 출신 학생은 당황해서 얼굴이 빨개졌다. "나? 임용고시 준비하느라 학교에만 있었는데." 또 다른 학생이 "하멸, 넌?"이라고 화살을 돌리자 함열 출신 학생은 일부러 소리를 높였다. "읍에 살면 모두 농사짓냐? 요즘 농촌 지키는 사람 많지 않아. 너희들, 답사 다니면서 탑 많이 봤지? 우리 아버지가 황등이 돌 캐서 만든 거야." 말이 끝나자마자 사방에서 비난이 소나기처럼 쏟아졌다. "와, 너 진짜 뻥 쎄다.""너희 아버지가 미륵사지 석탑 만드셨구나.""아니지, 석탑에 시멘트 바르셨겠지." "하멸 증조할아버지, 무영탑도 수출하셨대. 배째 무역회사." 학생들이 깔깔 웃었다. "하멸 할아버지는 사업을 넓히셨어.

배째실라 무역회사." "하멸 아버지는 더욱 넓히셨어. 배째실라고구랴 트레이더스." 온교수는 무슨 배를 째는지 몰라서 눈치를 보다가 교실의 주도권을 찾으려고 한마디 했다. "투비 오어 낫 투비, 누가 한 말이죠?" 자다가 봉창 두드린다고, 갑자기 왜, 도대체 왜? 답을 기다리던 온교수가 농담조로 말했다. "섹스비어 선생의 하멸 왕자가 홀로 중얼거린 말입니다." 온교수는 학생들에게 되물었다. "왜 그렇게 보십니까? 배째실라고구랴?" 그리고 되묻다가 어렴풋이 그 뜻을 깨달았다. "아, 백제·신라·고구려! 이래서 백번 읽으면 뜻을 알게 된다고 했구나."

온교수는 곧바로 근엄하게 교실을 장악했다. "농한기에 노는 농부를 보았는가? 이것이 질문이로다." "겨울에도 바빠요. 우리 집에서는 고추모종을 준비합니다." "몇 개나?" "잘 모르겠어요. 밭에 심고 남는 것은 파시더라구요." "그렇군. 「농가월령가」알죠? 입춘부터 근면하게 준비해야 1년 농사를 망치지 않으리라고 노래합니다. 하늘만 바라보지 말고 부지런히, 아니 극진하게 준비하면 천재天災를 면할 것이라고 가르치죠. 농기구 손질하고, 소도 잘 먹이고, 보리밭도 돌보고, 논두렁을 태우죠. 자칫하면 산불로 번질까 봐 금지하지만, 농부는 그렇게 하면서 논농사 준비를 합니다. 밭을 갈고 고랑을 깊게 파죠. 내가 왜 이 이야기를 꺼낼까요? 논농사·밭농사·임업·어업처럼 1차 산업이라고 부르는 업종에서 하는 일과 교수나 작가처럼 글을 쓰는 사람들의 일이 크게 다르지 않다는 사실을 강조하고 싶어서입니다."

온교수는 또 한 가지 새로운 질문을 던졌다. "여러분은 책을 어떻게 읽는지요?" "그냥 읽어요." 우문현답인데, 무엇이 재미있는지 웃는 학생도 있었다. "그냥 읽는다? 나는 이해할 수 없네요. 좀더 설명해봐요." "글을 아니까 읽는다고요." "그냥 읽는다면서요? 어떻게 그냥 읽을 수 있죠? 책도 없이?" "물론 책을 손에 잡고서 읽지요." 온교수는 조금도 지려고 하지 않는 학생이 은근히 얄미워서 한 방 먹었다. "난 또 뭐라구. 학생들이 먹고 마시거나 반지 맞추는 데 쓸 돈이 빠듯해서 책도 없이 그냥 읽는다는 줄 알았어요. 대단히 실례했어요." 빈정거리는 투였지만, 가책을 느낀 학생은 있었다.

온교수는 다시 물었다. "무슨 책을 그냥 읽어요?" "과제로 읽어야 할 책, 제가 읽고 싶은 책, 평생 반드시 읽어야 할 책, 많지요." "네, 점점 명확해지네요. 시장에 가서 수많은 식료품 가운데 자기가 먹고 싶은 재료를 사듯이, 서점에 가서 신간서적이 무엇인지 훑어보거나 자기가 좋아하는 종류의 책만 모아놓은 책꽂이로 가죠. 아무튼 작은 예에 불과하니까 다른 예를 들어서 흐름을 방해하지 말 것! 제목을 보고 책을 집겠죠. 그러고 나서 그냥 읽어요?" "저는 온라인 서점에서 책을 사는데요." "마찬가지죠. 온라인 서점도 대부분 분야별·주제별로 책을 분류하니까, 거기서 흥미 있는 제목을 클릭하면 책 소개를 읽을 수 있죠?" "목차를 봅니다." "제목을 보고, 목차를 본다. 그냥 읽지는 않는군요. 그 다음에는요?" "머리말이나 저자 후기를 봐요." "바쁠 때는 찾아보기를 봅니다." "누군지 솔직하네요. 검색어를 가지고 내용을 접근하는 방식은 효과적이죠. 그러나 전체적인 흐름 속에서 읽어야 할 내용을 검색어 위주로 뽑아서 읽으면 전혀 다른 의미로 받아들이기 십상이죠. 하기야 첫 쪽부터 차근차근 읽어도 그런 일은 발생하니까, 뭐라 말해야 좋을지 모르겠네요."

학생이 물었다. "농사와 책을 쓰는 일이 같다고 말씀하셨는데, 왜 그렇죠?" "자칫하면 이야기가 엉뚱한 곳으로 흐를 뻔했는데, 적절한 질문 고마워요. 먼저 오해를 풀고 얘기합시다. 우리는 책을 쓴다고 말하는데, 엄밀히 말해서 책은 결과물이죠. 저술가가 생각한 내용을 글로 표현하면, 그것을 원고라고 하지요. 편집인은 원고의 내용을 가장 잘 살리는 방법을 생각해내고, 필요하다면 내용을 재배치하고 편집해서 책을 만듭니다. 그러므로 저술가가 제목부터 썼는지, 목차부터 썼는지, 아니면 목차에서는 뒤에 배치한 글부터 썼는지 스스로 밝히기 전까지 독자는 알아내기 힘들겠죠. 독자는 저술가의 원고를 읽지 않고 책을 읽게 됩니다. 물론 저술가가 자기 글의 첫 독자이며, 편집인이 그다음의 독자가 되겠지만, 우리는 책을 읽는 대중에 속한다고 전제하고 얘기하기로 해요."

글쓰기와 책 쓰기가 같은 과정일 때가 있었다. 인쇄술을 발명하기 전에는 개인이 자기 생각을 대나무쪽 같은 데 써서 타인과 공유했다. 그것을 갖고 싶은 사람은 직접 베끼거나 사람을 고용해서 베끼게 했다. 글쓰기에 적합한 종이를 발명하고 대량으로 생산할 때까지 대나무쪽이나 가죽, 비단 같은 데 글을 써서 보관했다. 양피지·송아지피지·비단·금판·은판은 비싸고 귀했기 때문에 띄어쓰기나 구두점도 없이 써 내려갔다. 한참 들여다보고 문맥을 파악해야 문장의 처음과 끝을 알 수 있었다. 그래서 당시의 책은 사상을 보존하고 물려줄 수 있는 수단이긴 해도 수많은 독자를 가질 수 없었다. 서양에서는 문장의 첫 글자를 대문자로 쓰고, 문장을 띄어 써서 읽고 이해하기 쉽게 만들었다.

책을 읽는 몸짓도 바뀌었다. 두루마리는 양손을 함께 써서 읽는 것이고, 한 쪽씩 넘기는 책은 한 손만 써도 읽을 수 있다. 우리는 책을 한 손으로 누르고, 다른 손으로 필기구를 잡고 중요한 내용에 밑줄을 긋고 여백에 표시하거나 다른 곳에 일부를 옮겨 적는다. 책의 형태를 바꾼 결과, 독서의 능률을 향상시켰다. 더욱이 책을 보관하는 방법도 바꿨다. 두루마리나 죽간은 쌓아서 보관하지만, 오늘날의 책은 세워서 꽂기 적합하도록 활용도를 향상시켰다. 더욱이 전자

책은 전혀 다른 양상을 만들었다. 저술, 출판, 독서의 양상이 변화하고 있다.

"농부는 밭을 갈고 반듯하게 고랑을 낸 뒤에 뭘 하죠?" "농작물을 심어요." "네, 씨를 뿌리거나 모종을 심죠? 저술가도 마찬가지 일을 합니다. 그러나 그가 쓰는 내용이 반드시 책의 순서와 같다고 말할 수는 없어요. 머리말을 맨 마지막에 쓰는 사람, 발문跋文을 먼저 생각해두는 사람, 각자 형편에 맞게 순서를 바꾸기도 하죠. 머리말부터 끝까지 순서대로 쓰는 저술가가 과연 몇 명이나 될까요? 머리말은 애당초 구상했던 내용을 더하고 빼서 책으로 만들어도 좋다고 생각할 때 전체의 맥락에서 써야 일관성 있고, 독자를 더 잘 설득할 수 있어요. 발문, 이게 뭔지 아는 사람?" 한자 교육을 받았든 받지 않았든 학생들에게 생소한 낱말이 분명했다. "발문은 서문과 달리 책의 끝에 붙인 글입니다. 반드시 서문을 가장 먼저 쓰라는 법이 없듯이, 발문을 가장 늦게 쓰라는 법은 없어요. 그러나 발문을 틈틈이 생각해두면 좋겠지요. 일단 서문의 얼개를 쓰고, 고치고, 더하고 빼고, 마침내 책 내용과 목차를 결정한 뒤에 서문을 다시 쓰면서 이 책을 쓰는 목적은 어쩌고저쩌고………라고 거짓말을 하죠. 그와 마찬가지로 내용을 쓰고, 고치고, 더하고 빼는 도중에 틈틈이 이 책을 끝내면서 어쩌고저쩌고………라고 준비하기도 합니다. 아무튼 발문은 원래 계획했던 것과 달리 능력이 부족한 점을 통감하게 되었으니 독자가 질타해주면 겸허히 받아들이겠고 다음에 더 잘 쓰도록 노력하겠다 정도로 쓰겠지요. 오해하지 마세요. 내가 쓰면 그렇게 쓰겠다는 말이니까요."

저자가 글을 썼다. 원고라 부르자. 출판사에서 원고를 검토하고 책을 만들기로 결정한다. 그리고 책을 만들어 서점에 내놓았다. 독자가 책을 손에 들고 제목과 지은이와 출판사를 빠르게 훑어본 뒤, 목차나 머리말이나 찾아보기, 또는 아무렇게나 중간을 펼쳐 몇 줄 읽으면서 내용과 서술이 자기 기대와 어느 정도 맞아떨어지는지 가늠한다. 책값도 고려한다. 당장 읽지 않고 도서관에서 빌려 보겠다고 마음먹을 수도 있다. 아무튼 독자는 흥미를 끌 만한 세부제목이나 검색어를 바탕으로 내용을 읽는다. 책을 처음 손에 든 사람이 표지부터 한 쪽씩 넘기면서 차례대로 읽는 경우는 거의 없다. 그 책을 읽고 독후감을 작성해야 한다고 해도, 시간이 부족하면 그렇게 하지 않는다. 그런 뜻에서 독자는 침입자다. "독자는 침입자입니다. 그러나 착한 침입자죠. 무슨 뜻인 줄 아시겠죠? 야생 짐승이 농가의 꿈을 짓밟는 일이 많죠. 산골에서 노인네가 애써 일군 밭을 엉망진창으로 만들고, 심지어 인가로 내려와 아무 가게나 마구 뛰어들어 가 우당탕거리고 자기가 필요한 것을 얻은 뒤에 떠나면 피해가 크죠. 그러나 독자라는 착한 침입자는 책이라는 밭에 아무렇게나 들어가 여기저기 찾아다니면서 자기가 원하는 것을 찾아가지고 나가면서도 책을 망쳐놓지는 않죠." "도서관에 '인승', 인간의 탈을 쓴 짐승이 출몰하는데요. 사진이나 중요한 부분을 찢어가지고 나갑니다." 온교수는 학생의 푸념을 듣고, 예외 없는 법칙은 없다고 생각했다. "여러분, 기도합시다. 공공재를 사적으로 착복하는 인간을 짐승으로 환생하게 해주세요." "제 생각에는 책은 빌려 봐도 좋겠지만 사서 보라는 뜻이 아닐까요?" "너지? 네가 그랬지?" 친구들이 돌아가면서 그를 비난하듯이 놀렸다. 온교수는 너무 심하다 싶어서 개입했다. "짐승을 사살하기 전에 잡아서 왜 그렇게 사는지 알아봐야겠죠? 도서관 책을 훼손하는 인승을 미리 옹호해줄 이유는 없겠지요." 그는 갑자기 일제강점기를 미화하는 인승에 대한 분노를 억누르기 어려워 씩씩거렸다.

"교수님, 왜 그러세요? 어디 편찮으세요?" 학생이 걱정해주는 말에 온교수는 차분히 호흡을 가다듬으며 생각을 정리했다. "도서관 책을 찢어간 사람의 의도를 좋게 평가하는 의견을 듣고, 화가 났어요. 그 의견을 말한 사람이 그렇다는 뜻은 아니지만, 일본의 식민지가 된 덕에 우리나라가 잘 살게 되었다고 말하는 사람들이 생각났어요. 아직도 일본이 우리나라를 근대화시켰다고 짖어대는 놈들이 있어요." 마음속으로라도 개소리라고 욕하고 나니 분이 풀렸다. 옛날 같으면 생각나는 대로 말했겠지만, 학생들과 책 얘기하다 토착왜구들 국위 선양하는 소리를 개소리라고 말하는 것은 삼갈 만큼 늙었다.

그는 점잖게 돌려 말했다. "목적과 수단이 모두 정당해야 합니다. 아무리 목적이 좋아도 수단이 악랄하고 결과도 나쁘다면, 목적부터 의심해야 합니다. 다른 나라를 낙원으로 만들어주려고 식민지로 만드는 바보들이 있을까요? 자국민의 삶도 향상시키지 못한 나라가 어떻게 식민지를 낙원으로 만들어줄 수 있나요? 남의 나라를 강제로 점령하고 나라말과 문화를 말살하고, 강제징용하고, 여성들을 속임수로 꾀어 끌고 가 성노예로 만들고, 과연 근대화한 나라가 할 짓입니까? 그런 나라를 근대화했다고 평가할 수 있어요? 자기도 근대화하지 못한 나라가 어떻게 식민지를 근대화합니까? 식민지였던 나라의 국민 가운데 사상과 표현의 자유가 있다고 아무 소리나 막 해대는 토착왜구가 어떻게 생겨나는지 참으로 신기하기 짝이 없는 일이죠.

산업화를 근대화와 동일시하는 것은 강자의 권리에 스스로 무릎을 꿇는 격입니다. 근대화의 가장 중요한 요소는 민주화입니다. 산업화한 군국주의 일본은 전범국이 되었고, 원자탄을 맞은 뒤에 한국에서 전쟁이 일어나자 천우신조를 외치며 좋아했어요. 그리고 경제가 부흥했지만, 오늘날까지 민주화 수준을 높이지 못했습니다. 한국은 식민지로 수탈당한 뒤 전쟁을 겪고, 군사독재 시절을 겪으면서 경제성장을 이루었고, 국민이 피를 흘려가면서 군사독재를 물리치고, 마침내 진정한 명예혁명이라 할 촛불혁명으로 적폐를 청산하는 첫걸음을 내디뎠습니다. 더 무슨 말이 필요할까요?"

사람의 탈을 쓴 짐승 얘기를 하다 보니 착한 짐승과 나쁜 짐승을 구분하게 되었다. 독자는 책 속으로 함부로 침입해 자기가 원하는 증거를 찾아들고 나간다. 그 증거를 이용해서 자기 논리를 더욱 튼튼하게 만든다. 거기까지다. 뱀이 이슬을 먹고 독을 만들듯이, 종교 경전을 읽고 전쟁을 하거나 증오를 퍼뜨리는 자들은 짐승과 다를 바 없다. 기본 교리로는 모든 사람이 원죄를 안고 태어났으며, 대신 속죄한 예수를 믿어야 한다고 떠드는 자들이 신도들에게 증오심을 부추긴다. 책을 많이 읽든 거들떠보지도 않든, 자신의 욕망을 사악한 방법으로 채운다면 짐승 수준을 벗어나지 못한다.

거지끼리 품격을 따지던 때가 있었다. "야, 니 깡통, 왜 그 모양이냐? 찌그러진 꼴이라니." "야, 깡통이 밥 먹여주냐?" "아니냐? 너 깡통을 내밀 때 밥 주는 사람에게 미안하지도 않니?" "깡통이 찌그러지고 국물이 줄줄 새도 밥만 많이 주면 좋더라." "웃기지 마라. 깡통이 번듯하면 하나 줄 것도 두 개 주고 그러는 거야." "그러는 니 깡통은 뭐냐?" "이거? 보면 몰라? 하기야 보고도 모르니까 물어보겠지. 이거 미제

'빠다' 깡통이야. 이거 한 통을 채우면 아주 든든하지." "그지 깡통 두드리는 소리 작작해라. 미제 깡통이면 음식 맛이 더 좋아지냐?" "꼴값하네." 드디어 두 사람은 언쟁에서 주먹다짐 직전까지 갔다. 꼴값이라니. 생긴 대로 논다는 말인가, 아니면 소가 꼴을 먹고 사람을 위해 힘쓰다 고기를 바치는 것을 뜻하는가? 아무튼 기분 나쁜 말이 분명하다. 거지가 깡통을 비교하는 모양이 우습지만, 인간은 모든 수준에서 끊임없이 비교한다. 일반인은 깡통이 거지의 품격을 높이지 않는다고 생각하겠지만, 당사자들에겐 자존심이 걸린 문제일 수 있다.

발바리가 어렸을 때만 해도 미제美製와 선제를 구별하고 미제는 무조건 좋다고 했다. 선제는 아마 조선 제품이라는 뜻이었나? 참전국 병사들과 노는 여성을 양갈보, 원주민을 상대하는 여성을 똥갈보라 비하했다. 어른이 아이를 착취하고, 남성이 여성을 착취하고, 정부가 국민을 착취하는 나라에서 일어난 일이다. 국가가 번듯하게 성장하고 민주주의를 발전시킨 나라에서도 아직까지 인권의 사각지대가 있고 사람 차별하는 사례가 더욱 돋보이게 마련이니 옛날에는 오죽했으랴. 중요한 것은 현재다. 대한민국은 선진국이 되었다. 나라는 부강해졌으나 더욱 가난해진 국민도 있다. 그들을 위해 나랏돈을 잘 쓰는 문제를 고민하다 보면 세금이 줄줄 새는 길을 차단하는 방안을 찾는 일이 급선무라는 생각이 든다.

발바리는 대발에게 대들고 싶을 때마다 "스승님, 허명과 허상을 보지 말라면서요? 거울이 뭔 대수랍니까? 더 잘 비추면 장땡이지"라고 말했다. 온세상은 대발과 발바리가 티격태격하는 모습을 들여다보면서, "거울이 밥 먹여주나? 자기가 보고 싶은 모습을 잘 보여주는 거울이 가장 좋은 거울이다"라고 깨달은 체했다. 금테 두른 거울이건 깨진 거울이건 자기 모습을 잘 보여주면 좋다. 그것이 물질로 만든 거울이 아닌들 어떠랴. 책을 많이 읽고 종교 경전에 통달해도 사악한 자가 있고, 굳이 금기시하는 책을 골라 읽고서도 거기서 인권을 생각하는 실마리를 찾는 사람이 있으며, 평생 책이라고는 한 권도 읽지 않으면서도 남에게 폐를 끼치기는커녕 도와줄 방법을 찾는 선량한 사람도 있다. 표면이 녹슨 거울, 깨끗한 거울, 깨진 거울, 물, 그 무슨 거울을 봐도 거기서 참모습을 보는 이것, 굳이 거울을 보지 않고도 참모습을 보는 이것은 무엇인가?

숨 쉴 자유

온교수는 흥겨운 우리 가락

을 들으면서 잠에서 깼다. 아래층

에서 누가 음악을 틀고 있다. 혼자 사는 집에서 누가 음악

을 트는가? 온교수는 머리가 띵하고 아파서 정신을 집중할

수 없었다. 다행히 온교수가 좋아하는 음악을 틀어줘서 고

마웠다. 어떻게 이런 일이 생겼는가? 자만심? 아마도. 허명?

아마도. 어리숙함? 아마도. 호기심? 아마도. 아무리 자신을

분석해도 적절한 말이 떠오르지 않는다. 음식 맛을 표현하

는 공통어 '담백' 같은 말은 없을까? 담백한 성격 때문? 아

마도. 음악이 어느새 클래식으로 바뀌었다. 누구 작품이더

라? 연주자까지는 몰라도 작곡가는 알았는데, 이제는 익숙

한 곡을 들어도 가물가물하다. 그저 즐기면 그만이라고 생

각한 지 오래다.

　고등학교 때만 해도 방송국 앞에서 줄서서 기다리다가

팝송 가사를 얻어와 공유하는 친구 덕택에 뜻을 알고 따

라 불렀고, 청계천에 나가 '빽판'을 구해다가 휴대용 전축으

로 들었다. 대학생이 된 뒤에도 비록 전보다는 열정이 줄었

지만, 새로운 노래 가사를 얻어서 열심히 따라 불렀다. 엘비스 프레슬리, 짐 리브스, 코니 프랜시스, 브라더스 포, 킹스턴 트리오, 피터·폴 앤 메리, 밥 딜런, 조안 바에즈, 비틀스, 롤링 스톤스, 닐 영, 고든 라이트 푸트, 닐 다이아몬드 같은 가수의 노래는 무조건 좋았다. 우리 가요에 비현실적인 노래가 많을 때였기 때문에 따라 부르면서도 어색했다. 아직 대관령에 목장이 생겼다는 얘기가 나오기 전이었음에도 〈저녁 한때 목장 풍경〉이나 〈아리조나 카우보이〉 같은 노래가 유행했고, 〈베사메 무초〉가 여자 이름인 줄 아는 번안 가사를 듣고 자랐지만, 나중에 그것이 "키스 많이 해주세요"라는 뜻인 줄 알고 피식 웃었다. 우리나라 풍경을 보고 그린 진경산수화는 오래전에 나왔는데, 우리의 정서를 담은 노래는 거의 없던 시절이었다.

통기타 가수들이 번안곡을 불렀고, 모처럼 〈아침이슬〉이 나왔지만 태양이 묘지 위에 떠올라서 안 되던 것이 대지 위에 떠오르니까 심의를 통과했다. 자기가 원하는 곳에 해를 뜨게 만드는 독재자를 찬양해달라는 부탁을 거절한 작곡가는 신중하게 생각한 뒤 〈아름다운 강산〉을 노래해서 일시적이나마 탄압을 피했다. 그러나 대마초 때문에 박해를 받았고, 그의 곡을 가장 아름답게 소화하던 가수는 대마초를 피우지 않았음에도 음악활동을 하지 못하고 미국으로 떠났다. 아기를 낳은 배우를 강제로 이혼시키고 외국인과 결혼시켰다든지, 남의 재산을 통째로 빼앗아 일가가 나눠 가졌다는 소문이 퍼지던 시절에는 건전가요 한 곡을 사면 다른 노래 한 열 곡쯤 덤으로 얻을 수 있었다. 오늘날 질소를 사면 과자를 주듯이.

무슨 곡이지? 프랑스의 FM 방송에서 처음 듣고, 모차르트 작곡이라는 사실만 안 채 파리 포럼 데알의 프낙FNAC에서 카세트 테이프를 여러 개 구해서 들은 생각이 난다. 수많은 곡을 듣고 나서야 비로소 〈신포니아 콘체르탄테 K297(b)〉라는 사실을 알고 얼마나 기뻤던지. 그 곡을 듣고 또 들었다. 그런데 지금 아래층에서 바로 그 곡을 틀어주고 있다. "아, 조금만 소리를 더 크게 해주면 좋겠는데." 온교수는 소리가 들릴 듯 말 듯해서 감질났지만, 인욕바라밀을 수행하려고 애쓰니 들릴락 말락 하는 소리가 머릿속에 맴돌았다. 평소에는 거들떠보지도 않다가 막상 근처에 없을 때 그리운 것은 무엇일까? 잃고 나니 아쉬운 것은 또 무엇인가? 어느덧 음악은 2악장 아다지오로 넘어갔다. 〈그란 파르티타〉의 3악장 아다지오만큼은 아니지만, 역시 아름다운 선율이다. 음악이 아래층에서 올라오지 않고 하늘 저편에서 지붕을 뚫고 내려오는 것 같았다.

온교수는 하늘에서 모차르트가 곡을 천천히 흘려주고 있다고 믿었다. 오보·클라리넷·혼·바순이 경쟁하듯 조화를 이루며 3악장을 향해 숨을 고를 때, 온교수는 숨이 멎는 듯하다가 경쾌한 3악장이 시작되자마자 하늘을 향해 날갯 짓을 하기 시작했다. 이런 기분이면 오늘 하루도 잘 버틸 수 있겠다. 〈신포니아 콘체르탄테〉를 수록한 CD를 몇 개 모 았지. 그중에 자비네 마이어가 연주한 클라리넷 협주곡(K. 622)과 함께 수록한 'EMI 클래식' CD는 영화 〈아웃 오브 아프리카〉를 덤으로 생각나게 만들어서 많이 틀었다. 온교 수는 아래층에서 음악을 틀어주는 사람에게 생각을 집중 해서 신청곡을 넣었다. 그는 스탠리 큐브릭이 〈배리 린든〉에 서 들려준 슈베르트의 피아노 트리오 2번(Op. 100, D. 929) 을 틀어달라고 빌었다. 레이디 린든 역을 맡은 마리사 베렌 슨이 목욕하는 장면을 떠올리면 슈베르트의 사연을 표현 한 듯이 쓸쓸하고 고독한 음악이 덤으로 들린다. 피할 수 없는 운명의 발자국처럼 피아노가 욕조 주위를 뚜벅뚜벅 걷고, 가을처럼 스산한 첼로 선율이 욕조의 물을 식히는 듯 하다. 큐브릭의 〈2001: 스페이스 오디세이〉, 〈시계태엽 오렌 지〉에 나오는 음악도 좋다.

온교수는 자기가 좋아하는 음악을 타인이 틀어주고, 또 그에게 부탁하는 상황이 싫었다. 어떻게 이런 일이 일어났 나? 자초지종이 생각나지 않았지만, 자꾸 생각하다 보니 엉뚱한 생각이 나서 견디기 어려웠다. 몸을 쉬어야 숨 쉬기 편해지는데, 몸은 쉬어도 생각이 쉬지 않으니, 숨에서 쉰내 가 날 지경이다. 망할 생각 같으니, 언제나 오고감이 끝날

텐가. 생각은 언제나 불쑥 나타나는데, 따지고 보면 항상 무엇을 뒤쫓아 다닌다. 생각을 쉬게 하려면 의지를 발동해서 들숨과 날숨을 지켜봐야 한다. 어느 틈에 생각은 쉬지만, 의지가 잠들면 생각이 튀어나와 눈앞에 온갖 장면을 현실처럼 보여준다. 대부분 현실로 겪었을 법한 장면이 많지만, 때로는 중력의 법칙을 거스르면서 한 번 솟구치면 어느 틈에 산봉우리에 우뚝 서 있는 장면도 끼어든다. 이것을 어떻게 현실이라 할 수 있을까? 아니, 현실이 아니라고 부정하기도 어렵다.

온교수가 은퇴한 뒤에 자신을 기자라고 소개하는 이메일을 받은 것은 부인할 수 없는 사실이며, 이 일은 거기서 시작되었다. "온교수님, 저는 선생님 책을 재미있게 읽은 기자입니다. 선생님을 뵙고 취재를 하고 싶은데 허락해주시면 고맙겠습니다." 온교수는 흔쾌히 약속을 했다. 그리고 그를 집으로 불렀다. "온교수님, 이렇게 시간을 내주셔서 감사합니다." "별말씀을, 제가 고맙지요." "저는 그동안 교수님의 책을 하나씩 구해서 읽었습니다. 마침 교수님이 얼마 전에 은퇴하셨기 때문에 교수님이 살아오신 얘기와 책 얘기를 특집으로 다루려고 합니다. 먼저 책을 쓴 동기와 책에서 하시고 싶었던 얘기부터 들어보도록 하겠습니다." 온교수는 기자의 말을 이해하기 어려웠다. "제가 책을 여러 권 썼는데, 무슨 책을 말씀하시는지요?"라고 묻다가 '내가 쓴 책을 다 읽고 왔나 보군. 그렇다면 얘기가 달라지지'라고 생각했다. 기자는 예전에 파리의 매매춘을 다룬 책을 재미있게 읽었다고 말했다. "선생님, 그 책을 읽는 동안 창피해서 죽는 줄 알았어요."

온교수는 기자의 말을 듣고 뭔가 이상하다고 여겼다. "어떻게 그 따위 저질 책을 쓰실 수 있죠? 그리고 독후감 숙제를 내면 어떻게 합니까?" 온교수는 아찔했다. '이 사람 기자 맞아?' 기자는 그의 마음을 읽은 듯이 또박또박 말했다. "저, 기자 맞습니다. 학보사 기자요." '아니, 나이가 40은 넘은 것 같은 사람이 학보사 기자라니?' 이번에도 기자가 그의 마음을 읽었다는 듯이 몹시 야비한 표정으로 빈정댔다. "저는 선생님이 '권총'을 채워준 덕분에 졸업을 못해서 교사가 될 수 없습니다." "어느 시절의 얘기를 하는 거요? 내가 그 책을 쓴 지가 언젠데, 이제 와서 독후감 얘기를 합니까? 나는 내 책을 읽으라고 강요한 적이 없어요. 나는 독후감 과제를 낼 때 원칙을 지킵니다. 언제나 다섯 권의 목록을 주고, 그중에 셋을 골라 읽고 독후감을 내라고 했지요. 내 책이 포함되어 있는 목록이지만, 내 책 제목은 많아야 두 개니까 내 책을 반드시 읽어야 독후감을 낼 수 있는 것은 아니죠."

온교수의 말은 진실이었다. 먼 옛날 어떤 교수는 원고지를 붙인 저서를 교재로 썼다. 수강생은 반드시 그 원고지를 끊어낸 뒤 거기에 독후감을 적어야 했다. 온교수는 그런 인간을 경멸하면서도, 얼마나 부양가족이 많으면 그렇게라도 해서 입에 풀칠을 할까라고 상상했다. 그는 기자에게 힘주어 말했다. "나는 굳이 내 책을 팔지 않아도 월급만 가지고 충분히 먹고살았어요. 내가 내 책을 사라고 강요한 적이 있나요? 없죠?" 기자가 마지못해 대꾸했다. "그건 그렇지요. 그러나 전 교수님 저서를 읽고 독후감을 써야 유리하다고 생각했다구요." 온교수는 흥분을 가라앉히고 차분하게 설명했다. "참으로 딱한 일입니다만, 독후감이 내용이나 요약하고 끝내는 수준이라면 높은 점수를 주기 어렵습니다. 차라리 읽는 동안 창피해서 죽는 줄 알았으며, 왜 그랬는지 썼다면 좋은 점수를 받았을 텐데요."

기자는 한숨을 푹 쉬었다. 그러고 나서 갑자기 "아무튼 선생님은 좀 맞아야 해요"라며 온교수에게 달려들어 손발을 묶고 입에 재갈을 물렸다. "지금부터 당신은 벌을 받아야 합니다." 온교수는 몸을 꼬면서 손목과 발목에 힘을 주고 말을 하려고 노력했지만 허사였다. "당신처럼 허약한 인간이 만만한 학생들에게 허세를 부렸다니, 이 꼴을 만천하에 공개하렵니다." 기자는 온교수의 사진을 찍은 뒤, 발목부터 풀고 바지를 벗겼다.

온교수는 갑자기 총살형을 당한 시신이 된 기분이었다. 옛날 대학교 선배가 병참병과로 군복무를 할 때 영현英顯

을 수습하던 얘기를 들려주었다. 총살 후 시신을 총살대에서 풀 때 요령이다. 양팔부터 풀면 아직 완전히 경직되지 않은 시신이 수습 병사의 등으로 엎어지므로, 발부터 풀고 팔을 풀면 시신이 자연히 주저앉는다는 얘기다. 온교수도 병참학교 연병장 구석에서 화장용 트레일러를 보았고, 밤에 야근을 마치고 내무반으로 돌아갈 때마다 그 곁을 지나갔다. 그러나 선임에게 그 용도를 듣기만 했고, 실제로 사용하는 경우를 보지 못했으니, 화장용 트레일러가 맞는지도 의심스럽다.

온교수는 기자가 옷을 벗길 때 수치심에 눈을 감고 저항하지 않았다. "너희같이 입만 나불대는 놈들은 몽둥이가 약이야." 기자는 험악하게 말하면서도 눈으로는 웃고 있었다. 그는 마음껏 상황을 즐기고 있었다. 입만 나불대는 자들은 상상력이 풍부하기 때문에, 직접 고문하지 않아도 고통을 느낀다는 사실을 잘 아는 듯했다. 또한 그런 족속은 한번 굴복하면 자기 선택이 옳았다는 듯이 그럴듯한 논리를 개발하면서 권력의 밑을 혈도록 빨아댄다는 사실도 잘 아는 듯했다. 그는 온교수의 아랫도리를 완전히 발가벗기고 사진을 찍었다. 그러고 나서 발목을 의자 다리에 다시 고정하고 손목을 서서히 풀어준 뒤에 윗도리마저 벗겼다. 온교수는 초라한 몸뚱이가 드러나는 동안 침착하게 견디며 '가을바람 소슬하니 낙엽 지고 실체가 드러나네, 체로금풍體露

金風이로다'라는 말을 속으로 되뇌면서 우스워 피식 웃었다.

온교수가 나이를 먹으면서 꾸는 꿈의 내용이 많이 바뀌었다. 군대를 제대하지 못하거나 학교를 졸업하지 못한 꿈은 사라진 지 오래다. 이제는 나이 든 사람들을 겨냥한 광고나 그 자신의 몸이 예전 같지 않다는 느낌에서 발전한 내용이 대부분이다. 기숙사에서 갑자기 쓰러지는 여학생이 많다는 얘기, 얼마 전에 친구가 목욕탕에서 미끄러져 정신을 잃었다가 겨우 깨어났다는 얘기, 고속도로 휴게소의 화장실에서 노인이 오줌을 못 누고 힘들어하다가 뒤에 서 있던 사람이 "쉬~" 하고 격려해준 덕에 졸졸 흘리고 나서 나지막이 "고마워요" 하고 나갔다는 얘기가 뒤범벅되어 그 자신의 얘기로 둔갑하기 일쑤였다.

어느 날, 그는 침대에서 일어나 바지를 입다가 쓰러졌다. 그렇게 쓰러지는 일이 가끔 일어났다. 뇌과학자는 그것을 치매의 전조증상이니 조심하라고 경고한다. 전두엽이 손상될 때 생기는 증상이라는 말이다. 당시에는 그런 사실을 전혀 몰랐다. 그는 언제부터 그런 일이 생겼는지 곰곰이 생각해보았다. "그렇지, 파리의 플라스 데 피라미드(피라미드 광장)의 잔 다르크 기마상 옆이었어. 나중에 원고에 쓰려고 잔 다르크 기마상을 찍고 있었지."

백년전쟁 후반부에 파리가 영국인의 지배를 받을 때 샤를

7세는 자신이 아버지의 적자인가 늘 의심했다. 과연 그의 아버지인 '미친 왕' 샤를 6세는 1420년에 영국 왕 헨리 5세를 프랑스 왕으로 인정했다. 그는 괴로워하다가 1422년에 왕이 되었지만, 파리에 입성하지 못했다. 잔 다르크는 로렌 지방의 동레미Domrémy 마을 농부의 딸로 태어났다. 잔은 독실한 어머니의 교육을 받고 1425년쯤에 천사의 목소리를 들었다. '프랑스에서 영국군을 몰아내고, 샤를 7세에게 유일한 왕이라는 정통성을 회복해주어라.'

1429년 2월에 열일곱 살의 잔은 보쿨뢰르Vaucouleurs를 떠나 열흘 이상 거의 500킬로미터를 걸었다. 낮에는 위험했기 때문에 주로 밤에만 이동했다. 여정의 마지막에 매복에 걸렸으나 기적적으로 살아났다. 마침내 2월 23일에 잔은 시농 성Château de Chinon에 도착했다. 그곳은 파리 남서쪽 300킬로미터에 있었다. 잔은 이틀 뒤에 한 무리의 기사들 틈에서 샤를을 알아보았고, 샤를 6세의 적자이며 정통성을 갖춘 왕이 분명하다고 안심시켰다. 왕은 잔을 100킬로미터 남쪽의 푸아티에로 보내 신학자들의 검증을 받게 한 뒤, 4월 5일에 정식으로 받아들였다.

잔은 5월에 오를레앙을 구하고, 적군을 북쪽으로 몰아내면서 샤를과 함께 랭스 대성당으로 가서 7월 17일에 축성식과 대관식을 거행했다. 이렇게 해서 샤를은 카페 왕조의 정통성을 이어받았다. 잔은 성모의 생일인 9월 8일에 파리의 생토노레 문을 공략하다 다쳤다. 죽을 목숨을 성모가 살려주었다고 믿는 사람보다 이제는 성모가 지켜주지 않는 다고 생각하는 사람이 많았고, 그래서 그의 소명을 의심하는 사람이 늘었다. 그는 중요한 임무에서 배제된 채 겨울을 넘겼다.

1430년 5월에 잔은 파리 북쪽의 콩피에뉴가 부르고뉴군의 위협을 받는다는 사실을 알고 달려갔다. 23일에 그가 봉쇄를 뚫고 콩피에뉴 성안으로 들어갔다가 곧바로 성 밖에 나가 싸우고 돌아가니 안에서 문을 열어주지 않았다. 배신당한 그는 적군에게 붙잡혀서 종교재판을 받고 루앙에서 산채로 화형당했다. 그를 마녀로 몰아야 영국군의 행위가 정당해졌다. 샤를 7세는 1436년에 파리를 탈환하고 '승리왕 le Victorieux'이 되었다. 잔 다르크는 '오를레앙의 처녀Pucelle d'Orléans'가 되었고, 다르크d'Arc라는 귀족 이름은 죽은 뒤에 얻었다.[*]

온교수는 오를레앙 시내에서도 잔 다르크 동상을 보았지만, 파리 피라미드 광장의 잔 다르크 사진을 찍어도 충분

[*] 이 글은 『한겨레』 "[토요판] 주명철의 프랑스 역사산책, (16) 피라미드 광장의 잔 다르크 동상"의 한 부분을 정리해서 썼다(https://www.hani.co.kr/arti/culture/religion/959838.html#csidxe45f5c5b5d0b5d690aef0c4dab88966).

하다고 생각했다. 피라미드 광장은 잔 다르크가 파리를 탈환하려고 공격하던 생토노레 문이 있던 곳이었기 때문이다. 광장의 북동쪽 귀퉁이에는 유명한 레지나 호텔이 있고, 동서로 리볼리 길이 콩코르드 광장까지 뻗어 있다. 퐁 루아얄Pont Royal 다리를 건너 카루젤 정원과 튈르리 정원 사이의 지하차도를 지난 차들이 불쑥 나타나는 혼잡한 길에서 잔 다르크 동상을 사진에 담으려고 이리저리 옮겨 다니다 갑자기 픽 쓰러졌다. 마침 차가 거의 없는 틈에 안심하고 차도에 내려섰다가 쓰러졌으니 두고두고 그 순간을 생각하면 아찔했다. 지나가던 사람들이 달려와 온교수를 부축해주면서 걱정스럽게 괜찮은지 물었다. 온교수는 다국적 구호대의 도움을 받고 일어섰다. 그는 진심으로 괜찮다고 말한 뒤 거듭 고맙다며 그들을 안심시켰다.

그러고는 이내 그 사실을 잊었지만, 나중에 그런 일이 자주 발생했다. 그래서 언제 처음 시작된 일인지 돌이켜보고 그것이 중대한 경고였음을 깨달았다. "영화 주인공 제이슨 본이 자기가 누구인지 알아내려고 찾아간 레지나 호텔 앞의 차도에서 자빠져본 사람 있어? 그게 나야." 일어날 일이라면 집에서 당하는 편이 나았다. 얼마나 지난 뒤의 일인지 자세히 생각나지 않지만, 침대에서 일어나 바지를 입다가 픽 쓰러지는 일이 잦았고, 바람소리 나게 빠르던 걸음도 구두쇠가 지갑을 열 때처럼 몹시 느려졌다. 또 층계를 오르내리기가 몹시 힘들었다. 길 가다 만나는 교수와 학생은 진심으로 걱정하면서 안부를 물어주었다. 지인의 소개로 기 치료를 해주는 선생님에게 한 3년 다니면서 몸을 되살렸다. 기 치료를 받으러 다닐 때 육류를 완전히 끊었는데, 생선은 여전히 끊지 못했다.

온교수는 기자와 지나온 얘기를 주고받다가 그날의 계획을 물었다. 기자는 기차를 타고 서울로 돌아가기만 하면 퇴근이라고 대답했다. 온교수는 그에게 가볍게 한잔할 의향이 있는지 묻고는 포도주를 한 병 땄다. 그러고 나서 므라빈스키가 지휘하는 차이콥스키 교향곡 5번을 틀었다. "아, 분위기 좋습니다." 기자가 포도주를 홀짝거리면서 온교수의 오디오 기기를 훑어보았다. "그렇지? 휘몰아치는 연주를 들으면 나도 모르게 힘이 난다네." 온교수는 주로 집에서 시간을 죽이기 때문에 자동차 욕심이 없었고, 그 대신 집에서 혼자 즐기기 좋은 오디오 기기에 과감히 돈을 썼다. 그래서 누군가 칭찬해주기만 하면 당장 친구로 받아들였다. 물론 오만을 감춘 겸손의 말을 잊지 않았다. "고맙습니다. 대한민국의 최고는 아니더라도, 내 수준에서 최선의 기기랍시고 사 모았어요. 음악을 듣다 보니 귀가 늙는다는 것을 절실히 느껴요. 가청 주파수를 확인해보면 고음을 1만 5,000헤르츠도 구별하지 못하니까, 이 정도 기기면 사치스럽지요. 이제 더는 기기를 바꾸거나 새로 사지 않고 즐기는 일만 남았지요."

두 사람은 쉴 새 없이 마시고 떠들었다. 기자는 학창 시절에 온교수가 얼마나 못되게 굴었는지 상기시켜주었다. "전두환이 다녀간 날을 개교기념일로 정한 학교를 남들은 옥상옥, 교원사관학교라고 불렀죠. 우린 그 말이 듣기 싫었습니다. 그가 방문한 기념으로 교양학관 앞에 심은 나무를 도끼로 자르려고 했는데, 교수님이 막았죠." "나만 막았나? 난 나무가 무슨 죄가 있느냐고 설득했고, 그 대신 다른 나무를 심어서 잘 키우라고 대안을 제시했지." "물론 앞마당에 나무를 심었지만, 기념수를 도끼로 자르지 못한 것이 두고두고 한이 되었습니다." "그러나 보라구, 문민정부가 들어섰으니 청와대도 부수고 다시 지어야 할까? 아무튼 신기하지 않아? 도끼질을 당하지 않았는데도, 그 나무가 시름시름 시들더니 죽었잖은가?" "아직까지 살아 있다면 어떻겠습니까? 그러면 뭐라 하실 건데요?"

기자가 누군가에게 전화를 걸었다. "갑자기 어디다 전화를 거시나?" "아까 제게 자고 가도 된다고 말씀하셨죠? 그래서 오늘 여기서 자고 간다고 집에 전화를 걸었습니다. 생각나세요? 우리가 수업거부 시위했을 때 말입니다. 수업거부를 풀고 교실에 들어가니, 교수님은 '난 아무 잘못도 없는데, 수업거부를 당했고, 교수로서 권리를 박탈당했다. 나는 강의를 거부한다'라면서 우리를 쫓아냈죠. 나중에 학생들이 사도장학금을 거부하면서 시위를 할 때도, 수업시간에 들어오지 않았다고 줄줄이 F를 주셨어요." "무엇을 진심으로 걸고 해야 투쟁이지, 출석하지 않고서도 성적이 나올 거라고 기대하는 게 옳은가? 중요한 것을 걸지 않고 원하는 것을 얻으려고 싸운다면, 어찌 진정한 투쟁이라 하겠는가? 자네들은 모두 기숙사에 살면서 일과시간에만 시위하고, 저녁에는 시위하지 않는 것이 옳았던가? 총장과 보직 교수들이 근무할 때만 시위하면서 주도권을 잡는다고? 어림없지. 밤에 시위해야 총장이 근무시간에 비상회의를 열어 대책을 마련하지 않겠나?"

온교수가 억지로 눈을 뜨니 짙은 어둠만 보였다. 어떻게 2층 방에 올라왔는지, 어떻게 옷을 벗고 침대에 누웠는지 생각나지 않았다. 잠깐씩 뒤척이다 잠이 들면 까맣게 잊었던 얼굴이 떠올랐다. "늘 웃는 얼굴이었는데, 왜?" 차마 말을 잇지 못하고 "미안하다, 미안해. 자네 아버님을 붙들고 '미안합니다'라는 말만 했어. 자네 아버님도 내게 '미안합니다'라고 말씀하셨어. 그리고 자네를 실은 차가 학교를 한 바퀴 돌고 사라졌어." 그는 친구들 사이에서 웃으며 춤을 췄다. 어깨를 들썩이고 양발을 번갈아 뒤로 뺐다가 앞으로 내밀며 얼굴을 위아래로 활짝 펴면서 재미있는 표정을 지을 때마다 친구들이 박수를 치고 웃었다. 그리고 친구들이 집으로 돌아가거나 객지에서 교사로 재직할 때, 그는 학교 근처에 살면서 도서관에 나와 공부했다. "매년 가을, 학과 교수들이 대학원 입시 때문에 모두 학교에 있는 토요일, 졸업생들과 재학생이 제법 많이 모이는 날이었던가? 아니, 그 며칠 전이었나? 자네가 쓸쓸히 세상을 버렸지. 가까이 있으면서도 신경을 쓰지 못하고, 늘 웃는 얼굴만 기억하니까, 자네가 얼마나 외롭고 힘들었는지 상상도 하지 못했네. 자네 소식은 그야말로 날벼락이었어. 미안하네, 정말 미안하네."

온교수는 몸부림치다가 화들짝 놀라 눈을 떴다. 아직도 깜깜했다. 머리가 띵했지만, 억지로 눈을 감으니 더 잘 보였다. 이번에는 늘 조용하게 다니다가 슬며시 군복무를 마치고 복학한 뒤, 졸업여행에서 처음 길게 얘기해본 졸업생이 나타났다. 그는 임용고시를 보지 않고 고향에서 취직했다. 어쩌다 그의 동기를 통해서 그가 직장생활을 잘하고 있다고 들었는데, 어느 날 그도 세상을 버렸다. 다른 사람에게 싫은 소리 한마디 해보지 못하는 사람이 얼마나 힘들었으면 모든 것을 놓았을까? 생각하다 보니 시험 보기 전날 기숙사 식당 앞에서 람바다 춤으로 '끼'를 뽐내고, 면접시험 보러 들어오자마자 '충성!'이라고 인사하던 여학생이 떠올랐다. 그는 늘 밝고 씩씩했는데 교사로 경력을 쌓다가 어느 날 일가족이 교통사고로 세상을 떴다. "나보다 훨씬 잘 살 수 있는 사람들인데"라고 생각해도 어쩔 도리가 없다.

온교수는 음악소리를 들으면서 잠에서 깼다. 머리가 깨

질 듯이 아프고 속이 메슥거려서 고통스러웠다. 눈을 뜨고 싶어도 힘이 없어서 뜨지 못한 채, 간밤에 무슨 일이 있었는지 생각해내려고 애썼다. 아래층에서 기자의 목소리가 들렸다. 갑자기 여자가 까르르 웃는 소리가 이어졌다. 이 무슨 일인가? 온교수는 몸을 일으키려고 애썼지만 꼼짝도 할 수 없었다. 밤새 무슨 일이 일어난 것일까? 뚜벅뚜벅 층계를 오르는 발자국 소리가 났다. 기자가 방문을 열고 안을 들여다보더니 온교수에게 다가왔다. 그의 뒤에는 방금 까르르 웃던 여자가 서 있었다. "선생님, 편안하십니까?" "어, 자네, 잘 주무셨나?" "네, 아주 잘 잤습니다. 공기가 맑은 곳에서 자서 그런지 술을 그렇게 많이 마셨는데도 가뿐히 일어났습니다." 그는 뒤를 돌아보며 "선생님께 인사드려. 선생님, 제 아냅니다. 생각나세요? 저와 같은 과 동기인데, 선생님 강의 같이 듣다가 개피 봤죠." 기자의 아내가 온교수를 내려다보면서 싸늘하게 웃었다.

온교수는 설명을 듣고서 기자 부부와 얽힌 사연을 주마등처럼 떠올렸다. 두 사람은 다른 과에서 역사가 좋다고 수강신청을 했다. 새 총장이 취임하는 과정에서 학생들이 수업거부 시위할 때, 복도에서 두 사람을 만나 수업에 들어오라고 설득했지만, "곤란한데요"라고 말하고 강의실에 나타나지 않았다. 자기네만 강의를 듣는다면 다른 학생들을 배반한다고 생각했을 것이다. 그러나 할 수 없지, F를 줄 수밖에. 마침 학장이 그들 학과 교수였고, 학기말에 온교수가 없는 틈에 학과사무실에 들러서 역사과 학생들의 성적도 열람했다. 학장은 그들에게만 F를 준 것이 아니었음을 알고 온교수에게 아무 말도 하지 못했다. 기자와 그의 아내는 한 학기 정도 늦게 졸업했다.

온교수는 억지로 몸을 일으켰다. 아내가 남편에게 말했다. "여보, 물 한 잔 떠다드려." 기자가 얼른 아래층에 가서 물을 가져다 온교수에게 내밀었다. 물을 마시고 나니 배가 꼬르륵 소리를 냈다. "시장하시죠? 얼른 내려가시죠, 진지 잡수셔야죠." 온교수는 도대체 무슨 일이 일어났는지 알고 싶었다. "도대체 어떻게 된 일이오? 오늘 출근한다더니. 어떻게 부인까지 여기 부르셨소?" 기자가 얼른 대답했다. "어젯밤에 하신 말씀대로 오늘 아침에 전화로 사표를 냈습니다. 이제 여기서 살려구요. 어젯밤에 집에 전화해서 오늘 새벽에 집사람을 불렀습니다." "내가 뭐라고 했나요?" "기억하지 못하시는군요. 같이 살자고 하셨잖아요." "아니, 뭐라구? 그렇다구 사표를 써요?" "네. 저도 회사생활이 하도 힘들어서 늦었지만 임용고시 준비를 하려던 참에 교수님이 같이 살자고 해주셔서 과감히 사표를 냈습니다. 교수님께 배운 대로 살아야죠. 교수님은 한번 뱉은 말씀을 그대로 지키는 원칙주의자 아니셨어요? 교수님이 먼저 같이 살자고 제안하셨는데, 제가 어찌 감히 거역하겠습니까? 우리 여보도 오전 중에 사표를 낼 예정입니다." 온교수는 어안이 벙벙한 표정으로 기자의 아내에게 물었다. "아니, 지금 무슨 일을 하는데 사표를 내시나요?" "중학교 교사입니다. 요즘 아이들이 말을 잘 듣지 않아서 출근하기 싫었는데, 교수님이 이렇게 같이 살자고 손을 내밀어주시니 얼마나 고마운지."

온교수는 일어나다 다리가 풀려서 침대에 쓰러졌다. 그는 잘 살았다고 생각했는데, 전혀 그렇지 않다는 사실을 깨달았다. 오랫동안 이유를 모르면서도 불안했던 이유가 있긴 있구나. 수많은 학생을 가르쳐서 사회에 내보냈는데, 순순히 나간 학생은 없었구나. 교수가 휘두르는 알량한 권력을 믿고 너무 마음대로 살았나 보다. 착각도 그렇게 큰 착각이 없다. 수많은 사람의 존경을 받고 살던 사람이 은퇴한 뒤에 그동안 사람들이 보여준 태도가 그의 자만심을 풍선처럼 부풀려놓는 쥐약이었음을 깨닫는다고 들었다. 그것이 온교수의 실상에 부합하는 이야기임을 어찌 알았으랴. 그는 간밤에 했다는 얘기를 곱씹어보았다. "가족이 뭐 별 건가? 죽네 사네 하면서 결혼한 부부, 핏줄을 나눈 형제도 칼부림하고 원수가 되는데, 좋은 사람끼리 모여 행복하게 살면 그처럼 좋은 가족이 어디 있겠나?" 늘 품어왔던 생각인데, 간밤에 술 마시고 기분이 한껏 좋아진 김에 그렇게 얘기한 기억이 떠올랐다. 그런데 막상 내뱉은 뒤에는 가슴이 철렁하고 부끄러웠다. 언제나 그렇듯이 이론과 말이 앞선

인생이었다고 생각하니 부끄러워 얼굴을 들 수 없었다.

온교수는 자신이 걸어온 길 위에 어지럽게 찍어놓은 발자국을 보기 싫었기 때문에 뒤를 돌아보려 하지 않았다. 그는 기회가 한 번 더 생긴다면 옛날처럼 살지 않겠다고 다짐했다. 그러나 그것도 부질없는 생각. 옛날의 과거·현재·미래가 얽혀서 오늘이 왔는데, 이제 후회해서 무엇 하리. 날은 저무는데 아찔한 절벽 위에 서서 아래를 보니 깊이를 알 수 없는 물이 소용돌이치면서 빠르게 흘러가고 있었다. 그가 아래를 보다가 먼 하늘을 보면서 망설이는 사이에 산이 어두운 하늘을 배경으로 칠흑같은 덩어리가 되었다. 새들도 잠든 산속, 바람 한 점 없는 절벽 아래 흐르는 물소리가 더욱 또렷하게 들렸다. 물이 속삭였다. 날아라, 날아올라라, 절벽 끝에서 한걸음 앞으로 내딛는 용기는 날개가 되어 너를 저곳으로 데려가리라.

그는 눈을 질끈 감고 조심스럽게 한발 내디뎠다. 마침 광풍이 불었고, 그는 낙엽처럼 아래를 향해 날았다. 머리가 이렇게 무거웠다니. 고개를 쳐들어야 하늘을 향해 날아갈 텐데, 아래로 떨어지기만 하니 아무리 몸부림쳐도 소용없었다. 하늘거리던 꽃잎도 아래로 떨어진다. 하물며 늘 미리 걱정하고, 이로운 일을 찾아 끊임없이 굴리면서 업의 무게를 더한 머리인데 어찌 하늘을 향할 수 있으리오. 캄캄한 눈앞에 소용돌이가 보일 리 없었지만, 바위를 때리는 물소리를 들었다. 그리고 숨을 깊이 들이켰다. 숨을 쉴 수 없는 고통을 느낀 순간, 누군가 날카로운 단도로 심장을 푹 찌르는 듯했다. 그리고 온천수가 폭포처럼 쏟아지는 바위에서 해변을 보았다. 해변에는 테르모필레에서 페르시아 군대를 막은 스파르타 병사들이 흘린 뜨거운 피가 낭자한데도 고통의 신음소리 하나 들리지 않았다.

　온교수는 곁에서 웅성거리는 소리를 들으면서 정신을 차렸다. 눈앞이 환했다. 간호사 두 명이 온교수의 기저귀를 열어젖히고 상처를 덮은 거즈를 갈아주더니 기저귀를 다시 여며주었다. 낮부터 지혈하는 용도로 사용한 모래주머니를 좀더 가벼운 것으로 바꿔주었다. 온교수는 반듯이 누워 있다가 자세를 바꾸려고 몸을 뒤척였지만, 뜻대로 움직이지 못했다. 오른쪽 고관절에 모래주머니를 눌러놓았고, 왼쪽 다리에는 혈압기를 묶어두었기 때문이다. 오전에 간호사가 해준 얘기가 생각났다. "의사 선생님이 검사해보고, 필요하다고 판단하시면 그 자리에서 시술 들어갑니다. 시술은 오래 걸리지 않지만, 하룻밤을 응급실에서 보내고, 내일은 일반 병실로 가서 경과를 본 뒤에 아무런 문제가 없으면 모레 퇴원하실 겁니다." 그리고 침대에 누워서 기다렸지. 의사가 간단히 검사를 하더니 시술을 시작했다. 먼저 오른손인지 왼손인지 합곡에 마취주사를 놓고, 잠시 후에 아프다고 경고한 대로 몹시 아프게 하더니, 다른 쪽 손에도 똑같이 아프게 했다. 피부를 뚫고 혈관을 찾아 심장의 관상동맥을 향해 금속망(스텐트)을 집어넣다가, 핏줄이 좁고 꼬불꼬불해서 결국 세 번째에는 하지 혈관으로 집어넣었다.

평소에 특별한 증상을 느끼지 못하다가 혈압약·당뇨약을 받으러 다니는 내과에서 심전도 검사를 했다. 내과의사는 심전도 검사지를 읽더니 심장질환 전문의에게 보냈다. 전문의를 만나기 열흘 전부터 개를 데리고 산책하는 동안 왼쪽 등에서 목까지 뻐근해졌고, 한 시간 정도 지나면 증상이 사라졌다. 그런 증상은 전문의를 만날 때까지 날마다 나타났다. 덕분에 시술이 잘 끝났고, 별다른 통증 없이 무서운 질환에서 벗어나게 해준 내과의사와 심장 전문의 두 분에게 감사한다. 전문의는 심장 영상을 보여주었다. "관상동맥이 막혔는데, 작은 혈관들이 길을 만들어서 피를 공급했습니다." 온교수는 심장이 우회도로를 뚫어가면서 자기를 살렸다는 생각에 감격했다. 에스프레소 한 잔을 뽑으려면 9바의 압력이 필요한데, 심장에 금속망을 심으려면 9바 이상의 압력으로 혈관을 확장해야 한다는 사실을 새로 알았다. 숨 쉴 자유를 주신 부모님과 늘그막에 새로 자유를 주신 의느님들에게 감사할 따름이었다.

"너무 돌아다녔더니 피곤하다. 그러나 무엇이 피곤한가? 언제나 몸은 여기 있는데, 몸을 나간 놈이 여기저기 마구 쑤시고 다녔다. 눈을 뜨고 확인하니 그놈이 돌아와서 몸을 보고 사물을 본다. 놈이 몸에 붙어 있게 만들 길이 있을까? 놈이 몸을 끌고 다니게 만들어야 하나? 정신 사나울 만큼 빨빨거리며 돌아다니는 놈을 몸에 붙잡아 매고 하나가 되게 만들어줄 방법을 찾고야 말겠다. 이제부터라도 대발과 발바리도 불러서 셋이 함께 그 방법을 찾아보기로 하자. 그동안 대발은 발바리가 덤벼서 서운했겠지만, 초빙한다면 기꺼이 응하리라. 선생이나 스승은 언제나 후생에게 까이고 겨우 '후생가외'라 말하지만, 그것도 보람으로 여기지 않는다면 어찌 참스승이라 하겠는가? 그러므로 발바리가 오는 길에 대발을 정중히 모셔오라 하고 나는 몸부터 정갈하게 만들고 밖으로 돌아다니는 놈을 붙잡아두리라."

'웃는 놈'의 본성

아직 인생의 발문을 쓸 때가 아니다. 온세상은 숨 쉴 자유를 되찾은 뒤로는 밖을 향한 생각을 하지 않으려고 노력한다. 그 대신 틈만 나면 '이 몸뚱이를 끌고 다니는 것은 무엇인가?'를 알아내려고 노력한다. 그래도 생각이 바깥을 향할 때는 능화경을 깨끗하게 닦는다. 알라딘이 등잔을 닦으면 지니가 나타나듯이, 거울을 닦으면 대발과 발바리가 나타난다. 온세상은 그들에게 손가락을 보여준다. 그들도 그를 향해 손가락을 보여준다. 셋은 일지선 놀이에 푹 빠져 생각을 쉰다. 가끔 일지선의 변형도 곁들인다. 남이 보면 욕이라고 생각할지도 모르는 동작이지만, 그들은 빙긋이 웃는다. 그저 웃어넘긴다. 손가락을 보여주는 행위의 선악을 분별하지 않는다. 더욱이 웃는 행위에는 선악이 없다. 울어도 좋지만, 웃는 것이 자연스럽다. 울 때보다 웃을 때 근육이 덜 피로하기 때문에 '웃는 놈'이 보고 듣고 말하고 생각하고 움직이는 놈의 본성인지도 모른다. 일지선 놀이 에 빠진 세 놈을 우연히 본 사람들이 흉내 내면서 일지선 이 널리 퍼졌다. 형식이 화려하게 발달하면서 내용도 함께 발달했다. 사람들이 점차 일지선 놀이의 장점을 알게 되면

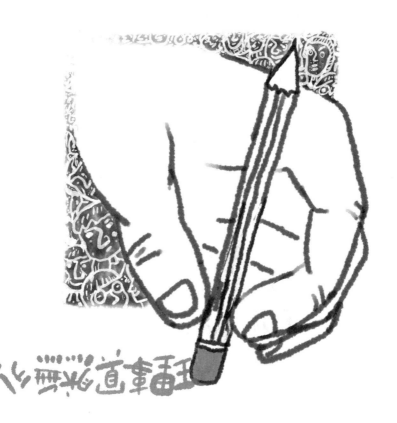

서 슬기로운 이들은 다른 사람에게도 널리 권장했다. 놀이
에 입문하는 순서가 반드시 깨닫는 순서와 일치하지 않는
다는 것이 장점이다. 온세상·대발·발바리 중 하나가 발명
한 놀이가 분명하지만, 그들보다 늦게 놀이에 빠진 사람들
가운데 셋보다 먼저 자성을 찾아 생로병사의 고뇌를 끊고
항상 행복한 사람이 늘어나고 있으니 얼마나 좋은 놀이인
가. 고양이도 일지선 놀이를 하는지 엄지척 하는 사진을 인
터넷에서 보았다. '개죽'이라는 인기 많은 개 사진도 떠도는
데, 두 눈을 살며시 감은 채 앞발로 입을 가리고 웃는 장면
을 보노라면 아마도 검둥이가 깨친 뒤의 모습이 아닐까 싶
어진다. 요즘 사람들은 손가락을 들어 보이면서 노래한다.
"저 언덕에 갔다더니, 어째서 왔느냐? 나를 데려다주러 왔
느냐?" 듣는 사람이 화답한다. "생사와 열반이 어우러졌더
라. 이사명연무분별理事冥然無分別이니 이판사판역사판理判
事判歷史判이로세."